I0544403

L'ENVOÛTEMENT DE GRACE

PRÉMONITION, TOME 1

DEANNA CHASE

Traduction par
LORRAINE COCQUELIN

Copyright © 2020 par Deanna Chase

Traduit de l'anglais par Lorraine Cocquelin pour Valentin Translation

Image de couverture © Ravven

ISBN: 978-1-953422-23-1

Tous droits réservés. Aucune partie de cette publication ne peut être reproduite, distribuée ou transmise sous quelque forme ou par quelque moyen que ce soit, y compris la photocopie, l'enregistrement ou autres méthodes électroniques ou mécaniques, sans la permission écrite de l'éditeur, à l'exception de brèves citations dans le cadre de critiques littéraires et autres usages à but non commercial autorisés par la loi sur le droit d'auteur.

Ce livre est une œuvre de fiction. Tous les noms, les personnages, les lieux et les incidents décrits sont le produit de l'imagination de l'auteur. Toute ressemblance avec des personnes existantes ou ayant existé, des choses, des lieux ou des événements réels, ne serait qu'une coïncidence.

Bayou Moon Press, LLC

www.deannachase.com

RÉSUMÉ DU LIVRE

Une fiction paranormale féminine pleine de classe et de peps, pour tous ceux qui estiment que l'âge n'est jamais qu'un chiffre !

Bienvenue à Premonition Pointe, où les sorcières prennent soin des leurs.

Grace Valentine avait le mariage parfait et une formidable carrière de gérante à l'agence immobilière de son mari. Du moins, c'était ce qu'elle pensait... Il y a trois mois de cela, elle s'est retrouvée confrontée à des documents de divorce. Maintenant, à cause de son ex volage, non seulement a-t-elle perdu un mari, mais également son emploi.

À l'âge de quarante-cinq ans, avec l'aide de son cercle de sorcières, Grace est enfin prête à rassembler les morceaux de sa vie et à tourner la page. Mais son unique perspective d'emploi est chez l'agence immobilière rivale, et encore, ce n'est qu'une période d'essai. Elle va devoir prouver qu'elle peut vendre les maisons hantées de la Pointe de Prémonition si elle veut être embauchée définitivement.

Mais comment trouver le temps de vendre des maisons hantées alors qu'elle doit tester tous les déodorants du marché pour combattre des bouffées de chaleur de plus en plus impitoyables, essayer de ne pas succomber aux avances de son beau collègue de trente-quatre ans et résister à l'envie de jeter à son ex-mari un sortilège de dysfonction érectile ? Bon, peut-être laisse-t-elle libre cours à cette envie-là. Elle a beau être une sorcière, elle n'en est pas moins humaine. Grace pourra-t-elle se prouver, à elle et à son nouveau patron, qu'elle a un don pour vendre l'impossible, et trouvera-t-elle le courage de reprendre le rythme de sa vie... même si son nouveau coup de cœur a dix ans de moins ?

CHAPITRE 1

— *D*ysfonction érectile ! s'écria Joy en se mettant debout et en levant son verre en direction de l'océan agité.

Ses longs cheveux blonds flottaient dans son dos, doucement balayés par la brise comme si elle tournait une pub de shampooing.

— C'est ça. Voilà le sort que nous allons infliger à ce bon à rien de connenflure infidèle.

Grace observa son amie, d'ordinaire d'humeur égale. Elle adorait cette nouvelle facette diabolique chez elle, et s'obligea à repousser la pointe de jalousie qu'elle ressentait… et échoua. Joy Lansing avait l'air jeune avec son physique élancé de top model et ses somptueuses boucles blondes. Même à quarante-huit ans, la plupart des gens lui donnaient la trentaine. Quelle veinarde. Grace, à l'inverse, qui mesurait un mètre soixante-treize, pesait dix kilos de trop à son goût et devait systématiquement teindre ses racines grises pour s'accorder à ses cheveux auburn, n'avait que quarante-cinq ans, et pourtant, on lui avait récemment fait la remise réservée aux séniors au pressing, alors qu'elle était trop jeune de dix ans pour ça. Quand elle s'en était offusquée, le caissier avait juste haussé les épaules et répliqué qu'il y avait des avantages à prendre de l'âge avec grâce. Grace s'était instantanément juré de prendre rendez-vous à l'institut de beauté pour y faire tous les traitements possibles et imaginables qui l'empêcheraient de ressembler à une vieille sorcière. Elle n'avait juste pas encore trouvé le temps.

— Je ne suis pas sûre que ce soit une bonne idée pour Grace, vu le karma que ce genre de sort entraîne, intervint Hope, en écartant ses boucles brunes de ses yeux tout aussi sombres.

Elle possédait une grande confiance en elle bien qu'elle soit la plus petite du groupe, et dégageait une aura qui faisait que les gens l'écoutaient quand elle parlait. Voilà notamment pourquoi elle était une organisatrice d'événements si douée. Elle adressa un sourire suffisant à Joy en levant son verre de vin à son tour.

— Mais j'aime ton style.

Grace dévisagea ses deux plus proches amies, aux cheveux emmêlés par le vent et aux yeux luisants, et décréta qu'elles étaient intelligentes. Elle n'avait pas besoin d'un mari ingrat qui était déjà passé à une femme de la moitié de son âge. Bonne chance à lui, puisque sa nouvelle fiancée n'y connaissait rien en gestion d'agence immobilière. Cela avait dû être le chaos dès son premier jour. Grace en était certaine, dans la mesure où c'était elle qui avait dirigé l'endroit au cours des vingt dernières années. Mais son ex avait bien mérité une petite vengeance de sa part, vu qu'il l'avait quittée moins de trois mois plus tôt pour emménager tout de suite avec sa remplaçante.

Cela faisait à peine quelques jours qu'il était parti qu'il lui faisait déjà parvenir les papiers du divorce. Une fois l'accord qu'elle voulait obtenu, ils avaient signé deux semaines plus tard. Ils avaient fait tout ce qu'il fallait de leur côté, ils devaient simplement attendre six mois, maintenant, que l'État finalise les choses. Elle était impatiente de recevoir son acte de divorce au courrier, qui prouverait qu'elle était enfin libérée de ce connard. Vingt années de perdues pour un type qui la jetait dès qu'il voyait plus beau ailleurs. Elle carra les épaules, déterminée à causer des ravages à son ex.

— Non. C'est le sort que nous allons faire. Ce... connenflure ? C'est comme ça que tu l'as appelé, Joy ?

— Oui. Connenflure. Fouteur de merde. Un caca écrasé. Choisis celui que tu veux.

La grande blonde élancée vida son verre avant de poursuivre.

— J'espère que sa copine va lui filer des verrues génitales. Ça lui ferait les pieds.

— Un caca écrasé ? répéta Grace en s'étranglant de rire.

Elle se demandait quelle quantité de vin Joy avait bue. En temps normal, son amie était la voix de la raison, toujours stoïque. D'elles trois, elle était la seule à avoir des enfants et jouait souvent le rôle de mère poule de leur petit coven, leur cercle de sorcières.

— Des verrues génitales ? Qui êtes-vous, madame ?

— La semaine a été dure, d'accord ? rétorqua Joy en se versant un nouveau verre de vin, quasiment jusqu'à ras bord, avant de retourner s'asseoir à côté de Grace. Hunter a eu un léger accrochage, Britt a commencé à sortir avec un *biker* de Hollow Hills et j'ai surpris Kyle en plein... euh... moment intime tandis qu'il regardait du porno gratuit sur Internet. Et tu sais où était Paul pendant tout ce temps ?

Grace secoua la tête, même si elle se doutait que Paul avait dû être au travail, trop occupé pour aider Joy à gérer la maisonnée.

— Au bureau... et affirmant que c'était important ? suggéra Hope, comme si la réponse pouvait être différente.

Elle s'assit en tailleur face à elles sur la falaise herbeuse et passa un châle autour de sa silhouette pulpeuse.

Grace renifla de dérision en entendant cette question. Hope Anderson aimait dire les choses telles qu'elles étaient. Mais elle ne manquait aussi jamais d'optimisme et était la personne la plus féroce et loyale sur terre. Grace s'étonnait souvent que son amie n'ait jamais eu de mari ou d'enfants. Non pas qu'il y ait quoi que ce soit de mal à n'avoir rien de tout cela. Au contraire, à la lumière de son récent divorce, Grace commençait à se dire qu'elle aurait dû suivre les traces de Hope. Non, si cela la surprenait, c'était parce que, quand Hope aimait quelqu'un, elle ne le lâchait pas. Elle était même la marraine des enfants de deux de ses ex.

Joy soupira et se frotta les tempes.

— Évidemment qu'il était au bureau. Et ce n'est pourtant pas la période des déclarations d'impôts. S'il n'avait pas une telle peur des MST, je pourrais croire qu'il a une liaison.

Grace se mordit la langue. Très fort. Trois mois plus tôt, elle aurait juré elle aussi que son mari n'avait aucune aventure. Elle n'en avait vu aucun signe, même pas un ralentissement de leur vie sexuelle. Réglés comme une horloge, ils faisaient l'amour une fois par semaine, le mardi, après un dîner à leur restaurant de sushis préféré. Elle se fichait du fait que la variété ait disparu ou que Bill ait souvent eu des difficultés à maintenir son érection à moins qu'elle ne lui fasse une fellation. Il avait toujours fait attention à ses besoins à elle, alors, c'était suffisant, n'est-ce pas ?

Non. Pas du tout.

En réalité, s'il avait eu du mal à la lever, c'était parce qu'il enfonçait sa bistouquette dans la blondasse de l'agence. Grace grogna tout bas lorsqu'une image de la jeune femme guillerette jaillit dans son esprit. En ricanant, elle leur souhaita une poussée particulièrement grave de verrues génitales, comme Joy l'avait suggéré. Serrant son verre de vin plus fort, elle le porta à ses lèvres.

— Euh, Grace ? dit Joy en lui posant une main sur le bras. Je ne suis pas sûre que tu veuilles boire ça.

Elle se figea et baissa les yeux, puis cilla, les sourcils froncés, en avisant le liquide désormais vert à l'odeur putride.

— Que s'est-il passé ?

— On dirait que tu as transformé ton vin en potion, commenta Joy en étudiant le breuvage. Et une particulièrement dégoûtante. Mais à quoi tu pensais ?

— Oh mes déesses ! s'écria Grace en sautant sur ses pieds.

Elle se précipita vers le bord de la falaise pour balancer la potion putride dans l'océan. L'eau salée la neutraliserait.

— C'était si mauvais que ça ? demanda Hope en riant.

— Mauvais comme une MST, oui, confirma Grace.

Elle ferma les yeux et prit une grande inspiration.

— Des verrues génitales.

— Bon sang, Grace, rigola Joy. Heureusement que je t'ai arrêtée.

Grace frissonna de tout son être.

— Par la déesse. Je n'en reviens pas d'avoir fait ça.

— Je ne suis pas surprise, répondit Joy en écartant ses longs cheveux de ses yeux pour lui sourire gentiment. Tu as été blessée et...

— Joy, répliqua-t-elle en soupirant lourdement.

Elle n'avait pas envie de repenser aux premières semaines après que son mari l'avait remplacée et à l'abattement qu'elle avait ressenti. C'était une période sombre ; or, elle avait enfin l'impression d'être prête à passer à autre chose.

— Devons-nous vraiment faire ça maintenant ?

— Oui, confirma Joy, dont les yeux luisirent sous le clair de lune. Il est temps que tu reprennes possession de ta confiance en toi.

— J'ai confiance en moi, insista Grace en cherchant la bouteille de vin.

Elle n'avait jamais autant eu besoin d'un verre qu'en cet instant.

— Évidemment. C'est pour ça que j'ai dit que tu devais en « reprendre possession ». Le moment est venu pour toi d'admettre ce qui s'est passé et ce que tu as enduré, afin de pouvoir le surmonter complètement.

Joy lui présenta la bouteille, qu'elle cachait manifestement dans son dos.

— Hope et moi sommes tes témoins.

— Exactement.

Hope se décala afin que, à elles trois, elles forment un petit cercle, et tendit une boîte enveloppée de papier argenté.

— C'est pour ton entretien, demain.

— Quoi ? Vous n'étiez pas obligées de m'acheter quelque chose.

Grace observa le cadeau, et son cœur gonfla dans sa poitrine. Qui avait besoin d'un bon à rien de mari avec deux amies comme Hope et Joy ?

— Nous n'étions pas obligées, non, mais nous en avions envie. Ce n'est pas grand-chose.

Hope prit la bouteille de vin des mains de Grace et la plaça au centre de leur petit cercle, avec le présent.

— Maintenant, répète après moi.

— On va faire un rituel sans bougies ? se moqua Grace.

— J'en ai, répliqua Joy avec un mouvement de poignet en direction du sac à bandoulière qu'elle avait posé au sol.

Trois grandes bougies cylindriques sortirent de sous la toile et flottèrent jusqu'à elles, s'arrêtant pile au milieu de leur petit cercle. D'un nouveau geste de la main, Joy les alluma. Les flammes dansèrent dans le vent.

— Eh bien, vous êtes venues équipées, à ce que je vois.

— Évidemment.

Hope leva les bras vers le ciel et reprit :

— Répète après moi.

En souriant, Grace imita ses amies et leva les paumes vers la nuit étoilée.

Hope lui adressa un signe de tête approbateur et dit :

— Moi, Grace Valentine, suis une nouvelle femme.

Grace répéta sans hésiter.

— Ce soir, je retire tout ce qui me lie à ce connard de Bill Munch et j'invite l'amour, la chance et l'aventure dans ma vie.

— L'amour ? répliqua Grace, les yeux plissés. Je ne crois pas, non. J'ai déjà donné. J'ai un divorce pour le prouver.

— Oui, l'amour, insista Hope avec un regard inflexible. Parce que tu dois aller de l'avant et ne pas laisser cet enfoiré affecter ton avenir, quel qu'il soit.

— Je n'aurai plus jamais de rencard, dit Grace en baissant les bras.

Mortellement sérieuse, elle ajouta :

— J'en ai fini avec les hommes.

— Très bien, rétorqua Hope en souriant d'un air serein. Alors peut-être qu'une nana sexy va se montrer pour t'offrir à boire.

Joy éclata de rire, un son céleste dans le vent.

— Tu te crois drôle, mais à ce stade… Si elle est pleine d'humour et séduisante, pourquoi pas ?

7

Grace plaisantait. Elle n'avait jamais été attirée par les femmes, même si elle avait souvent songé que sa vie aurait été bien plus simple ainsi.

— Pourquoi pas, en effet? demanda Hope en souriant. Je vous ai parlé de mon *blind date* de la semaine dernière?

— Quoi? s'écria Joy, qui baissa les bras et se tourna vers elle. Tu nous as caché ça.

— Pas intentionnellement, répondit Hope, amusée. Ça m'est juste sorti de l'esprit. Imagine-moi assise chez *Claire*, à boire une margarita, quand j'ai vu Chris arriver, me commander un autre cocktail et poser sa main très féminine sur ma cuisse.

— Sa main *très féminine*? répéta Grace.

— Eh oui. C'était une femme. C'est Macey, le traiteur que je recommande à mes clients ces derniers temps, qui nous a arrangé le coup. Elle croyait que j'étais lesbienne, vu que, à plus de quarante ans, je ne me suis jamais mariée.

Elle leva les yeux au ciel.

— Cela dit... Si je jouais pour l'autre équipe, je serais sans doute toujours au lit avec Chris. Non seulement elle est intelligente, mais elle est ultra canon. Elle a toute la panoplie. Alors, Grace, si tu veux tenter ta chance, je peux t'arranger le coup.

— Non, c'est bon. Mais tu devrais en parler à Kristen, ma voisine. Son ex a quitté la ville il y a deux mois, donc elle a bien besoin de s'amuser.

— On va faire ça, dans ce cas. Bien, revenons-en au rituel.

Hope leva à nouveau les paumes vers le ciel, et fit signe à Joy et Grace de faire de même.

— Répète après moi, Grace. Ce soir, je retire tout ce qui me lie à ce connard de Bill Munch et j'invite l'amour, la chance et l'aventure dans ma vie.

Grace envisagea de se rebiffer encore, mais elle avait conscience qu'elle ne gagnerait jamais cette bataille. Hope et Joy ne voulaient que le meilleur pour elle, elle le savait. Inspirant profondément, elle répéta les paroles de son amie, y ajoutant un peu de sa propre magie dans leur sillage, lorsqu'elles s'envolèrent dans la nuit.

Les bougies devinrent plus lumineuses et les flammes jaillirent vers le haut avant de disparaître, laissant les trois sorcières seulement baignées de la lueur de la lune.

— Alors ? demanda Hope. Ça a marché ?

Grace redressa les épaules et observa le ciel. Elle éprouvait une certaine légèreté, comme si un poids invisible lui avait été retiré, et un petit sourire joua sur ses lèvres avant qu'elle n'en affiche un plus franc.

— Je crois bien que oui. Je me sens... en apesanteur, et libre, comme je ne l'ai pas été depuis des années.

— Parfait, intervint Joy, qui s'agenouilla pour lui tendre le cadeau. Tiens, ouvre.

— Vous n'aviez vraiment pas à faire ça, dit Grace en soulevant le couvercle. Traîner avec vous, faire des rituels et...

Elle poussa un cri de surprise en avisant les magnifiques talons aiguilles bleus aux étonnantes nuances dorées. Elle caressa les chaussures d'un doigt léger et pouffa en sentant une ondulation magique sous son index.

— Ils sont ensorcelés ?

Joy acquiesça, fière d'elle.

— Juste un petit sort de confiance en toi. Porte-les demain pour ton entretien. Ce sort ne peut pas faire de mal et, au pire, tu seras simplement le plus chic agent immobilier que Kevin Landers aura vu de toute sa vie.

— C'est trop, commenta Grace, incapable de détourner le regard des chaussures sur lesquelles elle bavait depuis qu'elle les avait aperçues dans la vitrine de *Miss Kelly* trois mois plus tôt.

— Non, ce n'est pas trop, insista Joy.

— Elle a raison, confirma Hope. Et n'envisage même pas de les refuser. Nous n'accepterons aucun « non ».

Grace observa ses deux amies, l'une grande et élancée, l'autre plus petite et pleine de fougue. Elle sourit et secoua la tête.

— Hors de question que je les refuse. Ces bébés sont faits pour orner mes pieds.

Elle retira sans tarder ses ballerines plates et les remplaça par les chaussures à talons les plus confortables de l'univers. Elle enlaça ses amies.

— Je vous aime, toutes les deux, vous le savez, n'est-ce pas ?

Elles lui rendirent son étreinte. Joy l'embrassa sur la joue tandis que Hope répondait :

— Oui, on le sait. Maintenant, tu entreras dans cette agence demain en faisant comprendre à Kevin qu'il a absolument besoin de toi, et sur-le-champ.

— Tu peux compter sur moi.

Elle ferma les yeux et pria pour obtenir le travail chez *Landers Immobilier*.

— Si je n'y arrive pas… autant que je brode tout de suite mon nom sur un tablier, car le seul autre endroit qui embauche en ce moment, c'est le *diner*.

Hope gloussa.

— Tu ne peux pas devenir serveuse. Tu renverserais le premier milk-shake qu'on te commanderait.

Joy rit à son tour et secoua la tête.

— Ou alors, elle prendrait une bouchée du sundae avant de le donner au client. Tu sais qu'elle ne peut pas résister au coulis de chocolat.

— C'est bon, ça suffit, répliqua Grace sur un ton autoritaire, mais elle rigola aussi.

Ses amies avaient raison. Elle ferait une horrible serveuse. En revanche, ce qu'elle faisait depuis vingt ans, c'était placer des maisons tandis que son futur ex-mari s'en accordait tout le mérite. Elle ne désirait rien de plus que d'être engagée par l'agence concurrente histoire de faire de meilleures ventes que ce connard infidèle. Elle avait obtenu sa licence d'agent immobilier depuis peu, il ne lui manquait plus que les contrats. Et puisque ceux qu'elle possédait auparavant appartenaient techniquement à l'agence de son ex, ils étaient hors limites.

— Clairement, je ne vais pas être serveuse. Il faut donc que je persuade Kevin Landers de m'embaucher.

— Tu n'auras aucun problème à le faire, affirma Hope sur un ton définitif, comme si l'affaire était déjà conclue.

Grace n'était pas dupe, cependant. Kevin Landers n'était pas son plus grand fan, puisqu'elle avait aidé son mari à l'évincer de négociations avec des clients pendant des années.

— Je ne pense pas qu'il sera facile à convaincre. Mais je vais y arriver. Parce que s'il y a bien une chose que je sais faire, c'est vendre des maisons.

— Exactement ! s'écrièrent ses amies en servant des verres de vin, qu'elles levèrent toutes les trois. À Grace et son nouveau travail chez *Landers Immobilier*.

Grace trinqua avec elles, regarda ses chaussures brillantes et termina sa boisson. Le monde parut ralentir un moment, puis elle se sentit soudain envahie d'une vague de calme qui lui fit comprendre, au fond d'elle, que tout allait tourner pour le mieux.

CHAPITRE 2

*G*race sortit de chez elle et parcourut les huit cents mètres du petit chemin menant au promontoire qui dominait l'océan. Le vent s'était calmé, pour une fois, et le soleil perçait à l'horizon, transformant le ciel en un mélange d'orange clair et de pourpre. Elle resserra son gilet autour d'elle et accéléra l'allure.

Une fois qu'elle eut dépassé l'herbe haute du sentier, elle remarqua les restes de leur sabbat de la veille, sur la gauche. Mince. Elle avait dû boire plus de vin qu'elle ne l'avait cru, puisqu'elle ne laissait d'ordinaire aucun déchet. C'était un sacrilège. Elle les ignora toutefois pour un instant et s'avança jusqu'à l'extrémité de la falaise, la fameuse Pointe de Prémonition.

C'était à cet endroit, tout au bord de l'océan Pacifique, avec les vagues s'écrasant sur les rochers en dessous, qu'elle se sentait le plus en paix. C'était là qu'elle allait souvent pour se ressourcer avant de démarrer la journée. Or, celle d'aujourd'hui était importante. Elle se devait d'être bien prête pour son entretien. Si elle n'obtenait pas le poste chez *Landers Immobilier*, elle allait soit devoir monter sa propre agence – un risque bien trop grand pour elle –, soit faire une heure de trajet chaque jour pour se rendre au travail, à l'intérieur des terres. L'une de ses amies lui avait déjà proposé de l'embaucher, si elle ne trouvait pas d'emploi à Prémonition.

— S'il vous plaît, Eos, déesse de l'aube, murmura Grace, donnez-moi la force et faites-moi grâce de votre bénédiction pour ces nouveaux départs.

Une faible brise se leva, soulevant ses longs cheveux et lui provoquant la chair de poule. Elle sourit.

— Vous m'avez entendue.

Le vent se tut, et l'instant se para d'un silence légèrement inquiétant, malgré les vagues se brisant plus bas. La première fois qu'elle avait assisté à ce phénomène, elle avait eu un peu peur. Le bruit du déferlement ne devrait pas disparaître comme ça. Les vagues s'écrasaient toujours sur les rochers. Malgré tout, elle avait appris que cet instant magique survenait tous les matins. C'était ce qui la calmait, l'aidait à se concentrer et la comblait pour la journée à venir.

Elle écarta les bras sur les côtés, prit une grande inspiration qui lui permit d'avoir le goût du sel sur sa langue, et sentit toute sa tension quitter son corps. C'était là qu'elle puisait son bonheur. Cette petite ville de bord de mer, située en Caroline du Nord, peuplée majoritairement de sorciers comme elle, était devenue son foyer vingt ans plus tôt. C'était là qu'elle souhaitait vivre et travailler jusqu'à la fin de sa vie. Il était hors de question que Bill lui gâche ça.

Il t'attend.

Cette déclaration, à peine un murmure, sembla flotter de l'océan.

— Quoi ? demanda-t-elle à l'univers en fronçant les sourcils. Qui m'attend ?

De nouvelles opportunités t'attendent. Ouvre ton cœur et ton esprit. Il t'attend.

Elle inspira vivement. Les mots avaient été plus forts, cette fois-ci, et elle observa la mer d'un œil perçant, comme si elle pouvait distinguer qui les avait prononcés. C'était absurde. Elle ne vit personne, évidemment.

Ils ne provenaient ni d'Eos ni d'aucune autre déesse. Ils venaient de cette énergie magique qui bouillonnait au cœur même de sa ville d'adoption, Prémonition.

On lui avait parlé de « la voix de Prémonition ». C'était toutefois la première fois que celle-ci s'adressait à elle. Mlle Francie, la boulangère, en avait fait l'expérience après le décès de son mari, avec lequel elle avait été pendant quarante ans. Et Penelope l'avait entendue quatre ans plus tôt, lorsque son époux l'avait quittée pour une femme de trente ans de moins qu'elle. Toutes les personnes l'ayant perçue n'avaient pas perdu un mari, bien sûr. Certaines souffraient de maladies. D'autres étaient à un croisement de leur vie, en termes de carrière ou de relation.

Grace voyait cette voix comme un oracle guide, en quelque sorte. Que lui avait-elle dit ? « *Il t'attend. Ouvre ton cœur et ton esprit. De nouvelles opportunités t'attendent.* »

Exact, pensa-t-elle. Les nouvelles opportunités, c'était tout à fait son truc. La seule question qui restait en suspens était : qui l'attendait ? Kevin Landers ? Elle en doutait. En fait, elle était même persuadée qu'il préférerait qu'elle oublie leur rendez-vous. Ce qui n'arriverait pas. C'était trop important pour elle.

Elle était déterminée à s'ouvrir à de nouvelles opportunités… quelles qu'elles soient.

Elle redressa le menton et se tourna, s'avança sur la falaise pour nettoyer les débris de la veille, et retourna rapidement à son cottage. Elle avait un entretien, et elle devait tout déchirer.

GRACE ENTRA chez *Landers Immobilier* la tête haute et exsudant la confiance en elle. Vendre des maisons était pratiquement inscrit dans son ADN, à ce stade. Le problème ne serait pas de faire le travail, mais de convaincre Kevin qu'il avait besoin d'elle.

— Bonjour, la salua plaisamment une jeune femme squelettique de vingt ans à peine. En quoi pouvons-nous vous aider dans vos besoins immobiliers ?

« *Vos besoins immobiliers* » ? Cette formule excessive faillit la faire sourire, mais elle se retint. Il lui fallait ce travail, alors elle n'allait pas perdre des points bêtement en suggérant un accueil un peu plus personnalisé. Jetant un coup d'œil à la plaque sur le bureau, Grace répondit :

— Bonjour, Nina. J'ai rendez-vous avec M. Landers. Pouvez-vous lui dire que Grace Valentine est là ?

— Oh, très bien, Grace, répliqua la jeune brune, dont l'expression agréable s'était muée en léger mépris.

Elle se percha sur ses talons aiguilles de quinze centimètres.

— Je vais voir si M. Landers est disponible.

— Je vous remercie, dit Grace avec un immense sourire aux lèvres.

Elle allait les étouffer sous une avalanche de gentillesse, même si cela lui filait la nausée. Elle observa son reflet dans la vitre. Elle avait relevé ses cheveux en un élégant chignon pour tenter de cacher ses racines grises, mais c'était prendre ses désirs pour des réalités. Seul un fichu sur la tête pourrait masquer sa couleur négligée. À part cela, elle trouvait qu'elle s'était joliment apprêtée. En souriant, elle observa son pantalon noir habillé et son chemisier bleu, assorti aux fabuleux talons hauts que ses amies lui avaient offerts la veille, et décida que sa tenue et ses nouvelles chaussures lui donnaient meilleure allure que toutes ses tenues des dernières semaines.

Entendant des pas derrière elle, elle pivota, emplie du sentiment de pouvoir conquérir le monde.

— Grace Valentine, la salua un homme vaguement familier et incroyablement séduisant en lui tendant la main, un sourire chaleureux aux lèvres. C'est un plaisir de vous revoir.

Grace sentit des papillons voleter dans son ventre. Elle serra machinalement la main de cet homme qui devait avoir dix ans de moins qu'elle. Il était sans conteste le plus beau spécimen masculin qu'elle avait vu de toute sa vie. C'était un miracle qu'elle ne se mette pas à baver.

— Je suis désolée. Je n'arrive pas à me souvenir d'où nous nous sommes rencontrés.

Il pouffa.

— J'étais l'agent de la personne qui voulait acquérir la propriété située route de l'Amitié, celle avec une vue fantastique sur l'océan.

— Exact.

Elle avait fait visiter la demeure quelques heures à peine avant que Bill ne lâche sa bombe, déclarant que leur mariage était fini. L'homme splendide qui lui serrait la main représentait des acheteurs venant de l'intérieur du continent, alors elle pensait qu'il était basé là-bas aussi.

— Owen, c'est bien ça ?

— C'est exact.

Ses lèvres s'incurvèrent en un petit sourire sexy tandis qu'il la détaillait du regard, sans faire le moindre effort pour masquer le fait qu'il la matait.

La vache. Cela la ragaillardit, même s'il était bien trop jeune pour elle. C'était très agréable de se sentir appréciée.

— Êtes-vous là pour négocier un bien ? demanda-t-elle, d'humeur chaleureuse.

— Non. Je viens d'emménager à Prémonition et j'ai commencé ici la semaine dernière. Kevin aime mes relations avec des acheteurs de la ville. Beaucoup d'entre eux veulent des propriétés en bord de mer.

C'était quoi ce bazar ? Si Kevin avait engagé ce type récemment, il n'allait pas faire de même avec Grace, certainement. Pourquoi lui proposer cet entretien, alors ? Pour l'humilier ? Très probablement, mais hors de question de se laisser faire sans se battre. Ravalant le grognement de frustration qu'elle voulut pousser, elle répliqua d'un rictus forcé.

— Cela me semble un excellent arrangement pour tous les deux.

Le sourire d'Owen disparut. Il l'étudia, les sourcils froncés.

— Tout va bien, Grace ? Vous paraissez...

— M. Landers va vous recevoir, madame Valentine, intervint Nina, coupant la parole à Owen.

Grace pivota sur elle-même.

— Génial. Merci.

Après un signe de tête poli à l'intention d'Owen, elle suivit la jeune femme jusqu'au bureau surdimensionné de Kevin Landers.

— Grace, la salua, en se levant, l'homme d'un certain âge, bâti comme un joueur de football américain.

Il portait un costume couleur poil de chameau qui était déjà froissé et… Était-ce une tache de confiture sur sa cravate bleu clair ? Il lui tendit la main.

— Merci à vous d'être venue.

Elle la lui serra.

— Merci à vous de m'accorder cet entretien.

— C'est un plaisir de rencontrer la femme de Mu… hum hum… la femme derrière toutes les opérations de Munch.

Avec un sourire suffisant aux lèvres, il lui indiqua l'une des deux chaises en plastique devant lui.

Tandis que Grace s'asseyait, Nina revint en vitesse dans la pièce et posa une tasse sur le bureau de Kevin, avant de reculer d'un pas et d'adresser un regard adorateur à son patron.

— Puis-je faire autre chose pour vous, monsieur Landers ?

— Non, merci, à moins que Mme Valentine ne désire quelque chose à boire, répondit-il en observant son assistante avec une légère désapprobation.

— Oh, c'est vrai. Madame Valentine, voulez-vous quelque chose ? Un café ? Un thé ? De l'eau ? Un beignet ?

Elle jeta un coup d'œil par la porte ouverte et claqua des doigts tout à coup.

— Vous préférez sans doute un fruit, non ? Nous avons des bananes et des pommes, aussi, pour ceux qui surveillent leur poids.

Oh, non, elle n'a pas osé, quand même. Grace adressa à la gamine un regard si glacial qu'elle aurait pu la figer pour l'éternité et répliqua :

— Non, merci, Nora. Tout va bien.

— Je m'appelle Nina.

— Oh. C'est vrai ? Toutes mes excuses.

Grace lui lança un sourire suffisant, puis se tourna vers Kevin en haussant un sourcil.

— Je pense que votre réceptionniste a encore besoin de se former.

Kevin explosa de rire et fit un signe de tête à son assistante.

— Fermez la porte en sortant, Nina.

— Elle est intéressante, commenta Grace une fois celle-ci partie.

— Nina croit que faire de la lèche au patron va lui permettre d'obtenir une promotion.

Il s'adossa à son fauteuil, croisa les bras et l'observa.

— Et se montrer malpolie face à une potentielle collègue, c'est faire de la lèche au patron ? répliqua Grace sur le ton de la conversation.

Elle ne voulait pas que Kevin Landers pense que cette situation l'agaçait.

Il haussa les épaules.

— Elle sait que votre mari et moi ne nous portons pas vraiment dans nos cœurs.

— Ex-mari, rectifia-t-elle. Quels que soient vos problèmes avec Bill, j'espère que vous savez qu'ils n'ont rien à voir avec moi.

— Mais n'étiez-vous pas le cerveau des opérations, là-bas ? rétorqua-t-il, la mine indéchiffrable.

Il cherchait une excuse pour ne pas l'engager. C'était très clair. Si elle affirmait avoir joué un rôle majeur dans la conclusion de la plupart des ventes au fil des ans, il aurait toutes les raisons de lui en tenir rancune. Mais si elle prétendait le contraire, son expérience ne serait pas suffisante pour obtenir ce travail. Elle se racla la gorge et se pencha pour le regarder droit dans les yeux.

— Je suis douée dans ce que je fais. Je sais comment mettre en vente et faire visiter une propriété pour la rendre attirante, et aussi comment trouver des acheteurs même pour les biens les plus délicats à vendre. Et ce, en faisant preuve d'intégrité grâce à la confiance entre mes clients et moi.

— L'intégrité ? répliqua-t-il en soutenant son regard. C'est vrai, ça ? Est-ce pour cette raison que l'*Agence de la falaise* a sans cesse essayé de me voler mes clients ces dix dernières années ?

Grace savait qu'elle aurait à répondre à cette question. Quelques années plus tôt, Bill et Kevin avaient eu des soucis à cause d'un acheteur potentiel qui avait viré Kevin pour embaucher Bill. À la fin, c'était Grace qui lui avait trouvé la parfaite maison de vacances. Depuis ce jour, les deux hommes nourrissaient de la rancune l'un envers l'autre, et ils avaient sans cesse essayé de se piquer mutuellement les clients.

— C'était moi qui gérais les contrats à l'agence, monsieur Landers. Croyez-moi quand je vous dis que je n'ai jamais fait signer sciemment un client si je savais qu'il était toujours sous contrat avec une autre agence immobilière. Ce n'est pas mon style. Après avoir travaillé quelques semaines avec moi, vous verrez précisément qui était le plus intègre à l'*Agence de la falaise*.

Landers continua à la dévisager sans un mot. Tout à coup, il rit à gorge déployée.

Grace attendit, se demandant ce qu'elle avait bien pu dire pour l'amuser autant.

Après avoir avalé longuement son café, Kevin ouvrit un tiroir et en sortit un dossier, qu'il posa devant lui.

— J'aime cette façon de critiquer votre ex sans jamais dire tout haut que c'est un crétin. Et c'est justement pour ça que je voudrais vous donner votre chance.

— C'est vrai ? répondit-elle, envahie par un mélange d'excitation et de soulagement. Merci. Je vous promets de ne pas vous décevoir.

— Je l'espère.

Il lui tendit le dossier.

— Voilà trois propriétés compliquées. Si vous pouvez en vendre au moins une dans les trois prochains mois, j'envisagerai de vous engager à temps plein. Si vous avez réussi à faire signer les trois, alors le boulot sera pour vous, sans hésiter.

Grace savait que le marché de l'immobilier dans cette petite ville balnéaire était plutôt robuste. Si un bien ne s'était pas vendu, c'était soit que le prix était surestimé, soit qu'il avait besoin de beaucoup de travaux.

Peu importait. Dans un cas comme dans l'autre, elle avait confiance en sa capacité à convaincre les vendeurs de faire les changements nécessaires pour faciliter l'acquisition future de leurs maisons. Sans ouvrir le dossier, elle répondit :

— Ça me paraît correct. J'imagine que vous n'avez rien contre le fait que je récupère de nouveaux clients pendant que je m'occupe de ces biens-là ?

— Tant qu'ils vendent leur propriété via *Landers Immobilier*, je n'ai aucun problème avec ça.

Il s'adossa à nouveau à son siège, l'air très fier de lui.

— Allez demander à Nina le contrat d'agence. Une fois que vous l'aurez rempli, vous pourrez vous mettre au travail. Je suis certain que M. Saint voudra vous rencontrer au plus vite.

— Bien.

Elle avait saisi le dossier et s'était levée pour rejoindre la porte quand elle enregistra soudain le nom. Elle se figea.

— M. Saint ? gémit-elle.

— Oui. C'est lui qui possède ces trois propriétés.

Kevin esquissa un petit sourire narquois, qui trahissait le fait qu'il s'attendait clairement à ce qu'elle échoue.

Et pourquoi en irait-il autrement ? M. Saint était le

détenteur de trois grandes maisons qui revenaient régulièrement sur le marché depuis trois ans. Et pour cause.

Elles étaient hantées.

CHAPITRE 3

Au lieu de rejoindre sa voiture, Grace se rendit directement dans le petit café indépendant, à quelques mètres de l'agence immobilière. Elle avait été trop nerveuse pour manger quelque chose avant l'entretien, mais elle avait soudain désespérément besoin de gâteau au café et d'un latte.

En attendant sa commande, elle discuta avec Vanessa, la propriétaire, puis alla s'installer près d'une fenêtre. On pouvait y apercevoir l'océan Pacifique au loin, dont le seul bleu suffisait à la calmer. L'eau avait cette capacité à apaiser son âme, et c'était pour cette raison qu'elle n'avait jamais envisagé de vivre ou travailler ailleurs.

Elle prit une grande gorgée de latte et ouvrit le dossier que Kevin lui avait donné. Après avoir survolé les détails, elle fronça les sourcils. Les résidences de M. Saint étaient les pires biens possibles pour n'importe quel agent, et encore plus pour un ayant quelque chose à prouver. Vendre des propriétés hantées était déjà épineux en soi. Mais ces trois biens n'avaient rien pour eux : ils étaient en outre surévalués et sur le marché depuis bien trop longtemps pour qu'elle puisse trouver des acheteurs en trois mois rien qu'en claquant des doigts.

— Ce n'était pas le premier jour de vos rêves ? demanda une voix d'homme familière, la tirant de ses pensées.

Elle leva la tête et plongea dans les iris bruns les plus chaleureux qui soient de son nouveau collègue.

— Owen ? Qu'est-ce que vous faites là ?

Il esquissa un sourire en montrant sa tasse et le sachet qu'il avait dans les mains.

— Je prends un petit déjeuner tardif avant d'aller retrouver un vendeur potentiel. Est-ce que je peux me joindre à vous ?

Elle regarda le café bondé et constata qu'il n'y avait aucune table libre. Elle n'était pas d'humeur à papoter avec un gars qu'elle venait de rencontrer, mais elle ne pouvait pas non plus refuser sans être totalement malpolie.

— Oui, bien sûr.

— Merci.

S'asseyant en face d'elle, il sortit un croissant de son sachet. Il avisa le dossier qu'elle lisait.

— Il vous a donné les propriétés de M. Saint, c'est ça ?

Owen était nouveau chez *Landers Immobilier*, et pourtant, il n'avait pas eu à faire ses preuves en vendant ces biens impossibles à caser. Cela hérissait Grace au plus haut point.

— Comment le savez-vous ?

— Landers a essayé de me les confier, mais s'il le faisait, j'étais plus que prêt à accepter un boulot à l'*Agence de la falaise*.

Il fit la grimace.

— On dirait que c'est à cause de moi que vous vous retrouvez avec.

Elle poussa un soupir et secoua la tête, consciente qu'il n'y était pour rien.

— Ce n'est pas votre faute. Kevin en veut à Bill, mon ex à

l'*Agence de la falaise*. Il n'allait pas m'embaucher sans me le faire regretter. Malheureusement, mes options sont limitées.

— Si je peux vous aider, n'hésitez pas, dit-il en lui adressant un sourire qui fit apparaître une fossette.

— Pourquoi ? demanda-t-elle honnêtement.

Ils venaient juste de se rencontrer, et un nouvel agent dans les rangs, cela signifiait plus de concurrence pour obtenir des commissions.

— Que voulez-vous que je vous dise ? J'ai un faible pour les femmes intelligentes et superbes en talons.

Il observa ses chaussures et lui fit un clin d'œil.

Grace se retint tout à coup de s'éventer. Était-elle prise d'une bouffée de chaleur ou de pur désir pour cet homme ? Il était séduisant. Et en train de flirter avec elle. Depuis combien de temps un homme ne lui avait-il pas accordé d'intérêt ? Ou du moins un intérêt qu'elle remarquait ? Elle n'avait jamais regardé ailleurs pendant son mariage et avait repoussé les avances de tout type se risquant à la draguer. Elle avait aimé Bill et pensait que leur vie était belle. Dommage qu'il ait tout fait voler en éclats non seulement en couchant avec leur réceptionniste, mais en plus en tombant amoureux d'elle.

Sans quitter Owen des yeux, elle avala une gorgée de café, et se sentit encore plus brûlante de l'intérieur. Renonçant à lutter, elle s'éventa.

— Il fait chaud, ici, non ?

Owen pouffa.

— Je n'avais pas remarqué, mais vous êtes effectivement un peu rouge. Vous souffrez de quelque chose, peut-être ?

Juste d'humiliation complète. Ressentait-elle réellement du désir pour un homme d'au moins dix ans de moins qu'elle ? *Oublie ça, Grace*, pensa-t-elle. *Tu n'es pas une ado stupide. Tu es une femme adulte qui devrait arrêter de baver sur cet homme.*

— Je vais bien. Sincèrement.

Elle évita son regard pour pouvoir reprendre contenance.

— Il faut juste que je trouve un plan pour ces maisons.

— Ça vous tenterait d'en parler demain soir autour d'un dîner ?

Elle releva vivement la tête.

— Vous m'invitez à sortir ?

Une mèche de cheveux noirs tomba devant les yeux brillants d'Owen.

— Si je dis oui, vous m'autorisez à venir vous chercher à dix-huit heures ?

— Non. C'est vraiment...

— Trop tôt ? Vous aurez sans doute besoin d'un peu de temps après le travail. Dix-neuf heures, alors ?

Elle lâcha un rire.

— Vous n'accepterez pas un « non », si ?

— Si, si la réponse est non.

Il se pencha, soutenant son regard.

— Mais j'aimerais vraiment vous emmener dîner pour fêter votre nouveau boulot et apprendre à vous connaître un peu plus. Est-ce si mal que deux collègues partagent un repas entre amis ?

— Juste des amis ? demanda-t-elle.

Elle mourait d'envie d'accepter. Elle savait qu'elle ne devrait pas. Il était trop jeune pour elle. Ils allaient travailler ensemble. Et, oui, elle l'appréciait. Comment pouvait-il en être autrement ? Il était grand, pourvu de larges épaules, d'une taille fine, d'un visage magnifique, et il était également doté d'une personnalité avenante et sympathique. S'il avait été plus vieux, elle aurait eu l'impression d'avoir touché le gros lot.

— Juste des amis, promis.

Toutefois, il posa une main sur la sienne et effleura sa paume d'une manière bien plus qu'amicale.

Par les déesses, c'est agréable, pensa-t-elle. Résistant à son envie de fermer les yeux pour savourer cette caresse, elle s'obligea à rire.

— Owen, le réprimanda-t-elle en retirant sa main, et regrettant instantanément la perte de contact. Stop. Des amis, vous vous souvenez ?

Il posa les deux mains à plat sur la table et sourit.

— Bien sûr. Des amis. Sept heures, alors ?

Dire oui serait une erreur, aucun doute. Elle ouvrait la bouche pour suggérer un déjeuner plus tard dans la semaine, sauf qu'elle se retrouva à répondre « D'accord, sept heures. » à la place.

GRACE DÉAMBULAIT sur le sentier en pierres, à travers les arbustes méritant d'être taillés, jusqu'à rejoindre le porche de la maison de style victorien située au 5, route de la Mer. La vieille peinture jaune était défraîchie, et elle remarqua tout à coup de la rouille sur la porte d'entrée.

— Oh mince, dit-elle, à personne en particulier.

Le peu qu'elle avait vu lui confirmait que pas mal de travail serait nécessaire. Elle n'aurait pas été surprise de découvrir qu'il fallait remplacer le toit, refaire de l'électricité, un peu de plomberie, et le chauffage-climatisation aussi, sans doute. Il s'agissait des quatre points importants pour une vente et, si l'un d'eux n'était pas en état, cela pouvait faire fuir des acheteurs. Alors, les quatre ? Ce serait un miracle de trouver une seule personne intéressée, à moins que le prix ne soit assez attractif. Mais elle savait déjà que ce n'était pas le cas ici. Il fallait qu'elle convainque M. Saint soit de baisser son prix, soit de dépenser un peu d'argent pour vendre en meilleur état.

Elle tapa le code sur la boîte à clés, attrapa celle qu'elle cherchait et se prépara mentalement, avant d'entrer dans la grande maison. Elle jeta un coup d'œil autour d'elle et poussa un gros soupir soulagé. L'intérieur était bien mieux que l'extérieur. L'endroit disposait de magnifiques parquets. Ils n'étaient pas en parfait état, mais ils avaient suffisamment de caractère pour que le bon acheteur puisse en tomber amoureux. Le bureau sur la gauche possédait des étagères intégrées et avait été fraîchement repeint. La cuisine semblait également avoir été rénovée récemment.

— Je peux travailler avec ça, commenta-t-elle en jetant un coup d'œil à la salle de bains du rez-de-chaussée.

Le carrelage métro et le meuble du lavabo, sous la vasque, reçurent son approbation. Peut-être que les quatre points n'étaient pas aussi terribles qu'elle l'avait craint. À un moment donné, quelqu'un avait investi de l'argent dans cet endroit.

Après avoir fait le tour de la maison, elle marqua quelques observations, notant le trou dans un des murs de la chambre, des toilettes qui fuyaient et une fenêtre qui avait besoin d'une nouvelle vitre. Elle ajouta de se renseigner sur l'électricité, la plomberie, le chauffage-climatisation et le toit auprès du vendeur. Le fait que l'intérieur soit sympa ne signifiait pas qu'il n'avait pas négligé les parties moins attirantes de la demeure.

Elle venait juste de faire des photos pour l'annonce quand elle entendit des petits bruits de coups à l'étage. Fronçant les sourcils, elle rejoignit la chambre principale, complètement vide.

Des fantômes? Sans doute, puisque l'endroit était réputé hanté.

— Faites-vous ça chaque fois que quelqu'un visite les lieux ? demanda-t-elle, invitant ainsi l'esprit à communiquer avec elle.

En tant que sorcière, elle n'avait pas le pouvoir de voir les fantômes, mais elle parvenait de temps en temps à les convaincre de lui parler.

Les coups cessèrent, et il régna un silence total.

— Essayez-vous d'effrayer les acheteurs ?

Les coups reprirent de plus belle, deux fois plus fort.

— Ouah ! Arrêtez ce boucan. J'ai compris le message, d'accord. C'est votre maison, c'est bien ça ?

Les lumières se mirent à clignoter.

— J'ai saisi. Mais si vous ne laissez personne emménager, la demeure va s'écrouler et vous n'aurez plus d'endroit où habiter quand la ville décidera de la démolir. C'est ce que vous voulez ?

Ce n'était pas une menace en l'air. Elle avait assisté à cette même scène avec une autre propriété dans laquelle un fantôme n'arrêtait pas de harceler les gens.

Les lumières clignotèrent à nouveau, puis il y eut un grésillement et un petit éclair, et de la fumée sortit de la prise la plus proche.

Elle jura.

— Parfait. Vous avez fait sauter les plombs.

Grommelant tout bas, elle se nota de demander à M. Saint de contacter un électricien et quitta l'étage. Sans matériel, elle ne pouvait rien faire pour ce fantôme. Il lui fallait une dizaine de bâtons de fumigation et l'aide de son coven pour gérer les esprits.

Elle verrouilla cette maison et alla visiter la suivante. Il s'agissait d'un grand cottage blanc situé à l'autre bout de la ville et offrant une vue imprenable sur l'océan. Baigné de soleil, l'endroit paraissait parfait, à l'exception du sentiment oppressant qui l'envahit dès l'instant où elle y pénétra. Une obscurité semblait s'être abattue sur elle, la faisant frissonner jusqu'aux os.

Le mal rôdait dans cette maison, et elle en frémissait. Elle quitta les lieux sans tarder et s'enferma dans son SUV. Pas étonnant que le cottage n'ait pas été vendu.

Le troisième bien se trouvait sur le flanc de la colline, niché au milieu des bois et pourvu d'un jardin potager bio. Sur deux niveaux, la bâtisse de style Craftsman[1] était dans un état correct, à part les sols, pour lesquels Grace recommanderait au propriétaire d'investir un peu d'argent. Même s'ils paraissaient plus récents que le reste, les trous qu'ils comportaient décourageraient les acheteurs. Ils étaient si profonds qu'elle n'était pas certaine qu'ils puissent être repolis. Mais, au moins, la maison était accueillante. Si on lui avait posé la question, elle n'aurait pas deviné qu'il y avait des fantômes. Cela ne signifiait pas qu'il n'y en avait pas. Juste que les esprits étaient silencieux ce jour-là et n'avaient pas de présence malfaisante.

Grace fit le tour de la bâtisse, prit des notes et des photos, puis retourna dans son SUV afin de rentrer chez elle. Elle devait trouver quoi dire à M. Saint pour le convaincre de faire quelques ajustements et le contacter le lendemain à la première heure.

CHAPITRE 4

— *O*h hé ? appela Grace en entrant dans son petit cottage.

Les lumières étaient allumées et la Jeep de sa nièce était garée dans l'allée.

— Je suis là ! répondit Lex d'une voix rauque, vers le fond de la maison.

Grace se dirigea vers la cuisine et, dans l'embrasure, observa Lex qui éminçait un oignon à grands gestes furieux. Elle portait un legging et un sweat ample, qui dévoilait l'une de ses épaules. Grace songea qu'il ne manquait plus qu'un chouchou à sa nièce pour avoir l'air de sortir tout droit des années quatre-vingt. Elle pouffa.

— Ça sent super bon, dit-elle.

Sur la plaque de cuisson se trouvaient une casserole d'eau et une sauteuse remplie de sauce tomate. Le paquet de manicotti sur le plan de travail lui dit tout ce qu'elle avait besoin de savoir : sa nièce lui préparait son plat préféré.

— Qu'est-ce que j'ai fait pour mériter cette adorable visite ?

Lex se tourna vers elle, renifla et s'essuya les yeux sur sa manche.

— Oh, ma puce, qu'est-ce qui ne va pas ? demanda Grace en s'approchant de la personne qu'elle préférait au monde afin de l'enlacer.

Quand elle s'écarta, elle posa une main sur la joue rouge de Lex.

— Que s'est-il passé ? Est-ce que Bronwyn et toi avez rompu ?

Lex écarquilla les yeux, horrifiée.

— Par les dieux, non.

Le soulagement envahit Grace, qui soupira.

— Oh, merci déesse.

Reculant d'un pas, elle pressa gentiment la main de sa nièce.

— C'est quoi le problème, alors ?

— Pas « quoi » mais « qui ».

Lex lui serra la main puis la lâcha pour reprendre ses oignons. Cette fois-ci, cependant, ses coups de couteau étaient plus mesurés, et non énervés et hasardeux.

Grace s'appuya contre le plan de travail et observa sa nièce. Elle avait le visage rouge, et ses courts cheveux blonds étaient plus ébouriffés que d'ordinaire, comme si elle n'avait pas cessé d'y passer les doigts. Il y avait en outre, dans son regard, une pointe de tristesse se mêlant à sa frustration. Lex Marian était en règle générale une jeune femme riant beaucoup et d'un abord très facile. Celui ou celle l'ayant mise dans cet état venait de devenir la personne que Grace détestait le plus au monde.

— Je suis là, si tu veux me parler.

— C'est maman, avoua-t-elle tout de go.

Les larmes s'amoncelèrent dans ses pâles yeux bleus, et elle poussa un soupir en secouant la tête.

— Je ne devrais pas être surprise, j'imagine. Elle ne s'est pas remise du fait que je n'épouserai jamais Jackson Dixon.

Lex frissonna de manière visible un instant.

— Elle n'arrête pas de dire que nos enfants auraient été mignons.

Grace cilla.

— Quoi ? Elle sait que vous n'êtes jamais vraiment sortis ensemble ?

— Bien sûr que oui, cracha Lex, des larmes de colère dévalant ses joues. Apparemment, ça ne l'empêche pas de souhaiter que sa fille soit hétéro.

Jackson Dixon était l'un des meilleurs amis de Lex. Ils s'étaient rencontrés à l'école primaire et avaient été pratiquement inséparables depuis, jusqu'à la fin du lycée où ils s'étaient rendus dans deux universités différentes. Maintenant qu'ils étaient de retour en ville tous les deux, ils ravivaient leur amitié. Mais il n'y avait aucune raison de penser qu'ils puissent former un couple, puisqu'ils étaient homosexuels tous les deux.

— Ta mère a vraiment dit ça ?

— Elle n'en a pas eu besoin, répliqua Lex en lâchant le couteau pour verser les oignons émincés dans la sauce qui mijotait.

— D'accord.

Grace réfléchit à la meilleure manière de gérer la situation. Elle ne voulait pas se mettre entre sa sœur et sa nièce. Alyssa avait été sous le choc quand Lex avait avoué son homosexualité, et elle était certainement un peu triste de savoir que les rêves qu'elle avait nourris en secret pour sa fille ne se réaliseraient jamais. Malgré tout, elle avait dit ce qu'il fallait, assurant à Lex qu'elle l'aimait de tout son cœur et que tout ce qu'elle souhaitait, c'était que sa fille soit heureuse. La raison de la dispute du jour était sans doute un malentendu.

Cela dit, si Alyssa avait parlé d'un air nostalgique d'un mariage entre Lex et Jackson... Grace fit la grimace. Ce n'était pas cool.

— Tu veux me raconter ce qu'il s'est passé ?

Lex ferma les yeux et inspira profondément.

— J'avais un entretien dans un nouveau restaurant, en ville.

Grace hocha la tête, se souvenant que Lex avait obtenu un rendez-vous avec le propriétaire et le chef du restaurant le plus en vogue de Prémonition.

— Au *Jardin des sorcières*, c'est bien ça ?

— Oui. Il leur faut un directeur de salle. Bref, ça s'est bien passé, mais Frankie Moar est arrivée juste après moi, donc je n'ai pas beaucoup d'espoir.

Frankie Moar possédait autrefois un restaurant très réputé, qu'elle avait revendu deux ans plus tôt à une franchise. Elle serait une compétitrice acharnée pour n'importe qui, alors encore plus pour une jeune étudiante fraîchement diplômée.

— Ne renonce pas aussi vite. On ne peut jamais prédire comment le feeling passe, tu sais.

— Tu as raison. Mais ce n'est pas ce qui m'a énervée, répliqua Lex, en agitant la main pour balayer le sujet. Quand je suis rentrée à la maison, Charlie était là. Il m'a demandé quand Bronwyn viendrait. Je lui ai répondu que je l'ignorais, et il s'est mis à dire qu'elle avait des fesses magnifiques et qu'elle devrait montrer ses seins plus souvent.

Grace en eut la nausée.

— C'est vrai ?

Les yeux de Lex s'assombrirent et elle hocha la tête, les lèvres pincées.

— Ce n'est pas la première fois qu'il fait des commentaires déplacés à son sujet. J'essaie de ne pas l'écouter, mais Bron m'a dit qu'il lui avait fait des remarques sur notre vie sexuelle, affirmant que ce devait être torride. Il lui a filé les jetons et, maintenant, elle ne veut plus venir quand il est là.

— Je ne peux pas le lui reprocher. Est-ce que ta mère est au courant ?

— Oui. Je lui ai dit, mais elle a rigolé et m'a répondu que Charlie ne le pensait pas.

— Bon sang, Lex. Je suis désolée.

Bordel de m... Qu'est-ce qui clochait chez sa sœur ? N'était-elle donc pas capable de reconnaître le harcèlement ?

— Il y a pire.

Lex s'assit sur un tabouret de la cuisine et se cacha le visage dans ses mains.

Grace attendit patiemment, consciente que sa nièce parlerait quand elle serait prête. Néanmoins, ses doigts la démangeaient de saisir le téléphone pour appeler sa sœur et l'invectiver. Elle ne dirait jamais de mal sur Alyssa devant Lex, mais elle n'hésiterait pas une seconde à avouer le fond de sa pensée à sa sœur. Charlie vivait chez Alyssa et se comportait de manière si déplacée qu'aussi bien Grace que Bronwyn étaient mal à l'aise.

Lex leva la tête.

— Charlie m'a dit que maman pleurait parfois parce que j'avais choisi cette « vie alternative » et que, si j'étais une bonne fille, j'arrêterais de me montrer aussi égoïste et je m'installerais avec Jackson, comme le prévoyait la nature.

— Charlie a dit ça ? s'écria Grace, incrédule.

Ce n'était un secret pour personne : elle et lui ne s'entendaient pas. Pour le bien de sa sœur, Grace faisait de son mieux pour rester polie, mais, après ce que Lex venait de lui raconter, une rage pure fit bouillonner ses entrailles. Sa réaction ombrageuse amena la magie jusqu'à ses mains, dont les paumes se mirent à picoter. C'était ce qu'il se passait généralement quand elle maudissait quelqu'un. Elle s'éloigna du plan de travail pour faire les cent pas dans la cuisine, essayant de dépenser un peu de cette énergie qui nourrissait son envie de vengeance.

— Tatie ?

— Oui, ma puce ?

La magie rampait sur ses bras, à présent. Pour quiconque la regarderait en cet instant, elle donnait, elle le savait, l'impression que le mal s'était emparé d'elle et qu'elle pouvait perdre la tête à tout moment.

— Je crois que tu as besoin d'un caramel au beurre salé.

Lex lui sourit gentiment et en attrapa un dans un bocal situé à proximité, consciente que la friandise neutraliserait la réaction de Grace.

— Tu as raison.

Elle tendit la main, Lex y fit tomber le bonbon, et Grace le mit dans sa bouche. Quelques secondes plus tard, la magie visible disparut, et elle se sentit redevenir elle-même.

— Merci.

Lex lui fit un léger sourire.

— Merci à toi.

— Pour quoi ? répliqua Grace en allant attraper une bouteille de Merlot dans sa modeste cave.

— De t'être tellement énervée pour moi que tu en as perdu le contrôle de ta magie.

En soufflant, Grace retira le bouchon et leur versa un verre à chacune.

— Que t'a dit ta mère ? Parce que tu lui en as parlé, aussi, n'est-ce pas ?

— Elle a fait comme si de rien n'était, m'a répondu que Charlie était juste fidèle à lui-même et que je devais arrêter de me montrer aussi sensible.

Elle retourna à la préparation de ses manicotti.

— Elle m'a déjà dit des dizaines de fois qu'elle aurait aimé avoir Jackson pour gendre et, chaque fois, c'est une petite partie de moi qui meurt un peu plus.

Ses yeux se gonflèrent à nouveau de larmes.

— Je ne crois pas pouvoir rester là-bas un jour de plus. Pas avec Charlie dans cette maison. S'il n'y avait eu que maman, je pense que ça aurait pu fonctionner, mais elle prend son parti chaque fois et...

— C'est bon, Lex. Tu peux t'installer dans la chambre d'amis. Elle est tout à toi.

Lex desserra les dents, et ses épaules s'affaissèrent.

— Je peux payer le loyer. Je travaille toujours à mi-temps à *Plaisirs terrestres*, l'épicerie.

— Tu ne paieras aucun loyer. J'ai acheté cette maison grâce à l'argent du divorce. Je n'ai aucun prêt dessus, d'accord ?

Lex se mâchouilla la lèvre.

— Mais, tatie, je ne peux pas ne rien payer du tout.

Grace lui fit un grand sourire, contente que sa nièce ne veuille pas tirer profit d'elle. Malgré tout, elle n'accepterait aucun argent. Elle préférait que Lex garde le sien pour quand elle s'installerait dans son propre appartement.

— J'apprécie sincèrement, Lex. Alors, si tu me payais en plats maison ? Pas la peine de me faire à manger quand tu n'es pas là mais, quand tu l'es, je te laisse le soin de prévoir les menus et de préparer les repas, ça te convient ?

— Marché conclu !

Lex s'essuya les mains sur un torchon et enlaça Grace.

— Tu es la meilleure !

— Je pense que tu n'es pas très objective, mais ça me va.

Grace la serra plus fort contre elle, puis l'embrassa sur la tempe.

— Je sais que tu es en colère contre ta mère, et tu as tous les droits de l'être, Lexie, mais n'oublie pas qu'elle t'aime, même si les choses sont un peu tendues à l'heure actuelle.

Lex se redressa et la fixa dans les yeux.

— Je sais. C'est aussi pour ça que c'est si difficile. Ma propre mère rejette une part majeure de moi, tu te rends compte combien c'est douloureux ?

Grace comprenait exactement ce qu'elle ressentait. Elle avait eu des problèmes avec la sienne avant son décès, mais ce n'était pas le moment de les évoquer.

— Je suis désolée, ma chérie. J'ai conscience que c'est difficile.

Lex hocha la tête et vida son vin.

— Tu m'en redonnes ?

— Toujours.

Lex tint son verre tandis qu'elle le lui remplissait presque à ras bord.

— Merci.

— Quand tu veux. Tu sais comment je bois mon vin, répliqua Grace en lui faisant un clin d'œil, avant de verser une dose semblable dans le sien.

— Pas pour ça. Merci d'être là quand j'ai besoin de quelqu'un.

Lex lui serra la main.

— Juste merci.

Le cœur de Grace fondit totalement.

— Pas la peine de me remercier, Lex. Je t'aime. Tu pourras toujours venir me parler.

Des larmes luisirent dans les yeux de Lex. Elle cligna des paupières pour les repousser.

— D'accord. Bon. Il est temps que je finisse ce dîner, ou on va se retrouver à tellement pleurer qu'on n'y verra plus rien.

— Je me charge du pain à l'ail, annonça Grace en attrapant ce dont elle avait besoin dans le frigo.

Une fois le pain coupé en tranches et recouvert de son mélange beurre et ail spécial, elle sortit de la cuisine et se rendit dans sa chambre. S'asseyant sur son lit flambant neuf, elle s'adossa à la montagne de coussins et composa le numéro d'Alyssa.

— Grace, je n'ai pas le temps de te parler maintenant. Est-ce que je peux te rappeler demain ? lança Alyssa sans même la saluer.

— Pourquoi ? Que se passe-t-il ?

Alyssa poussa un soupir exaspéré.

— Charlie pique une crise à cause du dîner. Il faut que je cuisine quelque chose avant que ça ne devienne la Troisième Guerre mondiale ici.

Elle ne savait pas trop qui elle avait le plus envie d'étrangler entre Charlie ou sa sœur.

— Pourquoi est-ce qu'il ne se le prépare pas lui-même ?

— Grace... ne commence pas. C'est plus facile si je le fais, c'est tout.

Et le voilà, ce ton plein d'avertissements que prenait sa sœur dès qu'elles parlaient de Charlie.

— C'est ça.

Même si elle avait conscience qu'elle ferait mieux de se taire – et elle le ferait en temps normal – cette fois-ci, suite à sa conversation avec Lex, elle fut incapable de tenir sa langue.

— Parce que c'est vrai qu'être celle qui cuisine sept jours sur sept pour lui, qui paie le plus gros des factures et qui gère la maison, c'est plus facile que se disputer à ce sujet. Tu sais ce qui rendrait tout ça bien plus simple ?

— Encore cette rengaine ? répliqua Alyssa. Tu sais quoi ?

Oublie. Je n'ai pas le temps maintenant. Lex n'a pas préparé à manger, alors je dois m'y coller. Il faut que j'y aille.

— Lex prépare à manger, si. Mais ici.

Il y eut un silence à l'autre bout de la ligne.

— Alyssa ?

— Pourquoi est-elle ici ?

— Pour voir sa tante, peut-être ? rétorqua Grace, incrédule.

Elle avait conscience qu'Alyssa pourrait mal prendre sa relation avec Lex, mais elle n'y pouvait rien. Hors de question de repousser Lex sous prétexte qu'Alyssa n'aime pas qu'elles soient si proches.

— C'est pour ça que je t'appelais. Pour te dire qu'elle était là et que je lui avais proposé ma chambre d'amis pour aussi longtemps qu'elle la voudrait.

Alyssa souffla.

— Donc Lex emménage avec toi, maintenant ? Et tu m'appelles pour remuer le couteau dans la plaie ?

— Je t'ai contactée pour ne pas que tu t'inquiètes. Surtout après la dispute qu'elle a eue aujourd'hui avec Charlie.

— Ils se sont encore chamaillés ? s'écria Alyssa, qui soupira d'exaspération. Je vois. Très bien. Ce sera sans doute moins stressant ici sans Lex dans les parages. Maintenant, il faut vraiment que j'y aille, ou je vais faire cramer les burgers.

— Alyssa ?

— Quoi ?

— Est-ce qu'on peut se parler demain ? Manger ensemble, peut-être ? demanda Grace, soudain inquiète pour sa sœur.

Alyssa avait toujours trouvé des excuses à son compagnon, mais cela semblait différent cette fois-ci. On aurait dit qu'elle était engloutie dans cette relation, au lieu de choisir de rester.

— Demain, je ne peux pas.

Charlie se mit à beugler à l'arrière-plan, et Grace fit la grimace.

— Je t'appelle plus tard. Il faut vraiment que j'y aille, lança sa sœur avant de raccrocher.

Grace fixa son portable quelques instants, se demandant si elle devait se rendre chez Alyssa.

— Grace ? cria Lex depuis la pièce d'à côté. Le repas est prêt.

Soupirant, Grace remit son téléphone dans sa poche et retourna à la cuisine.

— Lex ?

Sa nièce, en train de placer les manicotti sur la table, leva les yeux.

— Oui ?

— Est-ce que Charlie est dangereux ?

Grace détestait avoir à lui poser cette question, mais que pouvait-elle faire d'autre ?

Lex pinça les lèvres et réfléchit quelques instants. Puis elle haussa une épaule et secoua légèrement la tête.

— Non. Pas vraiment. Enfin, c'est un connard qui traite maman comme de la merde, mais il ne s'en est jamais pris à elle physiquement, si c'est à ça que tu penses.

— C'est bien ça.

Elle s'assit sur une chaise et posa les coudes sur la table.

— Ça ne me fait pas plaisir d'y songer, mais ta mère avait l'air si... démoralisée. Alors il fallait que je sache si je devais monter dans ma voiture pour aller la sauver.

Lex renifla de dérision.

— La seule personne dont elle a besoin d'être sauvée, c'est d'elle-même.

— Lex, la réprimanda Grace. Pas maintenant, d'accord ? Je

sais que tu es en colère contre elle et tu as toutes les raisons de l'être, mais c'est quand même ma sœur et je l'aime.

Lex se figea et évita son regard.

— C'est vrai. Désolée.

Grace lui prit la main et la serra.

— Merci pour le dîner. Ça a l'air délicieux et ça sent très bon.

— Avec plaisir.

Lex ne la regardait toujours pas, mais elle prit malgré tout la cuillère pour commencer le service.

— Je t'aime, ma puce.

Cette fois-ci, sa nièce leva la tête et lui adressa un sourire forcé.

— Je sais. Mais ne parlons pas de maman, d'accord ?

— Ça marche. Je lui ai expliqué que tu emménageais ici, histoire qu'elle ne s'inquiète pas de ne pas te voir revenir.

— Qu'est-ce qu'elle a répondu ?

— Pas grand-chose. Elle sait que tu as besoin d'espace.

Ce n'était pas vraiment un mensonge. Grace était certaine que sa sœur serait d'accord pour dire qu'elles avaient besoin d'espace, Lex et elle, bien que ce ne soit pas exactement les mots qu'elle avait prononcés, puisqu'elle n'avait évoqué que les désirs de Charlie. Mais Lex n'avait pas besoin de savoir ça.

Celle-ci leva les yeux au ciel.

— Je parie qu'elle était agacée que je n'aie pas fait à manger.

Elle avait raison, mais Grace n'allait pas le lui confirmer.

— Qui ne le serait pas ? Ces manicotti sont à tomber.

Grace en prit une grosse part. Dès que la bouchée toucha ses papilles gustatives, ses yeux roulèrent dans leurs orbites et elle lâcha un gémissement de plaisir pur.

— C'est meilleur que le sexe.

Lex haussa un sourcil.

— Tu en es sûre ? Je pense que tes souvenirs sont biaisés. Ou alors, oncle Bill n'était pas aussi doué que ça au lit.

Grace explosa de rire.

— Tu as peut-être raison sur les deux points.

— Il faut qu'on te trouve un mec, lança Lex en l'observant d'un œil entendu. Quelqu'un qui pourra te faire passer du bon temps au pieu.

— Oh, non. Fréquenter un autre homme ne m'intéresse pas. Non, merci. Je viens juste de larguer le dernier.

Elle prit une gorgée de vin, quand une image d'Owen jaillit dans son esprit ; elle rougit, troublée. Elle l'imagina tout à coup dans sa chambre, en train de l'embrasser dans le cou, de glisser les mains sous sa jupe… pour trouver sa gaine amincissante. Elle grogna. Voilà de quoi tuer l'ambiance.

Lex rit.

— C'était quoi, ça ?

— Quoi ? demanda Grace, feignant l'innocence alors même qu'elle savait où Lex voulait en venir.

— Voyons, Grace. Qui t'a mis cet air sur le visage ?

Elle lui adressa un sourire malicieux.

— Tu es allée faire un tour sur Tinder ?

— Tinder ? C'est quoi ce truc ?

Lex rit à gorge déployée.

— C'est une application de rencontres pour coups d'un soir.

Grace haussa les sourcils.

— Pour les coups d'un soir ? Tout comme « Netflix and chill » est un code pour « viens, couchons ensemble » ?

— Tu connais « Netflix and chill », mais pas Tinder ?

Lex secoua la tête.

— Tu as de drôles de lacunes dans tes connaissances. Nous devons y remédier avant que tu ne te lances dans les rencards.

— Je ne me lance pas dans les rencards.

Elle fronça le nez, repensant à Owen.

— Cela dit, je crois que j'en ai un demain soir, en quelque sorte.

— Oh, je veux tout savoir. Qui est-ce ? Ce mec sexy à la boulangerie *Œil de faucon* ?

— Carl ? s'écria Grace en regardant sa nièce comme si elle avait perdu l'esprit. Mais pourquoi est-ce que je sortirais avec Carl ? Il a au moins soixante-dix ans.

Lex éclata de rire et ses yeux pétillèrent d'amusement.

— C'est un beau vieux, voilà ce qu'il est ! Comme Sam Elliott. Tu pourrais faire pire.

Elle n'avait pas tort. Carl était effectivement un vieux monsieur très élégant. Mais Grace n'avait que quarante-cinq ans. Si elle décidait un jour de fréquenter à nouveau quelqu'un, elle préférerait un homme auprès duquel elle pourrait vieillir, pas un qui avait déjà pas mal d'avance dans cette course.

— D'accord. Carl est séduisant, c'est vrai. Mais non. J'ai un rendez-vous avec mon nouveau collègue chez *Landers Immobilier*.

— Tu sors avec Kevin Landers ? répliqua Lex, les sourcils froncés. Pourquoi ?

— Pas Kevin. Il s'appelle Owen. Il vient d'emménager à Prémonition et travaille chez Landers. Il m'a invitée à dîner demain soir pour que nous fassions un peu plus connaissance.

Lex en resta bouche bée.

— Owen Taylor ? Grand, cheveux sombres et très séduisant en costume ?

— Ça m'a l'air d'être le même, répondit Grace en rougissant. Comment est-ce que tu le connais ?

— Il vient chez *Plaisirs terrestres* quasiment tous les jours depuis son arrivée en ville, expliqua Lex, faisant allusion à l'épicerie tenue par les parents de Bronwyn et dans laquelle elle donnait un petit coup de main en attendant de trouver un travail à plein temps. Il est sexy, Grace. Bien joué.

Grace se sentit devenir très chaude, et la sueur perla sur sa nuque. Bordel de sorcière ! Avait-elle eu une bouffée de chaleur rien qu'en pensant à lui ? Elle attrapa son verre et but une longue gorgée d'eau.

— Arrête. On sort en tant qu'amis.

— Où et à quelle heure ? insista Lex.

— Il vient me chercher à dix-neuf heures, répliqua Grace en évitant son regard, consciente de ce que sa nièce allait répondre.

— Tu sais que c'est un rencard ? Tu peux appeler ça comme tu veux, mais un mec torride t'a invitée à dîner et va jusqu'à aller te chercher plutôt que de te retrouver là-bas. Assume, tatie. Tu dois refaire tes racines, et peut-être aussi te teindre les cils et les sourcils. Tu aimerais que je t'accompagne ?

Grace regarda sa nièce et hocha la tête.

— J'aurai besoin de toute l'aide nécessaire, je crois.

CHAPITRE 5

— *M*erci d'avoir accepté ce rendez-vous, monsieur Saint, dit Grace en se levant pour saluer le vieux monsieur qui la rejoignit à Œil *de faucon*, la boulangerie prisée de Prémonition.

M. Saint se présenta avec un costume coûteux et l'air renfrogné. Ses cheveux blancs coiffés au gel lui donnaient une apparence plus jeune, malgré ses pattes-d'oie.

— Vous avez cinq minutes avant que je parte. J'ai un autre engagement.

Cinq minutes ? Grace ravala sa propre expression renfrognée et fit un signe à Carl, le gérant.

— Alors, venons-en au fait.

Ouvrant son carnet de notes, elle indiqua à l'homme de s'installer devant elle.

— J'aimerais vous parler de la manière d'améliorer vos propriétés afin que nous puissions enfin les vendre.

Il ne s'était pas assis, contrairement à ce qu'elle lui avait suggéré. Au contraire, il se pencha par-dessus la chaise, agrippé au dossier.

— Il est hors de question que j'investisse davantage dans ces propriétés. J'ai déjà dépensé bien plus que je n'aurais dû.

Carl arriva avec une carafe argentée et une tasse en céramique. Sa chemise bleu roi mettait en valeur sa peau tannée et dévoilait le dragon tatoué autour de son bras gauche. Grace devait bien admettre que Lex avait raison. Il était séduisant, pour un vieillard.

— Du café ?

— Oui, s'il vous plaît, confirma-t-elle, sur un ton désespéré.

Elle s'était réveillée tard et n'avait donc pas pu s'en préparer chez elle. Si elle ne s'injectait pas très vite de la caféine, elle allait grimper par-dessus le comptoir pour aller aspirer le café directement à la machine.

— Je n'ai pas le temps, répliqua Saint en plissant le nez, comme si Carl dégageait une odeur nauséabonde.

— Un muffin ? Un cupcake ? Du cake au citron ? proposa Carl sur un ton agréable, ignorant la grossièreté de Saint tandis qu'il versait à Grace une tasse de pur éden.

— Hum… Vous avez du gâteau au café ? demanda M. Saint.

— Je vous apporte ça tout de suite. Grace ? Comme d'habitude ?

Elle acquiesça.

— Merci, Carl.

— Tout le plaisir est pour moi, Madame Valentine, répliqua-t-il avec un clin d'œil, avant de retourner derrière le comptoir.

Grace ajouta un peu de crème à son breuvage et en prit une gorgée.

— Quatre minutes, Madame Valentine, intervint Saint en tapotant son poignet comme s'il portait une montre.

Grace serra les dents. C'était un connard condescendant et, après les trois derniers mois passés à affronter un ex qui tentait de lui faire signer un accord qui lui aurait laissé moins du quart de ce à quoi elle avait normalement droit, elle en avait sa claque des hommes qui la sous-estimaient.

— Je suis allée faire un tour dans vos maisons hier, et voici mes suggestions.

Elle lui tendit son rapport.

— La victorienne sur la route de la Mer a besoin d'une peinture extérieure, et il faut aussi s'occuper de la rouille sur la porte d'entrée. Le cottage donnant sur l'océan est superbe, mais il faut éradiquer quelque chose à l'intérieur. Vous devriez appeler une équipe de chasseurs de fantômes professionnels. Et la Craftsman...

— ... a besoin de nouveaux sols, la coupa-t-il, les yeux plissés. Je sais déjà tout ça. Vous me faites perdre mon temps.

Il s'apprêta à partir, mais changea d'avis au dernier moment et s'approcha du comptoir, sans doute pour ne pas laisser son gâteau au café lui échapper.

Grace quitta sa chaise en vitesse pour le rejoindre.

— Alors, vous avez été informé que vos maisons avaient besoin de travaux afin de pouvoir être vendues, mais vous refusez d'y investir de l'argent. J'ai saisi. Si c'est le cas, nous devrions envisager de baisser les prix, parce que...

— Madame Valentine, l'interrompit-il, les dents serrées. Je n'ai pas le temps pour ça. Parlez-en avec Kevin Landers. Une fois que ce sera fait, rappelez-moi.

Carl tendit un sachet en papier paraffiné et un gobelet à emporter.

— C'est la maison qui paie, dit-il à M. Saint. J'espère que vous passerez une excellente journée.

Celui-ci le dévisagea, puis pouffa et secoua la tête.

— J'en ai bien l'intention.

Il glissa une pièce dans le bocal à pourboires, leva sa tasse et sa pâtisserie en un salut moqueur, puis s'en alla.

Grace regarda le pourboire et fut surprise de constater que M. Saint avait laissé deux fois plus que ce qu'aurait été sa note. Il n'était donc pas un connard radin, après tout. Du moins, pas quand il était question de donner des pourboires à un gentil dirigeant de boulangerie. Par contre, pour ce qui était des maisons qui avaient besoin de travaux afin de trouver un acheteur ? C'était une tout autre histoire, manifestement. Elle soupira et posa quelques billets sur le comptoir.

— Carl, laissez-moi payer sa commande.

— Non, répliqua-t-il en lui rendant l'argent. Pas aujourd'hui. Vous avez l'air d'avoir besoin d'une pause.

— Vous n'imaginez pas à quel point.

Elle se passa une main dans les cheveux et gémit en se souvenant qu'elle devait retrouver Lex au spa. Elle devait aussi discuter avec Kevin, mais elle n'était pas sûre de pouvoir aller à l'agence dénicher les informations que son patron lui cachait et être à l'autre bout de la ville à midi pour son rendez-vous.

Cela n'avait pas d'importance. Elle n'avait que peu de temps pour vendre ces propriétés. Elle ne pouvait pas se permettre de repousser sa conversation avec Kevin. Elle avala son café, commanda un nouveau scone à la myrtille, fit un signe à Carl et s'empressa de rejoindre son SUV. Là, elle emprunta une petite route secondaire, espérant éviter les embouteillages estivaux sur la principale.

~

— Écoutez, Nina, je comprends que M. Landers travaille sur ses contrats, mais j'ai besoin de lui parler, c'est important, dit Grace en essayant de ne pas étrangler l'assistante de son patron. Pouvez-vous au moins lui dire que je suis là et que j'aimerais discuter avec lui des biens de M. Saint ?

— Désolée, Madame Valentine, rétorqua-t-elle avec un sourire mielleux. Il a demandé à ne pas être dérangé ce matin.

Grace jeta un coup d'œil à l'horloge accrochée au mur et gémit. Si elle ne le voyait pas dans les dix prochaines minutes, elle devrait soit attendre le lendemain, soit manquer son rendez-vous.

— Un problème ? questionna Owen en surgissant tout à coup à côté d'elle.

Sa voix lui procura un électrochoc, la faisant sursauter.

— Bon sang, Owen. Vous êtes quoi, exactement ? À moitié chat ou quoi ?

Ses prunelles sombres pétillèrent.

— Une femme m'a déjà qualifié de tigre, mais je ne suis pas sûr qu'elle le disait dans ce sens-là.

Grace leva les yeux au ciel.

— C'était du flirt ? Parce que, si c'était le cas, vous devriez revoir votre technique.

Il pouffa.

— C'était mauvais, n'est-ce pas ? En fait, je parlais de l'adolescente sexy qui me gardait après le collège en attendant que ma mère rentre du travail. Elle a eu le premier rôle dans bon nombre de mes fantasmes en grandissant. Ça faisait trop d'infos, c'est ça ?

— Beaucoup trop, oui, confirma-t-elle.

Cependant, le sourire agréable d'Owen, ajouté à sa fossette, ne le rendait que plus charmant, et elle ne put s'empêcher d'être amusée quand même.

— Désolé.

Il lui fit un clin d'œil et se tourna vers Nina.

— Peut-il me recevoir maintenant ?

— Bien sûr, Owen.

Nina lui fit un immense sourire. Grace aurait juré voir jaillir des émojis cœur de ses yeux. Elle pouvait difficilement lui en vouloir. Owen avait sorti le grand jeu, ce jour-là, avec sa chemise en soie bleue, son pantalon noir et ses bottes élégantes. Il aurait presque eu l'air trop propre sur lui, sans ses cheveux artistiquement décoiffés. Grace savait que c'était intentionnel, mais peu importait. Son allure lui plaisait carrément.

— Vous pouvez entrer, dit Nina en lui montrant la porte du bureau de Kevin.

— Attendez ! s'écria Grace. Je croyais qu'il était trop occupé pour pouvoir être interrompu.

— Il travaille sur un contrat pour Owen, répliqua la réceptionniste en plissant les yeux. Vous savez, le genre qui rapporte de l'argent.

Ignorant le ton condescendant de la jeune femme, elle se tourna vers Owen.

— Pourriez-vous dire à Kevin que… Non, oubliez. Je m'en charge.

— Vous en êtes sûre ? demanda-t-il en fronçant les sourcils. Je peux lui transmettre un message, si vous le souhaitez.

— Non, merci. Je préfère lui parler en personne.

Elle ne voulait pas enrôler Owen dans ses propres combats. Landers avait clairement tu certaines informations concernant les biens de Saint, mais il était hors de question qu'elle lui donne la satisfaction de découvrir qu'il l'avait énervée.

— Nina, il me faut vraiment un rendez-vous avec M. Landers. Aujourd'hui, de préférence.

Owen lui serra gentiment le bras puis disparut dans le bureau du patron.

Nina se tapota les lèvres et étudia le planning de Landers.

— Je ne suis pas sûre, pour aujourd'hui. Il est très occupé. Mais il a de la place vendredi matin.

On n'était que le mardi. Alors, vendredi, c'était inacceptable. Grace secoua la tête.

— Je n'ai vraiment besoin que de vingt minutes, aujourd'hui ou demain matin.

Nina poussa un soupir de martyr. Grace souhaita voir apparaître un bouton d'acné sur le visage de l'assistante puérile.

— Je peux vous accorder quinze minutes seulement à la fin de la journée, à condition bien sûr qu'il n'ait pas prévu de partir tôt.

— J'y serai. À quelle heure ?

— 18 heures 15. Mais je vous répète que ce n'est pas garanti, ajouta-t-elle avec un sourire doucereux.

Grace leva les yeux au ciel.

— Je suis sûre que vous pouvez m'appeler s'il y a le moindre changement, n'est-ce pas, Nina ?

— Bien sûr, Grace. Bonne chance.

Nina reporta son attention sur son ordinateur.

Fulminant, Grace quitta l'agence et se rendit au spa.

— GRACE ! Te voilà ! s'écria Lex, la rejoignant à la porte de l'institut pour l'attirer jusqu'à l'un des fauteuils. Lance t'attend.

Elle s'installa sur le siège d'à côté, l'air parfaite avec son jean skinny, son tee-shirt moulant et son léger maquillage qui mettait en valeur ses pâles yeux bleus. Grace se souvenait de ses vingt ans, où il ne lui fallait que dix minutes pour se préparer au lieu d'un après-midi entier et grâce à une poignée d'experts.

— Désolée.

Soufflant, elle repoussa ses cheveux de son visage.

— Les embouteillages. Je me suis retrouvée coincée au passage à niveau.

— Enfin !

Lance sautilla jusqu'à elles, un sourire étirant ses lèvres pleines. C'était un homme noir d'une cinquantaine d'années de haute stature, extrêmement séduisant et au crâne rasé, qui avait été une drag-queen dans sa jeunesse. Il était non seulement un génie en coloration, mais avait aussi des talents particuliers en maquillage.

— Je commençais à croire que tu ne viendrais pas, ma belle. Mais maintenant que tu es là, que veux-tu faire ?

Il étudia ses cheveux trop longs et fronça les sourcils.

— De quand date ton dernier rendez-vous ?

Lance était son coiffeur depuis toujours ou presque. Elle était déjà en retard pour ses racines à l'époque où son mari avait fait voler leur existence en éclats et, après cela, elle n'avait eu ni les moyens ni la volonté de s'en inquiéter.

— Quatre mois à peu près. Ma vie est devenue... compliquée.

Il claqua de la langue et passa les doigts dans les boucles de Grace.

— Compliquée ?

— Un divorce, confirma Lex. Son ex mériterait d'épouser une croqueuse de diamants et de crever seul et sans un sou.

— Je vois.

Lance fit la moue, ses narines s'évasèrent et il inspira vivement.

— Est-ce que ce connard t'a trompée ?

Grace acquiesça.

— Avec notre réceptionniste. C'était tellement prévisible.

— Les mecs sont nazes, approuva-t-il.

L'air peiné de Lance lui fit mal au cœur. Elle avait oublié que son mari à lui l'avait quitté l'année précédente pour suivre un minet d'une vingtaine d'années à Hollywood.

— La prochaine fois qu'il viendra, quelqu'un va se tromper dans sa coloration, quel dommage !

Lex lâcha un rire, qu'elle couvrit en posant une main sur sa bouche. Ses yeux pétillaient d'amusement.

— Il l'aurait bien mérité, c'est clair, dit Grace. Mais je détesterais que quelqu'un ait des problèmes à cause d'un mauvais mélange.

— Tu n'es pas au courant des derniers potins, si ? répliqua-t-il avec malice.

— Euh, apparemment, non.

Elle regarda autour d'elle au cas où ce dont il faisait référence jaillirait tout à coup sous ses yeux.

— Mets-moi au parfum.

Lance écarta les bras et lui fit un grand sourire.

— Tu as devant toi le nouveau propriétaire de l'institut de beauté *Espace liminal*.

Grace cligna des paupières, stupéfaite.

— Et Lily, alors ?

Cette dernière était la sorcière talentueuse qui avait créé cet endroit vingt ans plus tôt et qui était rapidement devenue la masseuse guérisseuse la plus sollicitée de tout le nord de la Californie.

— Où est-elle partie ?

— Elle est toujours là, mais elle ne travaille qu'à mi-temps, deux jours par semaine, avec ses clients habitués. Le reste du temps, elle le consacre à son jardin d'herbes aromatiques.

— Alors, elle est en semi-retraite ?

Il confirma.

— C'est bien pour elle, commenta-t-elle en se levant pour ouvrir grand les bras. Et félicitations à toi. Te voilà devenu chef d'entreprise. Je suis certaine que tu vas réussir.

Lance l'enlaça et la serra contre lui.

— Merci, Grace.

Lorsqu'il recula, il étudia son visage et prit un air sévère.

— Quoi ?

Il se tourna vers Lex.

— Tu ne m'as pas dit qu'elle devait aussi se faire teindre les cils et les sourcils ?

— Si. C'est moi qui invite, confirma-t-elle. Tatie a un rencard sexy ce soir.

— Oh, c'est *vrai* ? s'écria Lance en agitant les sourcils. Avec qui ? Carl de la boulangerie ?

— Carl ?

Grace regarda autour d'elle avant de fixer Lance, bouche bée.

— Qu'est-ce qui vous prend à tous de croire que je vais sortir avec un homme de soixante-dix balais ?

— Il est sexy, répliqua Lance en la contemplant comme pour dire que, si elle n'acquiesçait pas, il la traiterait de folle. Comme Sam Elliott.

Lex rigola tout à coup, puis se plaqua une main sur les lèvres.

Lance lui fit un clin d'œil, et tous deux partirent dans un grand rire.

— Oh, très drôle.

Grace leva les yeux au ciel en comprenant que Lance avait déjà été mis au parfum de la conversation que Lex et elle avaient eue la veille.

— Tu peux te marrer, lui lança-t-elle. Attends un peu que je te fixe un rencard avec un type de la maison de retraite.

— Est-ce qu'il est riche ? Un *sugar daddy*, ça me plairait bien, pour une fois, plaisanta Lance en entourant Grace d'une blouse.

— C'est vrai, pourquoi pas ?

Elle se tourna vers Lex.

— Quant à toi… Tiens-toi bien ou je t'inscris comme bénévole au *Paradis des chiens*, avec cette nana qui te fait les yeux doux.

Lex écarquilla les siens.

— Elle est plus vieille que ma mère !

— Oui, confirma Grace en ricanant. Je parie qu'elle aurait des trucs à t'apprendre.

— Beurk. Arrête ! s'écria Lex en se couvrant le visage à deux mains et en secouant la tête. Je ne veux pas avoir ce genre de conversation avec ma tante.

Grace regarda Lance.

— Pourtant, c'est elle qui me disait hier soir que je devais me faire un bazillion pour ne pas me retrouver avec une grotte d'amour mal taillée si les choses s'échauffaient un peu.

— Un bazillion ? répéta Lance, hilare. Lex, cette experte en trucs de filles…

Il s'interrompit et lui fit un clin d'œil.

— Tu es sûre qu'elle t'a parlé d'un « bazillion » ?

— Je n'ai pas dit ça ! insista l'intéressée, dont le visage devenait rouge bordeaux tellement elle riait avec hystérie. J'ai dit « brésilien » !

— Oh, bordel. Je n'arrive même pas à retenir le jargon, gémit Grace. Oubliez-moi. Je vais mourir d'embarras juste là, dans le spa, merci.

Lance pouffa, ignorant sa réplique.

— Peu importe le nom que lui donnent les gamines, le fait

est que Lex a raison. On ne voudrait pas qu'il se perde dans la forêt.

— Ce serait tragique, oui.

Ses flancs lui faisaient mal de l'effort qu'elle faisait pour s'empêcher d'exploser de rire. Elle adorait embarrasser sa nièce en parlant de sexe. Vu toutes les opinions qu'avait Lex quant à sa vie amoureuse – ou son absence récemment, plutôt –, ses taquineries étaient justifiées.

— D'accord, ça suffit. On a compris, lança Lex en se redressant, les épaules droites. Je vais aller à mon massage.

Elle se tourna vers Lance.

— Toi, fais des miracles. Son rencard a trente-quatre ans.

— Lex !

Sa nièce lui fit un signe du doigt avant de filer au fond du spa.

— Un homme plus jeune, hein ? commenta Lance en mélangeant la couleur pour rectifier ses racines. Alors, il va te falloir cette épilation de la fouffe.

Et voilà. Elle n'y tint plus. Le rire s'échappa de ses lèvres et des larmes coulèrent de ses yeux, tandis que son corps tremblait de manière incontrôlable.

— Marre-toi autant que tu veux, mais tu sais que j'ai raison.

Il lui envoya un baiser dans le miroir et se mit à l'œuvre.

CHAPITRE 6

*A*vec ses cheveux nouvellement teints et coupés, Grace avait déjà une pêche d'enfer avant de suivre une esthéticienne du nom de Carrie jusqu'aux salles de soin au fond du bâtiment.

— Votre coiffure est super, Madame Valentine, approuva-t-elle. Lance s'est surpassé.

— Merci. Je l'adore.

— Bien. Voilà ce que vous devez porter. Allongez-vous, je vais préparer la couleur pour vos cils et sourcils.

Grace s'exécuta sans quitter du regard l'une des femmes les plus belles qu'elle ait vues de toute sa vie. Elle possédait de longs cheveux sombres et raides, tirés en queue de cheval, de grands yeux d'un bleu profond, une peau parfaite et des dents extra-blanches. Elle était comme une publicité vivante pour l'institut.

— D'accord. Les cils, en noir ? lui demanda Carrie.

— Oui, s'il vous plaît.

— Et les sourcils ? Les gens les font généralement d'un seul ton plus foncé que leur couleur naturelle, mais je peux faire encore plus foncé si vous le souhaitez.

Grace opta pour juste un peu plus foncé. C'était la première fois qu'elle se faisait teindre les sourcils, alors elle n'avait pas envie de faire un choix regrettable. Peu de temps après, Carrie déclara :

— Terminé ! À moins que...

— À moins que quoi ?

— Une petite épilation ne ferait pas de mal à vos sourcils. Et pour votre moustache, que voulez-vous faire ?

— Ma moustache ? s'écria-t-elle en portant machinalement les doigts sur sa lèvre supérieure.

— Les poils ne sont pas épais, donc pas très repérables. S'ils étaient tous blonds, je ne m'en inquièterais pas. Mais vous en avez aussi des plus foncés, et Lance m'a dit que vous aviez un rencard ce soir...

Elle haussa les épaules.

— Si vous voulez que je l'épile, j'ai le temps.

Une moustache ? Grace savait que ce serait un problème un jour. En vieillissant, sa mère en avait eu une, qui s'était transformée en buisson épais. Grace n'avait cependant pas remarqué que la sienne en était à ce stade. À moins qu'elle n'ait pas fait attention ? Elle s'assit.

— Est-ce que je peux avoir un miroir, s'il vous plaît ?

— Oui, bien sûr.

Carrie lui en apporta un petit et s'appuya contre le meuble.

— Comme je vous l'ai dit, ce n'est pas très repérable...

— Si. Clairement, si, répliqua Grace, horrifiée, en tournant la tête dans tous les sens, se demandant quand tous ces poils avaient jailli sur son visage.

Était-elle devenue aveugle ? Parce que la personne qui la

fixait dans le miroir avait de la fourrure qui poussait sur sa lèvre supérieure.

— Épilez-la. Et les sourcils. Et même mon menton, si vous pensez que c'est nécessaire. Enlevez tout.

— Vous êtes sûre ? Ça va vous laisser des marques rouges pendant quelques heures.

— Certaine. Et je voudrais aussi une épilation des jambes et un maillot brésilien, si vous avez le temps.

Brésilien ? Avait-elle perdu l'esprit ?

Carrie pouffa.

— Ça doit être un sacré rencard ce soir.

— Eh bien, disons que Grace va se remettre en selle.

— Hum. Je vous déconseille un brésilien le jour de votre rencard. La zone sera sensible un petit moment. Pour l'heure, je vous recommande de raser les jambes et de couper stratégiquement les poils du pubis. Mais nous pouvons fixer un rendez-vous pour dans une semaine, et nous pourrons faire les jambes et le brésilien, si ça vous tente toujours.

— Oh, que les déesses soient louées, s'écria Grace en soupirant de soulagement. Je n'avais vraiment, vraiment pas hâte de m'y mettre.

En riant, Carrie lui conseilla de se détendre, puis épila ses poils faciaux en trop.

— Ce sera rouge quelques heures, mais ça devrait s'être estompé d'ici à votre rendez-vous de ce soir.

— Merci, Carrie, lui dit-elle en l'enlaçant. Je reviendrai pour l'épilation des jambes.

— Et le brésilien ?

— Euh… sans doute pas, non. C'était juste ma nervosité qui parlait.

Elle baissa le regard.

— Je pense que ma grotte d'amour se portera très bien avec

cette coupe stratégique que vous évoquiez.

Carrie pouffa.

— Vous avez raison. Amusez-vous bien, prenez du plaisir à votre rencard.

Elle lui fit un clin d'œil et lui tint la porte ouverte.

— Beaucoup, beaucoup de plaisir.

Grace rigola mais, alors qu'elle quittait la pièce, elle sentit sa nervosité revenir. Que faisait-elle ? Elle venait de passer une grande partie de la journée à se pomponner pour un rendez-vous avec un mec qu'elle connaissait à peine et avec lequel elle ne devrait sans doute pas sortir.

— Grace ? l'appela une voix très familière, mais pas du tout bienvenue.

C'est un cauchemar, songea-t-elle. Elle ferma les yeux en priant que la femme s'en aille. Entendant des bruits de pas et une porte qui s'ouvrait et claquait doucement, elle soupira de soulagement et remercia en silence la déesse de ne pas avoir à affronter Shondra Barns. Cependant, quand elle souleva les paupières, elle était nez à nez avec la femme qui avait contribué à faire exploser son mariage. Elle se renfrogna et pivota sur elle-même, déterminée à trouver une autre sortie ; hélas, il fut rapidement clair que toutes les portes menaient à des salles de soin privées.

Alors elle se tourna et se blinda le plus possible.

— Shondra. Qu'est-ce que je peux faire pour toi ?

La jeune femme portait un peignoir et avait attaché ses cheveux blond platine en un chignon lâche. Malgré tout, elle semblait quand même sortir tout droit des pages d'un magazine de mode. Ou de Playboy. Sa peau parfaite se teinta de rose quand elle répondit :

— Je voulais juste savoir comment tu allais.

— Génialement bien. Mais excuse-moi, je dois partir.

Grace s'apprêtait à la dépasser quand Shondra l'attrapa par le poignet et la retint légèrement. Grace observa ses doigts.

— Tu ferais mieux de me lâcher tout de suite.

— Grace. Bill et moi sommes inquiets pour toi. Après tout ce qui s'est passé, tu dois traverser une période difficile. Nous souhaitions te contacter pour te dire que nous sommes là pour toi. Il te suffit de nous appeler, si tu as besoin de quoi que ce soit. Personne ne voulait te faire de mal, il faut que tu le saches.

Les mots lui manquèrent, et elle se retrouva à fixer la femme qui avait été autrefois non seulement une employée, mais aussi une amie. Shondra se tenait-elle vraiment là, devant elle, à feindre la sollicitude ? Grace se renfrogna.

— Épargne-moi tes salades, Shondra. Si tu craignais sincèrement de me blesser, tu ne te serais pas tapé mon mari pendant un an au bureau pendant que je faisais sa lessive et que je lui préparais le dîner. Alors, va te faire voir avec ton inquiétude. Je n'en ai pas besoin et c'est déplacé.

Shondra recula comme si elle l'avait frappée.

Grace lui fit un sourire narquois et récupéra son poignet.

— Pour le cas où ce ne serait pas clair, nous ne sommes pas amies. Nous ne le serons jamais. Et si, par le plus grand des hasards, j'avais besoin d'aide un jour, ce ne serait pas vers Bill ou toi que je me tournerais. En fait, vous seriez même les deux dernières personnes que j'irais voir. Alors, fais-moi plaisir, la prochaine fois qu'on se croise, fais comme si tu ne m'avais pas remarquée et je ferai de même. Compris ?

Shondra plissa les yeux, agacée. Bien. Cette femme était le catalyseur de la destruction de son mariage. Cela dit, bien qu'énervée et ayant eu le cœur brisé, Grace n'avait pas été dévastée par la trahison. Elle allait de l'avant, et elle n'avait pas besoin de cette femme faisant semblant de s'inquiéter pour elle.

Shondra se racla la gorge et se pencha vers elle.

— Tu as un poil noir sur le nez. Tu aurais dû l'épiler aussi.

Grace tressaillit et se couvrit machinalement la zone.

— Non.

— Si tu le dis, rétorqua Shondra avec un sourire suffisant, avant de pivoter pour se diriger vers les vestiaires des femmes.

La rage envahit Grace, qui ne put s'empêcher de marmonner.

— Joy avait raison. Tu mériterais des verrues génitales.

Shondra s'immobilisa et la regarda.

— Qu'est-ce que tu as dit ?

— Rien. Profite bien de ce massage payé par mon ex, dit-elle avec une amabilité forcée. Mais ne t'y habitue pas trop. Dès que la lune de miel sera terminée, il va mettre un terme à toutes les dépenses qu'il estime frivoles.

La jeune femme leva le menton d'un air de défi.

— Je gagne mon propre argent.

— Oui, acquiesça Grace. En travaillant pour lui. Attends que le mariage soit passé et tu verras. Bonne chance.

Elle tourna les talons et, plutôt que de suivre Shondra dans les vestiaires pour vérifier ses dires concernant son soi-disant poil de nez, elle rejoignit l'avant du salon pour trouver Lex.

— Tatie, tes cheveux sont superbes, dit celle-ci en se levant du fauteuil massant. Et regarde-moi ces cils. Ils sont si longs. La teinte est bien choisie.

Grace recula et indiqua son nez.

— Est-ce que j'ai un poil là ?

— Quoi ?

Lex la dévisageait comme si elle avait perdu la tête.

— Sur mon nez. Est-ce qu'il y a un poil moche qu'il faudrait épiler ?

Sa nièce l'étudia d'un air très concentré.

— Non. Je te l'aurais dit, s'il y en avait.

Elle haussa un sourcil.

— Tu n'as pourtant rien dit concernant ma moustache.

— Quelle moustache ? répliqua Lex en l'observant de plus près. Tu t'es fait épiler la moitié du visage ou quoi ?

— Oui, parce que, d'après l'esthéticienne, j'avais de la moustache, des chenilles à la place des sourcils et de la barbe.

Elle ferma les yeux et secoua la tête.

— Je sais, j'exagère, mais c'est ce qui se passe quand on tombe sur sa remplaçante.

— Shondra est ici ? Tu l'as croisée ? souffla Lex.

Elle fit la grimace et acquiesça.

— Puis elle a dit que je m'étais transformée en vieille sorcière.

— Elle a dit *quoi* ?

— C'est tout comme. C'est elle qui m'a dit que j'avais un poil noir qui me poussait sur le nez.

— Tout va bien, ma chérie, intervint Lance en s'approchant par-derrière pour l'étreindre aux épaules. Tu ne ressembles pas à Chewbacca non plus, tu sais. C'est le boulot de Carrie de repérer ce genre de choses. Crois-moi, tu es splendide. Et cette Shondra, c'est qui ? Elle a l'air d'une peste.

— Oui, c'en est une. C'est elle qui a couché avec mon ex, ce qui a conduit au divorce.

— Elle travaillait avec Grace, aussi, souffla Lex à l'intention de Lance.

— Oh quelle salope, commenta celui-ci. Quelle vieille peau ! Je t'interdis d'écouter ce qu'elle peut raconter. Elle ne mérite pas que tu dépenses ton énergie pour elle.

Il la serra contre lui.

— Maintenant, ramène ton joli petit cul chez toi et métamorphose-toi en la déesse sexy qui sommeille au fond de toi. Ce sera la plus belle des revanches contre les gens comme Shondra. Pendant qu'elle se retrouvera coincée dans ton ancienne vie à laver les caleçons de Bill, toi, tu mèneras l'existence que tu veux sans rendre de comptes à personne. Pour moi, tu y as gagné au change.

— Carrément ! s'écria Lex en levant le poing en l'air. Tu as une vie de rêve.

Était-ce vraiment le cas ? Oui, vu de l'extérieur, ça semblait génial. Elle possédait son propre cottage sur la plage, avait un boulot et un rencard sexy. Mais la maison était petite, le travail précaire tout au plus et le rencard passerait très vite à quelqu'un de l'âge de Shondra dès qu'il aurait vu Grace nue.

Euh... attendez, songeait-elle sincèrement à se déshabiller devant lui ? Allait-elle vraiment lui montrer son corps de femme d'âge moyen ? En gémissant, elle se demanda comment elle avait pu envisager d'accepter ce dîner avec Owen.

— Oh, non. Non, non, non, s'exclama Lex en la prenant par les épaules pour l'entraîner vers la sortie. Ne te laisse pas envahir par le doute. Ce soir, tu vas vivre un peu, même si je dois pour ça te traîner jusqu'au restaurant moi-même.

— Mais, Lex...

— Non, je suis sérieuse. Viens. Je n'accepterai aucun refus.

Grace pouffa. Elle savait que sa nièce le ferait vraiment et que, si elle essayait d'annuler le rencard avec Owen, elle n'en entendrait jamais la fin.

— D'accord, très bien. Mais il faut d'abord que je paie la note.

— Ta carte est enregistrée dans nos fichiers, lança Lance. Je m'en charge.

— Ajoute bien un pourboire pour Carrie et toi, s'écria Grace juste avant que Lex ne la pousse jusqu'à la sortie.

CHAPITRE 7

Grace resserra son manteau autour d'elle, pour cacher la robe courte que Lex avait choisie pour le rendez-vous. C'était celle que Hope appelait sa « robe de divorcée ». Celle qu'elle s'était achetée parce qu'elle l'aidait à se sentir bien. Et c'était le cas, dans le magasin. Mais, maintenant qu'elle la portait au travail pour une réunion avec son patron, Grace commençait à douter de toutes les décisions qu'elle avait prises ces derniers jours.

— Ouah, s'extasia Owen, qui siffla tout bas en la voyant entrer. Regarde-toi. Un super rencard ?

Il ajouta un sourire entendu à sa question.

— Juste un dîner amical.

— Ce type est un sacré veinard, commenta-t-il en se levant pour venir se placer à ses côtés et poser une main en bas de son dos.

— Qui a dit que mon rencard était un mec ?

— Donc tu admets que c'est un rencard, répliqua-t-il, les yeux étincelant de malice.

Elle ne put retenir le rire qui franchit ses lèvres.

— Eh bien, j'ai remis ces pompes. Alors j'imagine qu'on peut dire que c'est un vrai rendez-vous.

Il observa les talons aiguilles bleus et hocha la tête.

— Ce sont clairement des chaussures parfaites pour un rencard.

C'était à peu près ce que Lex avait dit, elle aussi. Sauf qu'elle les avait qualifiées de « chaussures parfaites pour le sexe ». Grace n'était pas d'accord. Oui, les escarpins bleus avec leurs notes dorées étaient sexy en diable, mais plus que ça : ils lui donnaient confiance en elle. Or, elle en avait bien besoin, autant pour son rendez-vous professionnel que pour le dîner.

— Je dois d'abord parler à Landers, puis je serai prête, dit-elle à Owen.

Elle s'approcha du bureau de leur patron.

— Bonjour, Nina. Est-ce qu'il peut me recevoir ?

Elle cligna des paupières pour s'assurer que sa vue ne lui jouait pas des tours quand elle aperçut le bouton d'acné sur le menton de la jeune femme. Sa peau n'avait-elle pas été parfaite un peu plus tôt dans la journée ? Horrifiée, Grace se souvint qu'elle avait souhaité que Nina ait un bouton. Était-ce sa faute, alors ? Lui avait-elle lancé un sort sans s'en rendre compte ? Elle repensa à la potion pour verrues génitales. Oui, c'était possible. Elle se concentra sur le visage de la jeune femme et l'imagina à nouveau lisse. Elle ignorait si cela fonctionnerait, mais ça ne pouvait pas faire de mal.

Nina quitta son écran du regard et l'étudia de pied en cap.

— Vous êtes beaucoup trop bien habillée pour un rendez-vous professionnel.

— Je dois aller quelque part ensuite. Est-il disponible ?

Nina décrocha le combiné et appuya sur un bouton.

— Grace Valentine aimerait vous voir.

La réponse qu'elle obtint la fit grimacer.

— Oui, monsieur, ajouta-t-elle très vite. Elle vient juste d'arriver. Je vous l'envoie tout de suite.

Elle reporta son attention sur Grace.

— Il vous attend.

Grace n'était pas en retard, si ? On aurait vraiment dit que Landers était agacé d'avoir patienté. Elle jeta un coup d'œil à l'horloge sur le mur et soupira de soulagement en constatant qu'elle avait même dix minutes d'avance. Grace à Lex, elle avait pu se préparer pour son rencard en un temps record.

— Grace, enfin. Entrez, lança Landers dès qu'elle pénétra dans la pièce.

— Je suis désolée de vous avoir fait attendre, dit-elle en refermant derrière elle avant d'aller s'asseoir devant lui. Si j'avais su, je serais arrivée plus tôt.

Il regarda la porte du bureau, puis se renfrogna.

— Nina aurait dû me dire que vous étiez venue tout à l'heure. Je vous aurais reçue. Ce problème ne se reproduira plus.

— Merci.

Dévisageant son nouveau patron, elle se demanda si elle l'avait mal jugé. Parce qu'il semblait, en cet instant, faire montre de respect envers elle et son temps. S'était-elle trompée en pensant qu'il lui avait confié ce dossier pour qu'elle échoue ?

— Je voudrais vous parler des propriétés de M. Saint.

— Je m'en doutais.

Il s'appuya contre son siège et fit un triangle avec ses mains.

— J'ai entendu dire que vous l'aviez rencontré.

— Oui, ce matin. Comment l'avez-vous appris ?

Il posa les doigts croisés sur son ventre replet et haussa légèrement les sourcils.

— Il voulait comprendre pourquoi ma nouvelle agente

n'avait toujours pas mis ses biens en vente. Il m'a incendié, quelque chose de beau.

Il pouffa tout bas.

— Et il avait tout à fait raison de le faire, vous savez. Nous lui avons fait perdre son temps et c'est ma faute. Je crois que je ne m'attendais pas à ce que vous vous atteliez si rapidement à ce dossier.

Landers eut un rictus en coin.

— Je vous ai sous-estimée une fois. Ça ne se reproduira plus.

— J'aime bien attaquer très vite.

Contente qu'il se montre aussi honnête avec elle, elle lui sourit avec sincérité.

— J'ai cru comprendre que vous aviez pris des notes sur les propriétés. Est-ce que je peux les consulter ? lui demanda Landers.

— Bien sûr.

Elle sortit de sa sacoche le rapport qu'elle avait fait pour M. Saint et le lui tendit.

— Comme je vois les choses, soit il doit faire des travaux, soit il doit baisser les prix. Les maisons sont défraîchies...

— Il a déjà tenté tout ça, commenta Landers, en étudiant le compte-rendu de près.

— Pardon ? Que voulez-vous dire ?

— Il a fait repeindre la victorienne il y a six mois. Deux semaines plus tard, elle avait repris l'apparence qu'elle avait, comme si personne ne l'avait rénovée. Il a fait venir un entrepreneur pour remplacer les planches rouillées, tout repeindre et même entretenir le jardin.

— C'est impossible.

Elle secoua la tête.

— Enfin, si le temps était mauvais, l'aménagement paysager

aurait pu en pâtir, oui. Mais le reste n'aurait pas pu se détériorer aussi vite.

— Ça ne l'est pas, non, si la maison est maudite ou si les fantômes qui hantent les lieux ont suffisamment d'énergie pour accélérer le vieillissement.

Il lui adressa un sourire crispé.

— Les deux autres propriétés ont eu le même problème. Celle avec les sols arrachés, par exemple. Ils ont déjà été remplacés à deux reprises. La seconde fois après une purification pour déloger tous les esprits néfastes. Ça n'a pas marché, manifestement.

— Et le cottage ? Il a déjà engagé quelqu'un pour le purifier, j'imagine ?

— Oui. Ce qui se trouve à l'intérieur parvient à faire fuir toute personne avant même qu'elle ne franchisse la porte.

Grace l'avait franchie, au moins. Mais quand même. La situation était mauvaise. Les maisons n'avaient pas juste besoin d'être rafraîchies. Il leur fallait un exorcisme. Pas étonnant que Landers les lui ait confiées. En tant que sorcière, elle était sans doute plus qualifiée que n'importe quel autre membre de l'équipe pour s'en charger. Mais elle n'était pas chasseuse de fantômes. Elle faisait plus dans les potions revigorantes et les allumages de cierge par la pensée.

— Pourquoi ne m'avez-vous pas dit tout ça quand vous m'avez donné le dossier ?

Landers arbora une expression penaude.

— Pour être honnête, Grace, je vous testais, je pense. Je ne m'attendais pas à ce que vous preniez les choses en main comme ça sans vous renseigner auprès de moi d'abord.

Elle sentit monter sa colère, mais se contint. S'énerver contre son patron ne servirait à rien, or, clairement, elle n'appréciait pas de s'entendre dire qu'elle avait besoin de son aide pour faire son travail. Après tout, elle était dans le métier depuis vingt ans.

— C'est ce que vous attendez de moi ? Que je me précipite vers vous au moindre problème ?

Il éclata de rire.

— Non. Pas du tout. En fait, je préfère les agents qui n'ont pas besoin qu'on leur tienne la main.

Landers se leva et lui tendit la sienne.

— Bienvenue dans l'équipe, Grace. J'espère vraiment que vous parviendrez à vendre au moins l'une de ces propriétés, parce que je pense que nous ferions du très bon travail ensemble.

Elle resta assise quelques instants, stupéfaite. Ce n'était plus le même homme que celui qui lui avait fait passer un entretien. Celui-ci était un manager coriace qui savait aussi se montrer juste et élogieux envers son équipe. C'était précisément les qualités qu'elle cherchait chez un patron. Elle se mit debout et lui serra la main.

— Pensez-vous pouvoir purifier suffisamment ces maisons pour trouver des acheteurs ?

Elle hocha la tête, bien qu'elle n'en ait en réalité aucune idée. Exorciser des fantômes n'était pas son domaine de compétence. Mais quelqu'un devait bien savoir comment s'y prendre, et elle tenterait tout ce qui était en son pouvoir pour faire appel à leurs lumières.

— Oui. J'ai juste besoin d'un peu de temps.

Il esquissa un sourire charmant en se rasseyant.

— Bien. Maintenant, filez et profitez de votre rendez-vous.

— D'ailleurs, à ce propos... Que pensez-vous des relations entre collègues ?

Il tordit la bouche.

— Vous n'êtes pas en train de m'inviter à sortir, si ?

Elle toussa en sentant son corps s'échauffer... à nouveau. Elle devait absolument cacher la sueur que la bouffée de chaleur avait déclenchée, et elle ne souhaitait vraiment pas lui montrer son décolleté. Elle se força à rire.

— Non. Mais je mange avec Owen, alors je voulais être sûre que ce ne soit contraire à aucune politique interne ou que ça n'affecterait pas mon emploi.

Il agita la main, peu concerné.

— Tant que ça n'interfère pas avec votre travail, je me fiche de ce que vous faites sur votre temps libre.

Sa tension se calma. Elle lui sourit. Il n'était pas si méchant, après tout. Soudain, elle n'eut pas envie de ce travail uniquement parce qu'il était sa seule option en ville. Non, elle le voulait aussi parce que, malgré leurs débuts difficiles, Kevin Landers semblait être un homme bien.

— Merci. J'appellerai M. Saint demain pour lui soumettre un plan pour ses propriétés.

— Une fois qu'il sera prêt, donnez-moi les détails, dit-il en se mettant debout.

— Bien sûr.

Landers la suivit hors du bureau. Nina leva les yeux et fit un grand sourire à son boss.

— Est-ce que ce sera tout pour aujourd'hui, patron ?

— Non. Je viens de vous envoyer par mail des contrats que vous devez vérifier et transmettre aux vendeurs. Dites-leur que je serai absent ce soir, mais qu'ils peuvent toujours m'appeler s'ils ont des questions. Ensuite, vous devrez vous rendre au magasin de fournitures de bureau. Vous trouverez dans vos e-mails la liste de ce que vous avez oublié la dernière fois.

— Je peux y aller demain mat...

— Vous pourriez, mais j'ai besoin d'avoir demain matin, à

huit heures précises, les fournitures, la commande passée à la boulangerie et que vous devez récupérer, ainsi que vous. Je rencontre un nouveau client à la première heure.

— Oh, d'accord.

Elle se mordit la lèvre et tapa avec frénésie sur son portable pour prévenir quelqu'un.

Manifestement, elle avait des projets, qu'elle devait annuler ou repousser, puisque Landers lui faisait faire des heures supplémentaires. Peut-être était-ce également une façon de se venger de lui avoir fixé un rendez-vous aussi tard dans la journée.

Landers s'arrêta au bureau d'Owen pour lui dire quelque chose, puis quitta l'agence.

— Prête ? demanda Owen à Grace.

— Prête.

— Bonne soirée, Nina, la salua-t-il sans lui accorder le moindre regard.

La jeune femme marmonna quelque chose à propos de préservatif et espéra que la crème antidouleurs musculaires ne soit pas un tue-l'amour pour lui. Grace rit à gorge déployée, car c'était elle, après tout, qui sortait en rencard avec l'agent ultra sexy tandis que Nina passerait la soirée à acheter de l'encre et des agrafes.

CHAPITRE 8

— Que penses-tu de ne prendre qu'une seule voiture ? suggéra Owen alors qu'ils se tenaient entre les deux leurs sur le parking.

— Ce serait sans doute plus facile si...

Son portable vibra, la coupant dans son élan.

— Attends.

Elle regarda l'écran et fronça les sourcils en voyant qu'il s'agissait de Kevin Landers.

— Bonsoir, patron. Vous avez oublié quelque chose ?

— Non, rien. Je suis mentionné comme personne à contacter sur l'annonce, et on vient de m'informer qu'une cliente aimerait visiter la maison victorienne, route de la Mer. Elle y sera avec son agent dans une demi-heure. Je me suis dit que vous voudriez le savoir et y faire un tour pour vous assurer que la maison ne les fasse pas fuir.

— Je m'en charge.

Elle raccrocha et adressa un sourire désolé à Owen.

— Je suis navrée, je dois faire visiter une de mes propriétés. Pouvons-nous remettre le dîner à une autre fois ?

— Laquelle ? demanda-t-il en plissant les lèvres, comme s'il réfléchissait.

— La victorienne, sur la route de la Mer, répondit-elle en s'approchant de sa portière conducteur. Pourquoi ?

— Ça t'ennuie si je t'accompagne ? Je ne l'ai pas encore visitée. Ce serait pas mal que je le fasse pour le cas où l'un de mes clients s'y intéresserait.

Il s'appuya contre sa BMW et lui sourit.

— En plus, quand tu auras fini, nous pourrons toujours nous prendre à manger.

Grace rit. Il aurait pu s'arrêter voir cette maison n'importe quand, puisque les clés étaient rangées dans une boîte à l'extérieur et que c'était une exclusivité de *Landers Immobilier*, donc sa présence à elle était superflue.

— Tu es si désespérément en manque de rencards ? le taquina-t-elle.

— Je ne dirais pas ça, mais si tu me crois assez stupide pour renoncer à passer la soirée avec une femme aussi canon que toi, alors tu n'es peut-être pas aussi intelligente que je le pensais.

Le clin d'œil qu'il lui adressa transforma ses entrailles en gelée.

Pourquoi réagissait-elle si puissamment à son flirt ringard ? *Sans doute parce que ça fait deux ans au moins que tu n'as pas eu de relations sexuelles convenables*, lui souffla une petite voix. C'était d'une logique imparable. Et, même si elle ne s'était pas fait faire le brésilien, elle avait tout de même rasé ou coupé ses poils et s'était enduite de crème de la tête aux pieds. S'il y avait bien une nuit où elle était prête à se jeter au cou de quelqu'un, c'était celle-là. Rien que d'y penser, son corps se mit à picoter. Lorsqu'elle reprit la parole, sa voix était rauque.

— Oui, d'accord.

Les yeux sombres d'Owen luisirent d'un désir bestial. Qui disparut dès qu'il cligna des paupières, n'affichant plus que de la curiosité.

— Tu vois ça comment ? Une voiture ou deux ?

— J'habite près de cette propriété, alors prenons les deux. Comme ça, si nous avons toujours le temps de manger après ça, nous pourrons déposer la mienne chez moi et y aller avec la tienne. Ça te convient ?

Il afficha un petit sourire tout à fait sexy.

— C'est parfait.

Grace grimpa dans son SUV et alluma tout de suite la climatisation. Il faisait chaud ou bien allait-elle partir en combustion spontanée à cause d'Owen ? Les deux, sans doute. Elle dirigea tous les aérateurs à sa portée sur son visage et soupira de soulagement. Étant donné qu'il faisait rarement plus de vingt degrés ici l'été, vingt-cinq tout au plus, elle n'aurait pas dû transpirer autant. Mais elle commençait à comprendre que les hormones ne torturaient pas que les adolescents. Elle était entrée dans un nouveau cycle infernal, qui pouvait durer… Qu'avait dit le médecin, déjà ? Ah oui. Des années. *Merde.*

Un coup de klaxon la sortit de son autoapitoiement. Tournant la tête, elle vit Owen lever les mains en l'air, pour lui demander ce qu'il se passait. Elle agita la sienne puis indiqua la route, pour essayer de lui faire comprendre qu'elle était prête à partir. Puis, sans attendre sa réponse, elle recula et traversa la ville… une nouvelle fois.

Owen arriva avant elle et gara sa voiture de l'autre côté de la rue. Grace, elle, se mit dans l'allée, coupa le moteur et vérifia son visage dans le miroir. Elle se lissa les cheveux et constata, ravie, que son maquillage était encore impeccable. Alors qu'elle s'apprêtait à détourner les yeux, quelque chose attira son attention. Était-ce... un poil blond en plein milieu de son front ? Un poil blond de plus de deux centimètres ? Elle poussa un cri horrifié et chercha frénétiquement la pince à épiler qu'elle conservait toujours dans son sac à main.

Comment était-ce possible ? On lui avait épilé la moitié de la figure. Lex l'avait maquillée et avait même inspecté son visage pour être sûre qu'il n'y restait aucun cheveu coupé. D'accord, elle avait surtout vérifié son nez, mais quand même. Shondra lui avait-elle jeté un sort ? Sans doute. Au moins, c'était un poil blond. Il n'en demeurait pas moins qu'il était long. Comment avait-elle pu le manquer ? Avait-elle besoin de nouvelles lunettes ? Elle se nota mentalement de prendre très vite rendez-vous chez l'ophtalmo. Trouvant enfin sa pince à épiler, elle s'occupa rapidement du poil solitaire qui tentait d'envahir son front.

Toc, toc.

Elle s'adossa brusquement, refermant si précipitamment la pince à épiler qu'elle se coinça un bout de peau dedans. Elle poussa un cri et lâcha l'outil entre le siège et la console.

— Merde !

— Tout va bien ? demanda Owen, l'air inquiet.

— Oui !

Elle ouvrit sa portière et prit sa sacoche.

— Désolée. J'avais une urgence capillaire.

Il tordit les lèvres, mais eut la présence d'esprit de ne rien dire tandis qu'il la suivait dans l'allée bordée d'arbustes qui auraient eu bien besoin d'une bonne taille.

— Bien, cette maison est de style victorien et possède une magnifique terrasse à l'arrière donnant sur l'océan. Si elle avait été dans mon budget quand j'en cherchais une, elle m'aurait sacrément intéressée.

— Même si elle est hantée ?

Elle tapa le code sur la boîte à clés.

— Tu as entendu parler de ça, hein ?

— Tout le monde est au courant. Ou du moins tous les agents immobiliers à deux cents kilomètres à la ronde. Il paraît qu'il y a un pari pour savoir si tu seras capable de vendre ces biens.

— Quoi ? s'écria-t-elle en pivotant vivement vers lui. Les autres agents misent sur ça ? La vache, la nouvelle est allée vite.

Il hocha la tête, penaud.

— Laisse-moi deviner. Tu as parié contre moi.

Elle le regarda dans les yeux en se demandant si elle devrait préférer de la glace chocolat et beurre de cacahuètes pour le dîner plutôt qu'un restaurant avec Owen. En tout cas, elle se sentirait bien, comme ça.

— Bien sûr que non.

Il lui prit la main et la garda gentiment.

— J'ai parié que tu vendrais les trois avant la fin de l'été et au moins l'une d'entre elles au prix souhaité.

— C'est vrai ?

Elle observa leurs mains et l'imagina passer la sienne sur sa hanche. Cette pensée la fit frissonner, et elle ne put s'empêcher de se lécher les lèvres. Il était si... appétissant.

— Oui, c'est vrai.

Ils restèrent les yeux dans les yeux sur la terrasse avant et, alors que Grace se penchait vers lui pour l'embrasser, ils entendirent claquer une portière. Ils sursautèrent comme s'ils avaient été surpris à se peloter dans le placard à balais. Elle pouffa, nerveuse, puis observa derrière Owen la femme toute menue qui s'avançait vers eux. La petite trentaine, elle était habillée d'un tailleur Chanel classique et de magnifiques escarpins rouges, attachés aux chevilles par des rubans de la même teinte. Elle n'était que classe et élégance pure.

Elle était suivie par Vince Hill, un agent venant d'une ville voisine. Il la salua d'un geste amical.

— Grace ! C'est donc toi la nouvelle employée de Kevin ?

— Il semblerait.

Elle lui adressa un sourire chaleureux. C'était toujours agréable de travailler avec lui. Elle tendit la main à la cliente.

— Bonjour, je m'appelle Grace Valentine et voici mon collègue, Owen Taylor. J'espère que sa présence ne vous ennuie pas. Il n'a pas encore eu l'opportunité de visiter la maison.

— Aucun souci pour moi. Gigi Martin, se présenta la cliente avec une ferme poignée de main. Je suis impatiente de revoir cette maison.

— Revoir ? Vous êtes déjà venue ?

— Oh, oui. Je ne devrais sans doute pas vous dire ça, mais j'en suis tombée amoureuse. Elle a tellement de charme. Et cette vue. Ah ! C'est quelque chose.

— Eh bien, présenté comme ça, je suis impatient, moi aussi, intervint Owen en lui tendant la main. Enchanté, Gigi.

— Moi de même.

Elle lui sourit, puis battit des cils.

— La vache. Vous êtes sacrément mignon.

Owen éclata de rire.

— Merci.

Grace, constatant qu'il rougissait, rigola.

— Et si nous entrions pour jeter un coup d'œil à l'intérieur ?

— Avec plaisir.

Gigi observa la terrasse abîmée.

— Ah, les esprits essaient encore de repousser les visiteurs.

— Les esprits ? répéta Grace.

Elle ne doutait pas que cet endroit soit hanté, mais elle ne savait toujours pas par qui. Si Gigi avait connaissance de quelque chose qu'elle ignorait, elle n'allait pas manquer cette opportunité d'en apprendre davantage.

— Oh, voyons, Grace. Tout le monde sait que cette maison est hantée. Mais ça ne me dérange pas.

Elle agita une main en un geste désinvolte.

— Les fantômes m'ont toujours fascinée. La seule vraie question, c'est : vont-ils m'accepter ?

— C'est...

Grace secoua la tête.

— Oui. Si une maison hantée vous intéresse sincèrement, c'est la meilleure manière de procéder. Voyons voir ce qu'ils ont à nous dire.

Elle ouvrit la porte à Gigi et Vince, puis Owen et elle les suivirent.

Owen lui serra brièvement la main.

— Je vais jeter un coup d'œil rapide pendant que tu fais ça, d'accord ?

— D'accord.

Elle lui sourit et le regarda monter l'escalier.

Vince s'attarda dans l'entrée de la maison. Il avait l'air nerveux et ne cessait de fixer la sortie comme s'il comptait filer à tout instant. Grace ne lui prêta pas attention, s'intéressant plutôt à Gigi qui s'approchait des portes coulissantes à l'arrière de la demeure.

Elle les déverrouilla et les ouvrit, laissant la brise marine chargée de sel pénétrer dans la pièce. Ses cheveux couleur miel voletèrent autour d'elle tandis qu'elle observait le littoral.

Puis quelque chose d'étrange se produisit. Sa peau sembla se parer d'un halo doré et chatoyant, les murs autour d'elle prirent une teinte d'ivoire plus vive tandis que le parquet luisait comme si la lumière filtrait à travers les planches. La brise se réchauffa, devenant chaleureuse, et Grace sentit les immanquables fourmillements de magie blanche emplir les lieux.

Quoi qu'il se passe ici, il était évident que la maison avait totalement accepté Gigi. Les esprits, qui repoussaient tous les autres visiteurs, l'accueillaient à bras ouverts.

— C'est mon petit coin de paradis, commenta Gigi en soupirant, avant de se tourner vers eux pour leur sourire.

Grace ressentit une bouffée d'excitation. Elle n'était pas du genre à devenir hystérique face à l'intérêt des gens. Ces derniers étaient tellement imprévisibles quand ils cherchaient un logement. Ils pouvaient tomber amoureux d'un endroit, promettre une offre dans l'heure, puis changer d'avis dix minutes plus tard à cause d'un détail stupide comme la couleur des murs extérieurs. D'un autre côté, elle avait également connu son lot de visites où l'acheteur potentiel se plaignait de tout, y compris du voisinage, avant de faire dès le lendemain une offre équivalant ou approchant le prix de vente. Elle avait très vite appris à réfréner son excitation.

Toutefois, Gigi et la bâtisse située 5, route de la Mer partageaient une connexion évidente, et Grace savait que la maison non seulement la voulait *elle*, mais aussi qu'elle ferait fuir toutes les autres personnes. La magie était puissante.

— Quand espérez-vous déménager ? demanda-t-elle, pour voir où en était Gigi de son projet.

— Le plus tôt possible, répondit-elle en caressant d'un doigt léger le plan de travail de la cuisine en quartz blanc.

Elle croisa le regard de Vince, et ils discutèrent en silence.

Grace aurait voulu poser davantage de questions, mais elle décida de les garder pour elle. Elle n'aimait pas que d'autres agents harcèlent ses clients, alors elle ne le ferait pas avec les leurs. Quand ils repartiraient, elle aurait une conversation avec

Vince en privé pour savoir si elle pouvait s'attendre à une offre prochaine.

Gigi revint dans le salon et parla de l'agencement des meubles, indiquant où la table de sa grand-mère serait placée. Grace crut au départ que c'était à Vince et elle qu'elle s'adressait, mais Gigi fixait la cheminée et se mit à pouffer.

— Arrête, tu vas me faire rougir.

Elle haussa les sourcils. Gigi discutait-elle avec les esprits ?

Entendant des pas dans l'escalier, elle pivota vers Owen, qui descendait. Il venait tout juste de les rejoindre quand la porte d'entrée s'ouvrit brusquement, dévoilant un homme de haute taille qui avançait à grands pas. Ses cheveux étaient coiffés avec bien trop de gel et il portait un costume coûteux assorti d'une cravate en soie rouge.

— Gigi ! Qu'est-ce qui te prend ? Je t'ai dit qu'il était hors de question que nous achetions cette maison ! Qu'est-ce que tu fais encore là ?

Il se tourna pour fusiller Vince du regard.

— Pourquoi avez-vous emmené ma femme faire des visites ? Je vous avais dit que je ne voulais pas qu'elle en fasse sans moi.

— James, le réprimanda Gigi. Ne t'en prends pas à Vince. Il ne fait que son travail.

— Il le fait dans mon dos, surtout. Il se passe quelque chose entre vous ?

— Ne sois pas ridicule.

Elle plissa les yeux et serra les poings ; l'aura dorée qui l'entourait disparut, de même que la magie qui grésillait dans l'air, remplacée par un froid glacial qui n'avait rien à voir avec la brise fraîche dérivant de l'océan. Des frissons parcoururent la peau de Grace, lui donnant envie de fuir en courant la maison et ce qui la hantait.

Une chose était certaine : l'arrivée de James ne rendait pas les fantômes heureux.

Tous ses espoirs et son excitation à l'idée de pouvoir vendre ce bien s'estompèrent. Il était impensable que James achète cette maison. Les esprits voulaient Gigi, mais elle ne les imaginait pas accepter James.

Elle jeta un coup d'œil à Owen, dont la mine sombre ne l'apaisa en rien. Elle se racla la gorge.

— Gigi, vous allez bien ?

L'intéressée se tourna vers elle, mais ce fut James qui répondit.

— Évidemment qu'elle va bien. Gigi, viens là. Nous rentrons à la maison.

La porte d'entrée claqua tout à coup, et une énorme rafale de vent pénétra par les fenêtres coulissantes ouvertes, suffisamment forte pour obliger James à reculer. Il en fut le seul affecté. Intéressant.

— Je veux d'abord faire un tour à l'étage, annonça Gigi sur un ton plein de défi. Tu m'as dit que je devrais trouver la maison de vacances de mes rêves. C'est celle-là.

— Et je t'ai dit que tu pouvais avoir toutes celles que tu souhaitais sauf celle-là.

Il s'avança vers elle, le bras tendu comme pour la saisir. Grace s'apprêtait à s'interposer, car tout chez James déclenchait ses alarmes internes, mais Gigi géra la situation. Elle leva la main pour lui faire signe d'arrêter.

— Ça suffit, lança-t-elle.

James se figea, bouche bée de surprise.

— Qu'est-ce que tu fais ?

— Je me défends.

Elle fixa son mari d'un regard perçant. Ses prunelles se

parèrent un instant du chatoiement doré précédent, avant de redevenir bleues.

— J'ai envie de faire le tour de cette maison. Si tu veux t'en aller, tu devras me traîner hors d'ici.

Il grogna tout bas.

— Gigi, ne m'oblige pas à…

— Je pense que ça suffit.

Cette fois-ci, Grace se plaça entre le couple et fixa le mari de la cliente.

— Je vais devoir vous demander de sortir de cette maison maintenant, monsieur.

James la dévisagea, stupéfait, puis jeta un coup d'œil à Vince et Owen, qui s'étaient rapprochés pour former un petit cercle autour de lui. Il inspira profondément, puis pencha la tête pour regarder derrière Grace.

— Gigi, je t'attends dehors. N'y passe pas toute la soirée. Nous devons dîner ensemble.

— Tu n'es pas obligé de patienter. Je te retrouve au restaurant dans trente minutes.

Sous l'effet de la colère, les narines de James s'évasèrent et son visage s'empourpra, mais il finit par tourner les talons et sortir de la demeure. Dès qu'il s'en alla, l'énergie oppressante disparut à son tour.

Gigi baissa la main et se mit à trembler, ayant perdu son attitude bravache.

— Grace, Vince, je suis désolée. J'ignorais totalement qu'il allait venir ici. Je ne sais même pas comment il l'a appris.

Vince se racla la gorge.

— Euh, je suis navré. Je pense que c'est ma faute. Lorsque je vous ai rappelée tout à l'heure, j'ai composé par erreur le numéro de James, auquel j'ai laissé un message avant de vous contacter.

Gigi se mordit la lèvre et hocha la tête.

— Je vois. Mais ce n'est pas votre faute si je n'avais pas l'intention de lui en parler avant le dîner.

Elle ferma les yeux très fort, puis les ouvrit et se plaqua un sourire sur le visage.

— Si ça ne vous dérange pas, j'aimerais faire un tour à l'étage. Puis je vous laisserai profiter de votre soirée.

— Prenez votre temps, la rassura Grace. Ce n'est pas un souci, sincèrement.

Elle ne se faisait aucune illusion quant à la vente de cette demeure – pas après la dispute – mais elle avait un faible pour Gigi. Son lien avec la maison était palpable.

Gigi acquiesça et disparut à l'étage. Dès qu'elle ne fut plus là, Grace s'avança vers les fenêtres pour observer l'océan agité.

— Désolé, Grace, lança Vince, qui s'était approché d'elle.

— Ce n'est pas ta faute, répliqua-t-elle en lui adressant un sourire compatissant. J'ai aussi eu mon lot de couples qui se disputaient.

Il pouffa, sardonique.

— J'aurais dû m'en douter. Je savais que le mari était coriace, mais quand Gigi m'a appelé…

Il haussa les épaules.

— Tu sais combien les gens peuvent être imprévisibles, parfois.

— Oui.

Elle lui tapota le bras.

— Mais c'est vraiment dommage. Cette maison appartient à Gigi, sauf sur l'acte de propriété.

— Oui, confirma-t-il en soupirant et en mettant les mains dans ses poches. Ce n'est pas une bonne nouvelle, ni pour toi ni pour moi.

— Non.

Gigi revint, telle une apparition presque céleste à sa manière de descendre l'escalier comme si elle flottait au-dessus des marches, un sourire lumineux aux lèvres. Grace n'avait jamais vu quelqu'un envahi d'une telle paix. Cette femme était une énigme. Comment pouvait-elle être aussi zen après cette scène avec son mari ? Grace aurait vitupéré toute la soirée. C'était l'un des avantages à être divorcée, cela dit. Elle n'avait pas eu à tenir compte de l'avis de Bill quand elle avait acheté le cottage. Elle sourit en repensant au jour où elle y avait emménagé. Ce sentiment de posséder quelque chose n'appartenant qu'à elle seule, après toutes ces années de compromis, avait été encore plus agréable qu'elle ne s'y attendait.

— Grace, j'ai été enchantée de vous rencontrer, lui dit Gigi en lui tendant la main.

Grace la serra entre les deux siennes.

— C'est réciproque. N'hésitez pas à contacter Vince si vous avez la moindre question sur cette maison. Je serais ravie d'y répondre.

Gigi sourit.

— Merci. Est-ce que vous pourriez faire quelque chose pour moi ?

— Oui, dites-moi.

— J'aimerais vraiment connaître l'identité des esprits qui sont ici. Je pense que ça m'aiderait à convaincre mon mari qu'ils ne sont pas maléfiques. Je les sens plutôt… protecteurs.

Elle avait sans doute raison. Ils l'étaient, du moins envers elle.

— Je vais voir ce que je peux faire. Mais je n'ai pas d'expérience en communication avec les fantômes, alors je ne vous promets rien.

— Quelque chose me dit que vous apprenez vite.

Elle lui fit un clin d'œil, puis se tourna vers Vince.

— Il faut que j'y aille. James m'attend.

Vince regarda Grace et articula, au-dessus de la tête de sa cliente, « On reste en contact. ». Puis il posa une main sur le dos de Gigi et lui parla tout bas, visiblement pour lui demander si tout allait bien avec James et si elle avait besoin d'aide.

Bien. Ce type éveillait donc les sirènes d'alarme de tout le monde. Elle était contente que Vince veille sur Gigi.

Owen alla fermer la fenêtre coulissante. Lorsqu'il revint à ses côtés, il déclara :

— Je ne suis pas sûr de réussir à surpasser le spectacle auquel nous venons d'assister mais, si ça te tente toujours, j'adorerais dîner avec toi.

Grace regarda l'heure sur son portable. Il était 19 h 45. Tout à coup, elle ressentit la fatigue de cette longue journée. Elle avait en outre rendez-vous à la première heure le lendemain avec un acheteur potentiel.

— Ça te dirait de prendre à emporter ? Nous pourrions manger chez moi. Il y a un très bon traiteur pas loin.

Les yeux d'Owen pétillèrent et ses lèvres s'étirèrent lentement.

— C'est parfait.

CHAPITRE 9

— *T*u voudrais aller sur la plage ? demanda Grace à Owen.

Ils venaient de revenir chez elle avec leurs sandwichs récupérés chez le traiteur, et le soleil était bas dans le ciel.

— Il y a une table de pique-nique par là-bas. On pourrait y manger et regarder le coucher de soleil, suggéra-t-elle, nerveuse.

— C'est parfait, Grace.

— Donne-moi juste un instant pour me changer et enlever ces chaussures.

Elle rentra chez elle et en ressortit quelques minutes plus tard vêtue de son chemisier préféré, d'un jean et de tongs. Elle avait aussi attrapé une bouteille de vin et deux verres en plastique.

Owen, qui portait leur nourriture, lui prit la main et la guida jusqu'au sentier menant à la plage.

— Avec un peu de chance, on apercevra peut-être même les phoques en train de manger.

— C'est vrai ? Tu les vois souvent ?

— Oui, assez. C'est aussi pour cette raison que j'ai choisi une maison de ce côté-là de la ville.

Elle se tourna vers lui, sereine.

— Observer l'océan et ses habitants me remplit de paix. Comme si c'était l'ordre naturel des choses.

— Et moi qui croyais que c'était pour t'installer le plus loin possible de ton ex, lança-t-il avec un sourire taquin en lui serrant la main.

Elle rit.

— Oui, ça aussi. Et toi, alors? As-tu emménagé à Prémonition pour fuir quelqu'un?

Il haussa une épaule.

— Aucune idée. Peut-être?

— Peut-être? répéta-t-elle en secouant la tête. Ce n'est pas juste. Tu sais tout sur mon divorce compliqué. Alors que moi, j'ignore pratiquement tout de ton passé. Tu dois donc m'en dire plus. As-tu divorcé ou eu des relations à long terme?

— Aucun mariage, répliqua-t-il immédiatement. Mais j'ai vécu quelques années avec quelqu'un. Ça n'a pas marché.

— C'était vague.

Elle descendit l'escalier en bois qui leur permettrait de rejoindre la plage. Dès qu'elle toucha le sable, elle reprit :

— Tu veux développer?

Owen pouffa.

— Pas vraiment. Mais, pour la faire courte, elle souhaitait se marier et moi non. Alors nous avons rompu.

Elle s'installa à la table de pique-nique et leur servit du vin.

— Des problèmes d'engagement? demanda-t-elle par pure curiosité.

Après son divorce, elle en avait fini avec l'institution du mariage.

Il saisit son verre et fit tourner le liquide à l'intérieur.

— Pas forcément. J'étais engagé dans cette relation. Je ne nous voyais pas ensemble pour toujours, je pense. Elle, si. Elle m'a dit qu'elle n'aurait jamais emménagé avec moi si elle ne croyait pas que notre relation deviendrait plus permanente. Avec le recul, j'aurais dû le sentir, mais j'étais heureux de vivre avec elle. Quand j'ai compris que ce n'était pas son cas, je suis parti.

Grace posa le menton sur sa main et le dévisagea.

— Est-ce que tu l'aimais ?

Il haussa un sourcil.

— Tu veux vraiment savoir ça maintenant ?

— Seulement si tu as envie de m'en parler. J'ai été mariée pendant plus de vingt ans, et je n'ai pas fréquenté grand monde avant ça. Bill et moi avons commencé à sortir ensemble dès ma première année de fac. Donc je trouve la dynamique relationnelle des adultes fascinante.

— Je crois que je *pensais* l'aimer. Ou que je le voulais, en tout cas.

Il attrapa les sandwichs dans le sac et lui tendit celui indiquant « dinde ».

— Elle était amusante, talentueuse et canon.

— Elle avait l'air géniale. Alors, quel était le problème ?

— Franchement, je ne sais pas vraiment. Lorsqu'elle a commencé à parler mariage, je n'arrivais pas à m'imaginer cette vie-là. Et puis, tout a implosé.

Il déballa son sandwich au rôti de bœuf et le souleva, mais il ne croqua pas dedans. Il la regarda plutôt dans les yeux.

— Qu'est-ce que ça révèle sur moi ? Peut-être que je suis engagementophobe.

Grace mordit dans son repas et médita ses paroles. Elle fit passer sa bouchée avec une gorgée de vin et répliqua :

— Est-ce qu'elle te manque? Est-ce que tu regrettes ta décision?

— Non, pas vraiment. Je crois que c'est surtout sa compagnie qui me manque.

Il observa l'océan et pointa soudain un affleurement de rochers près du rivage, sur la gauche.

— Regarde. Les phoques.

Grace plissa les yeux jusqu'à repérer leurs têtes qui flottaient hors des vagues.

— C'est le moment de la journée que je préfère.

— Je comprends pourquoi.

Quittant l'eau du regard, elle reprit.

— D'après ce que tu me dis, je ne crois pas que tu sois engagementophobe. J'ai l'impression que tu savais qu'un engagement à vie n'était pas envisageable avec elle, et tu t'es montré honnête. Ce que ça révèle, c'est que tu es un homme bien. Tant que tu ne lui as pas fait de promesse que tu ne pourrais ou ne voudrais pas tenir, alors je pense que c'est juste cette relation qui s'était essoufflée, c'est tout. Il n'y a rien de mal à ça. Ce n'est pas comme si tu l'avais trompée ou que tu lui avais menti toute sa vie.

Elle fit la grimace. Ses paroles avaient l'air si amères. Elle refusait toutefois de parler de Bill alors qu'elle sortait avec cet homme non seulement incroyablement sexy, mais aussi intelligent et attentionné. Il n'avait pas besoin de ses bagages émotionnels.

— Désolée, dit-elle avec un rire forcé. Je me suis un peu enflammée.

— Ça n'a pas dû être facile de perdre tout d'un coup ton mari et ton travail, commenta-t-il en entrelaçant ses doigts aux siens.

— Toute ma vie a volé en éclat, confirma-t-elle, avec un petit sourire. Mais tu sais quoi ?

— Non ?

— Je ne suis pas mécontente que ça me soit arrivé. Après notre séparation, quand je me suis retrouvée seule, je me suis rendu compte que j'avais passé mon existence entière à me soucier des besoins de quelqu'un d'autre. C'est lui qui possède l'agence, d'accord ? Je ne faisais que le soutenir dans tous les domaines, littéralement. Et je l'ai fait avec plaisir, parce que je pensais que nous étions partenaires. Il s'est avéré qu'il ne voyait pas les choses de la même manière. Alors, je ne veux plus jamais ça. Si je décidais d'avoir une relation avec quelqu'un d'autre un jour, ce serait différent. Ma carrière ne consistera plus à tirer quelqu'un vers le haut. Quant aux tâches ménagères, elles devront être partagées, sinon jamais nous n'habiterons ensemble.

Owen éclata de rire.

— On dirait que tu as vécu dans une sitcom des années cinquante.

Elle faillit en pleurer, parce qu'il n'était pas loin du compte. Oui, elle était une sorcière moderne qui avait toujours insisté pour prendre les décisions à deux. Malgré tout, leur mariage n'avait tourné qu'autour de l'agence de courtage immobilier de Bill. Grace avait tout fait pour qu'il réussisse ; or, elle avait été mise de côté et traitée comme une simple assistante. C'était pathétique.

— Pas exactement, même si, sous certains aspects, c'est plus vrai que je ne voudrais bien l'admettre.

Elle vida son verre et se tourna vers Owen.

— Ne te méprends pas, Owen. J'ai du caractère et je suis franche. J'ai fait mes propres choix, dans ce mariage. Malheureusement, j'ai placé mes jetons sur un homme qui n'était pas à cent pour cent avec moi. Je ne referai plus jamais cette erreur.

Les lèvres d'Owen trahirent son amusement.

— Je ne pense pas que je serais assis ici si tu n'étais pas franche et si tu n'avais pas de caractère. Ces deux qualités sont mes faiblesses.

— Ah oui ?

C'était précisément la bonne chose à dire, et elle se fichait que ce ne soit qu'une phrase de drague. Elle appréciait Owen, mais elle savait qu'il n'y aurait jamais rien de sérieux entre eux. Alors, où était le mal à s'amuser ?

— C'est vrai.

Il baissa les yeux vers ses lèvres, et l'atmosphère s'alourdit tout à coup.

Grace posa une main sur son torse, et ses doigts la picotèrent quand elle sentit les muscles bien dessinés sous la chemise. Mince. Elle le touchait à peine qu'elle se voyait déjà lui arracher ses fringues. Elle s'enflamma intérieurement et n'eut plus qu'une seule envie : le goûter.

— Owen ?

— Oui, Grace ?

— Je pense que tu ferais bien de m'embrasser.

Il lâcha un souffle, juste un, puis posa la main sur sa nuque pour l'attirer contre lui jusqu'à ce que leurs lèvres s'effleurent.

Les siennes étaient douces et chaudes malgré l'air frais de la soirée. Grace s'approcha de lui, les doigts serrés autour de sa chemise. Il avait un goût de vin, d'océan et de pur bonheur.

Oui, chantonna son esprit comme une litanie lorsqu'Owen glissa la langue dans sa bouche, pour la déguster, l'aguicher et la rendre totalement folle.

Il gémit tout bas, entoura sa taille d'un bras et approfondit le baiser. Quand il recula enfin, ils étaient tous deux à bout de souffle, et Grace se sentait pleinement en vie pour la première fois depuis… toujours.

Elle lui sourit timidement.

— Salut.

— Salut.

Il posa le front contre le sien et lui caressa la joue.

— C'était…

— Agréable ? suggéra-t-elle.

Il rigola.

— « Agréable » est très loin de décrire ce que c'était. J'allais dire « intense ».

Elle rit de nervosité.

— Ça faisait très longtemps qu'on ne m'avait pas embrassée comme ça.

— Moi aussi.

Il recula un peu puis déposa un doux baiser sur ses lèvres.

— Nous sommes en train de rater le coucher de soleil.

Qui s'en souciait, quand Owen la touchait comme ça ?

— Ah oui ? C'est un problème ?

— Pas du tout.

Il lui pencha le menton, et sa bouche magique réclama à nouveau la sienne.

— Youhou ! Ouais ! Allez-y à fond ! lança une voix non loin.

Grace sursauta, surprise de voir un petit groupe de personnes à une trentaine de mètres. Quelques minutes plus tôt à peine, ils étaient seuls sur la plage.

— Ne vous interrompez pas pour nous, surtout ! s'écria un jeune homme.

Owen leva les yeux au ciel et se mit debout.

— Et si je te raccompagnais chez toi ?

Elle en eut des papillons dans le ventre. Allait-elle l'inviter à entrer ? Oui. Sans hésiter. Elle se sentait si bien avec lui.

Ralentis, Grace. Tu ne veux pas de relation avec un collègue, lui souffla une voix dans sa tête.

Elle la refoula très vite. Qu'est-ce qu'elle en savait, celle-là ? Elle était la nouvelle Grace. Celle qui vivait sa vie à sa façon. Ce qui signifiait que, si elle désirait inviter un homme sexy chez elle, eh bien merde alors, elle le ferait.

Owen récupéra les restes de leur repas et lui tendit la main. Elle y glissa la sienne, puis, sans un mot, ils retournèrent à son cottage.

CHAPITRE 10

Grace fit entrer Owen chez elle et, à l'instant où la porte se referma, elle l'y plaqua et caressa son torse. Elle le détailla ensuite du regard en se léchant les lèvres.

— Du calme, Grace, dit-il d'une voix rauque. Si tu continues comme ça, tu vas devoir faire un choix.

— Ah oui ?

Elle effleura du pouce la petite fossette sur son menton.

— Quel choix ?

Les yeux d'Owen n'étaient que deux océans noirs de pur désir.

— Entre me mettre à la porte ou me laisser te déshabiller tout de suite pour te prendre contre le mur.

Une vague de luxure envahit Grace. Elle n'était pas certaine de pouvoir arrêter ce train en marche même si elle l'avait voulu. Elle se pencha vers lui.

— Dans ma chambre, murmura-t-elle.

Tout en l'embrassant, il la fit reculer dans l'entrée. Elle commença à lui ouvrir sa chemise tandis qu'il lui sortait le chemisier du pantalon. Quand il posa les mains sur sa peau nue, elle sentit des picotements dans sa colonne vertébrale. Était-ce vraiment en train de se passer ? Si ce n'était pas le cas, alors elle faisait un rêve sacrément réaliste.

— Quelle porte ? demanda-t-il entre deux baisers.

— Au bout du couloir.

Elle finissait d'enlever son dernier bouton et s'apprêtait à repousser la chemise des épaules d'Owen quand des voix résonnèrent dans le salon.

— Arrête, d'accord ? Je ne vais pas l'appeler ! s'écria Lex, exaspérée.

Son éclat fut suivi d'une réponse plus douce, mais non moins insistante. Bronwyn Bellweather, la copine de Lex.

Grace se figea.

— C'est ma nièce, expliqua-t-elle.

— Ta nièce ? répéta Owen dans un sursaut.

Il trébucha contre le mur et s'empressa de rabattre sa chemise sur son torse.

— Grace ? C'est toi ? Tu es rentrée ? l'appela Lex.

Comme Grace avait mis sa voiture dans le garage et qu'ils n'avaient pas allumé les lumières, Lex n'avait aucun moyen de savoir qu'ils étaient là.

— Oui. J'arrive tout de suite.

— Bien, répondit sa nièce, qui semblait plus proche. J'ai cru un instant qu'il y avait un… Oh !

Elle se figea en les rejoignant dans l'entrée.

— Oh, bon sang. Désolée, Grace. On va vous laisser tranquilles.

Elle jeta un coup d'œil à Owen et devint rouge pivoine. Puis elle tourna les talons et s'empressa de retourner au salon.

— Tu n'es pas obligée de partir, lança Grace. Nous vous rejoignons dans un instant.

— Pas de souci. On peut aller acheter de la glace, par exemple.

— Il y en a dans le congélateur.

Owen se racla la gorge.

— Oui. Chocolat et beurre de cacahuètes.

Grace rit puis se plaqua une main sur les yeux et poussa un soupir.

— J'y crois pas. C'est un couple de lesbiennes qui vient de casser ton coup.

— C'est vrai ?

Il se marra.

— C'est une première.

Elle remit de l'ordre dans ses vêtements et attendit qu'Owen fasse de même. Puis elle l'accompagna au salon, où Lex était installée sur le canapé et Bronwyn sur le fauteuil en face d'elle.

— Est-ce qu'on peut arrêter d'en parler ? demanda Lex, déprimée.

Bronwyn repoussa de ses yeux ses mèches châtain, révélant son visage inquiet.

— Mais, ma chérie, c'est ta mère. Tu ne peux pas continuer à l'ignorer.

— Ah oui ? Et qui a dit que je ne pouvais pas ?

Lex se leva brusquement du canapé, si énervée qu'elle devint rouge.

— Elle essaie sans arrêt de t'effacer de mon existence. Le pire, c'est qu'elle refuse une part importante de moi juste pour son fantasme égoïste de ce à quoi ma vie devrait ressembler. Je souffre chaque fois qu'elle fait ça, tu ne t'en es pas rendu compte ? Et tu espères que je lui pardonne ? Non. Oublie ça. C'est terminé.

Bronwyn se leva à son tour.

— Comment veux-tu que la situation s'améliore si tu ne lui laisses pas une chance ? Quand j'en ai discuté avec ma mère…

— Ma mère n'est pas comme la tienne !

Lex s'agrippa les cheveux à deux mains et tira si fort qu'elle tressaillit.

Owen se pencha à l'oreille de Grace.

— On dirait que tu as des choses à régler. Je ferais mieux de partir.

Il avait raison. Il y avait un gros craquage en cours dans son salon. Elle ne voulait pas qu'Owen affronte ses drames familiaux.

— Je suis désolée. Ce n'était pas comme ça que j'imaginais la fin de la soirée, murmura-t-elle.

Puis elle se tourna vers les deux jeunes femmes qui se disputaient au sujet de l'insensibilité ou non d'Alyssa.

— Hé, lança-t-elle gentiment. Temps mort, O.K. ? Je vais raccompagner Owen et, ensuite, nous pourrons prendre de la glace et discuter tranquillement, d'accord ?

— Fais comme tu veux, rétorqua Lex en retournant s'affaler sur le canapé. Mais quoi que vous disiez l'une ou l'autre, je n'appellerai pas ma mère.

Grace alla lui tapoter l'épaule.

— Personne ne t'oblige à faire ce que tu n'as pas envie de faire.

— Désolée, Owen, lança Lex tandis que Grace et lui s'approchaient de la porte. Je ne suis pas une telle *drama queen*, d'ordinaire.

Il lui adressa un sourire alors que Grace ouvrait la porte.

— Ne t'en fais pas. J'ai eu mon lot de querelles avec mes parents. Ça fait partie du jeu quand on grandit, j'imagine.

Lex renifla avec dérision.

— Si seulement c'était aussi simple.

— Lex, intervint Bronwyn d'un ton suppliant. Je suis sûre qu'il y a un moyen...

Grace referma derrière eux pour noyer la dispute qui reprenait dans le salon et raccompagna Owen jusqu'à sa voiture, garée de l'autre côté de la rue.

Avant d'ouvrir sa portière, Owen l'enlaça et l'embrassa doucement. Elle s'appuya contre lui, savourant pour la dernière fois de la soirée son corps dur contre le sien.

— Si nous nous étions rencontrés la semaine dernière, cette soirée se serait terminée très différemment.

— Ah oui ? Qu'est-ce qui a changé cette semaine ?

Il lui caressa la colonne vertébrale, et sa peau la picota même à travers la soie du chemisier.

— Lex vient d'emménager chez moi après une dispute avec le copain de ma sœur. Elle et lui semblent avoir du mal à admettre que Lex n'épousera jamais un homme.

— Ils sont homophobes ? demanda-t-il en haussant les sourcils.

— Le copain, peut-être, oui. Mais, avant cette semaine, je n'aurais pas cru ça de ma sœur. Je pense qu'elle n'arrive pas à accepter que si et quand Lex fondera une famille, ça ne ressemblera pas à la vision qu'Alyssa a eue lorsque Lex était petite. Elle n'arrête pas de faire des allusions à Jackson, le meilleur ami de Lex, et de dire qu'elle aurait tellement aimé qu'ils soient ensemble, que leurs enfants seraient mignons et qu'il n'était jamais trop tard pour changer d'équipe.

— Ça a dû être difficile pour Lex. C'est pour ça que son amie et elle se disputent ? Enfin, c'est son amie ou sa copine ?

— Sa copine, confirma Grace. Oui. Bronwyn a une famille très tolérante. Alors elle a du mal à comprendre combien c'est dur pour Lex d'entendre sa mère qui la soutenait jusque-là se montrer tout à coup aussi insensible. Je ne pige pas, Owen. J'ai l'impression que ma sœur se laisse influencer par ce connard qui vit chez elle. Je la trouve différente depuis qu'il est apparu dans le paysage.

— C'est difficile pour toutes les deux, commenta-t-il en lui effleurant gentiment la joue.

— Surtout pour Lex. Moi, je suis juste énervée.

Elle ferma les yeux et pencha la tête pour savourer sa caresse. Lorsqu'elle les rouvrit, elle constata qu'il l'observait avec une intensité qui embrasa sa peau.

— Qu'est-ce qu'il y a?

— Tu es tellement adorable que je n'ai pas du tout envie de rentrer chez moi. Je préférerais te ramener dans ta maison, dans ta chambre, et tant pis pour ta nièce et sa copine.

Grace gémit.

— Arrête ou les choses vont devenir indécentes, ici.

Il pouffa.

— Ça ferait jaser.

Elle l'embrassa puis recula.

— On se voit demain?

— À vrai dire, non.

Il lui prit la main et la serra doucement.

— Je quitte la ville pour le mariage de mon cousin, au nord. Je serai de retour lundi. Est-ce que je pourrai à ce moment-là te reparler de ce dîner reporté?

— Bien sûr.

Elle était surprise de se sentir aussi déçue qu'il s'absente cinq jours. Quand s'était-elle autant attachée à lui? À peu près au moment où elle avait également décidé que se retrouver nus tous les deux était une bonne idée.

— La semaine prochaine, alors?

— C'est noté. Nous verrons plus tard pour les détails.

Il l'embrassa sur la joue et monta dans sa BMW.

Grace le regarda partir et laissa l'air de la nuit rafraîchir son corps échauffé. Puis elle inspira profondément et retourna chez elle.

Le salon étant vide, elle suivit les bruits de vaisselle dans la cuisine. Elle y trouva Bronwyn bataillant avec la machine à café et Lex répartissant la glace dans trois bols à grands gestes furieux.

Grace s'approcha de Bronwyn pour lui expliquer comment fonctionnait l'appareil. Une fois le décaféiné en route, elle attrapa de la crème fouettée dans le frigo et en ajouta sur chacun des trois bols. Lorsqu'elles furent installées autour de la table avec bien trop de calories sous les yeux, Grace se lança.

— Est-ce que l'une de vous voudrait bien me dire ce qu'il se passe ?

Lex secoua la tête.

Bronwyn soupira et fourra une grosse cuillère de crème dans sa bouche.

— Est-ce que je peux dire quelque chose ?

Lex haussa une épaule tandis que Bronwyn acquiesçait.

— D'accord, très bien. Sans connaître les détails de votre dispute, j'aimerais dire que c'est assez difficile comme ça d'entretenir une relation sans que les parents ne viennent constituer un obstacle entre vous.

— Mais on ne peut pas les ignorer, intervint Bronwyn. Ce que fait Lex en coupant les ponts avec sa mère, ce n'est pas ce qu'elles veulent, ni l'une ni l'autre.

Lex inspira brusquement, mais ne dit rien.

— Ce n'est pas ce que je souhaite, moi non plus.

Elle attrapa la main de sa nièce et la serra.

— Mais, Bron, ce n'est pas ma décision ni la tienne. C'est à Lex de déterminer ce qu'elle a envie de faire avec sa mère. Si elle veut discuter avec Alyssa et lui dire tout ce qu'elle a sur le cœur, alors qu'elle le fasse. Si elle a besoin d'espace quelque temps parce qu'elle est énervée et qu'elle doit assimiler le rejet de sa mère, dans ce cas, nous devons lui laisser cet espace. Avoir l'impression que nos parents ne nous acceptent pas comme nous sommes peut être traumatisant.

Bronwyn posa sa cuillère et s'adossa à sa chaise pour prendre son visage à deux mains. Elle marmonna.

— Bron ? Ça va ? demanda Grace.

L'intéressée écarta ses mains, révélant ses yeux noirs luisants de larmes.

— C'est si dur de la voir souffrir. Je l'aime tellement. Je veux arranger la situation pour elle.

Lex lâcha un petit sanglot et attrapa sa copine.

— Je t'aime aussi, balbutia-t-elle en s'accrochant à elle. Je sais que tu cherchais juste à m'aider. Ne pleure pas.

— C'est parce que parler, ça fonctionne toujours avec ma mère. Je me suis dit que ça pourrait marcher avec la tienne.

Grace et Lex éclatèrent d'un même rire dénué d'humour. Bronwyn les dévisagea tour à tour.

— J'imagine, à votre réaction, que ce n'est pas du tout le cas ici ?

Grace secoua la tête tandis que Lex répondait :

— Pas du tout. Ma mère vit dans son petit monde, constitué de ses fantasmes. Trouver un terrain d'entente est quasiment impossible, ces derniers jours.

Tandis que les deux jeunes femmes discutaient d'Alyssa et de ses relations dysfonctionnelles, Grace ramassa son bol de glace non entamé et déclara :

— Je vais prendre mon dessert dans ma chambre, puis j'irai me coucher. Bonne nuit, les filles.

— Toi aussi, dit Bronwyn.

— Grace ? l'appela Lex alors qu'elle s'apprêtait à partir.

— Oui ?

— Merci pour…

Elle agita la main entre Bronwyn et elle-même. Grace savait qu'elles avaient encore des choses à régler, mais elles y parviendraient, maintenant qu'elles communiquaient.

— Quand tu veux. Contente d'avoir pu vous aider.

— Et je suis désolée que tu n'aies pas pu te faire du Netflix and chill. La prochaine fois, mets une chaussette sur la porte en guise d'avertissement.

Les deux jeunes femmes pouffèrent. Grace leva les yeux au ciel. *Netflix and chill*. Deux mois plus tôt, elle croyait vraiment que cela signifiait mater un film à deux et se détendre. Maintenant, elle savait qu'il s'agissait d'un code pour les coups d'un soir.

— La prochaine fois que j'ai l'opportunité d'user de mon charme, je ferai changer les serrures. Pas besoin de chaussette.

Les petits rires des jeunes femmes se muèrent en éclats tandis que Grace partait vers sa chambre, se demandant ce qu'Owen faisait en cet instant. Il n'allait certainement pas se lancer dans une session de thérapie en solitaire. Était-il toujours émoustillé en rentrant chez lui ? Avait-il choisi un porno ou simplement sauté sous la douche pour un peu de temps seul ? Bon sang, c'était excitant de l'imaginer nu et mouillé, une main sur son membre en pensant à elle.

Sa température corporelle grimpa en flèche mais, pour la première fois depuis une éternité, elle sut que ce n'était pas une bouffée de chaleur, juste du pur désir. Elle se jeta sur son lit, avala une nouvelle cuillère de glace et envisagea d'envoyer un message à Owen.

Cependant, dès qu'elle eut tapé son texte, elle l'effaça. Puis alla prendre une douche, déterminée à faire disparaître son léger désespoir.

CHAPITRE 11

— $\mathcal{M}$onsieur Dahl ? demanda Grace en s'avançant vers une banquette du *Panorama Café* où un homme de haute stature aux cheveux gris, vêtu d'un jean et d'un tee-shirt noir cintré, était installé.

Le soleil filtrant par la fenêtre illuminait ses yeux verts, et Grace ne put s'empêcher de l'admirer. Elle ne le qualifierait pas de sexy, mais plutôt d'attirant. Quelque chose chez lui lui donnait envie de s'asseoir à sa table pour écouter son histoire. Elle se contenterait de découvrir ses besoins immobiliers afin de pouvoir lui dénicher la maison parfaite.

— Je suis Grace Valentine.

— Appelez-moi Matt, je vous prie, dit-il en se levant pour lui tendre la main. Enchanté.

— Moi aussi. Merci de me permettre de vous aider à trouver le bien que vous souhaitez.

Quand la serveuse arriva, Grace commanda du café et un pain à la cannelle. Elle avait encore envie d'être laxiste après son rencard écourté, mais elle se promit d'aller à la salle de sport ce soir-là sans faute.

Elle passa l'heure suivante à discuter avec Matt Dahl, à prendre des notes concernant la propriété sur la plage qu'il recherchait. En cours de route, elle apprit qu'il était veuf et avait deux grands garçons. La maison devrait donc posséder assez de chambres pour pouvoir accueillir les deux couples ainsi qu'une ou deux pour les éventuels petits-enfants.

— J'en ai une à vendre qui correspond à ces critères, déclara Grace en essayant de ne pas avoir l'air hésitante vis-à-vis du cottage hanté.

Hope et elle allaient tenter de purifier la bâtisse dans la journée. Hope avait quelques tours dans sa manche. Avec un peu de chance, quand elles en auraient terminé, il n'y aurait plus aucun esprit qui ferait fuir Matt Dahl.

— Mais je ne peux vous la montrer que demain.

— C'est très bien. Je reste en ville jusqu'à la fin de la semaine prochaine.

Elle le marqua dans ses notes.

— Ça me permettra aussi d'étudier les annonces du coin pour voir s'il y a autre chose qui pourrait vous convenir. Il devrait y en avoir quelques-unes.

— Tant qu'elles offrent un panorama spectaculaire, c'est mon critère. Les autres ne m'intéressent pas.

— J'ai compris.

Elle sortit une carte de visite et la lui tendit.

— Je vais faire mon possible pour défricher tout ça. Si vous trouvez un bien en ligne que vous aimeriez aller voir, envoyez-moi le lien par e-mail et j'organiserai un rendez-vous. Est-ce que demain, neuf heures, ça vous convient pour commencer ?

— Et si on disait huit heures ici pour le petit déjeuner ? demanda-t-il en la détaillant du regard comme si ce serait *elle* qu'il dégusterait.

Des sonnettes d'alarme se déclenchèrent dans sa tête.

— C'est une proposition très gentille, mais je dois être de bonne heure au travail pour un rendez-vous, mentit-elle. Je peux vous retrouver pour un café rapide ici, le temps de parcourir la liste des maisons que nous visiterons, plutôt.

— D'accord, ça me va.

Il lui sourit et ses yeux verts pétillèrent.

— Le rendez-vous est pris, alors.

— Le rendez-vous ? répéta une voix d'homme très familière dans son dos.

Bill.

Elle se raidit et serra les poings.

— Tu es sûre de vouloir faire ça ? ajouta-t-il en s'avançant vers eux, un gentil sourire aux lèvres. Ces derniers mois ont été difficiles, et tous ces rencards, ça me paraît beaucoup, tu ne crois pas ?

— Je te demande pardon ? répliqua-t-elle en le fusillant du regard.

Elle se demanda ce qu'il se passerait ensuite si elle lui donnait un coup de poing dans les parties.

— Ça va un peu trop vite, expliqua-t-il à Matt. Ça fait vingt ans qu'elle n'avait pas été disponible, alors deux rencards la même semaine, ça me semble précipité.

Deux rencards ? Comment avait-il découvert pour Owen ?

Matt haussa un sourcil.

— Hum. Vous connaissez Grace ?

Bill lui sourit patiemment.

— Je suis son futur ex-mari. Nous nous entendions vraiment bien, mais nous avons pris des chemins séparés, c'est tout. Vous savez ce que c'est.

Grace, jusque-là sous le choc et à court de mots que Bill se permette tout à coup de donner son opinion sur sa vie amoureuse débutante, sortit de son silence en éclatant d'un rire sardonique.

— Oui, c'est exact. Ce n'est pas facile de rester en symbiose avec un mari qui se tape la réceptionniste.

Matt dévisagea Bill d'un regard d'acier.

— Vous devriez partir et nous laisser, madame Valentine et moi, terminer notre rendez-vous professionnel.

— Un rendez-vous professionnel ? répéta Bill en fixant Grace. Mais de quelle profession ?

Elle lui décocha un sourire mielleux, très contente d'elle.

— Je suis agent immobilier, Bill. Je travaille pour Kevin Landers, à présent.

Le visage grassouillet de Bill s'empourpra encore plus, et il se mit à postillonner.

— Landers ? Tu bosses pour *Landers* ?

— Bien sûr, répondit-elle, joviale. Pour qui voudrais-tu que je travaille ? Tu ne t'attendais quand même pas à ce que je vienne te demander un emploi à l'*Agence de la falaise*, si ?

— Eh bien… pourquoi pas ? s'étonna-t-il, perplexe.

Elle se leva et saisit la note que la serveuse avait laissée sur la table.

— Bill, tu es un imbécile.

— Elle a raison, confirma Matt alors qu'elle s'éloignait pour payer leur déjeuner.

Depuis le comptoir, elle observa leur conversation visiblement tendue, puis Bill la rejoignit.

— Ce client est un connard, Grace, lui dit-il avec mépris. Il ne t'apportera que des ennuis. Dis-lui de se trouver un autre agent. Tu n'as pas besoin de cette ordure.

Elle signa le ticket de caisse puis se tourna vers lui.

— Quoi ? J'essaie de prendre soin de toi.

— Non. Tu es juste énervé que je sois allée de l'avant, rétorqua-t-elle.

Il se moqua.

— Allée de l'avant ? Tu me donnes plutôt l'impression de sortir avec le premier type qui s'intéresse à toi. Tu es sérieuse, Grace ? Le frère de Shondra nous a dit que tu pelotais un mec de la moitié de ton âge l'autre soir sur la plage. Et maintenant, tu fréquentes un client ? Qu'est-ce qui t'est arrivé ?

Une indignation incandescente pulsa dans ses veines. Alors comme ça, le gamin qui les avait sifflés Owen et elle pendant qu'ils s'embrassaient était le petit frère de Shondra ? C'était absolument parfait, non ? Elle enfonça le doigt dans le torse de Bill.

— Dès l'instant où tu as décidé de coucher avec Shondra, rétorqua-t-elle, les dents serrées, tu as perdu le droit de te mêler de ma vie. Occupe-toi de tes affaires, Bill. Je fréquente qui je veux, bordel.

— Grace...

— Je ne veux rien entendre.

Elle tourna les talons et sortit en trombe.

Matt l'attendait à l'extérieur du café.

— Je suis vraiment désolée, lui dit-elle, mortifiée que son ex ait interrompu leur entrevue, et encore plus qu'il l'ait fait passer pour une imbécile. C'était peu professionnel. Cela ne se reproduira plus.

— S'il vous plaît, pas besoin d'en parler.

Il regarda Bill par la vitrine, qui se commandait à emporter au comptoir.

— J'imagine que je devrais vous dire que je suis allé le voir avant d'opter pour *Landers Immobilier*.

Elle haussa les sourcils.

— Ah bon ?

Elle n'avait pas réalisé qu'ils s'étaient déjà rencontrés, mais, avec le recul, il était vrai qu'ils avaient l'air d'être un peu plus que des étrangers.

Matt se passa une main dans les cheveux et rit.

— Oui. Il a cependant préféré parler davantage de sa... euh... vie personnelle que de mes besoins immobiliers. J'apprécie que Landers et vous soyez extrêmement professionnels.

— Merci.

Elle se demanda si elle avait mal interprété son regard pendant le déjeuner. Car, en cet instant, il était totalement concentré sur les affaires.

— Nous faisons de notre mieux pour ça.

— Je compte là-dessus. On se revoit demain matin. J'ai hâte d'être impressionné, lança-t-il en lui adressant un petit signe de la tête.

Elle le regarda rejoindre sa Land Rover équipée d'une planche de surf sur le toit. Il leva la main pour la saluer puis partit vers l'océan.

Tout indiquait que, si elle était intéressée, il serait parfait pour elle. Il était séduisant, cultivé, assez en forme pour faire du surf, suffisamment à l'aise financièrement pour s'acheter une maison sur la plage, et ses enfants étaient grands. Même si elle avait douté un instant, elle savait qu'elle n'avait pas mal interprété son attirance. Elle ne ferait rien tant qu'il serait son client, mais ensuite... peut-être ?

Toutefois, tandis qu'elle essayait de s'imaginer marchant à ses côtés sur le sable, elle ne pouvait voir qu'Owen. Cet homme qui était trop jeune pour elle et clairement pas destiné à être son Monsieur Pourtoujours.

Elle éclata de rire et secoua la tête pour déloger ses pensées. Son Monsieur Pourtoujours? C'était bien la dernière chose dont elle avait besoin.

Ce qu'il lui fallait, c'était un Monsieur Pourmaintenant. Que Bill et son jugement aillent se faire voir.

CHAPITRE 12

— Je croyais que Joy nous rejoindrait, commenta Hope.

Elle se tenait aux côtés de Grace devant le grand cottage blanc. Les vagues s'écrasaient sur la falaise dans le lointain, et l'odeur saline était puissante, dans ce brouillard dense.

— Elle est au tribunal, à chercher les actes de propriété de ces maisons.

La veille, quand Grace avait réfléchi à des manières de lutter contre les esprits hantant ses biens, elle avait embauché ses deux sœurs de coven pour qu'elles l'aident à trouver la meilleure façon de purifier les lieux sans créer de nouveaux problèmes. Joy, qui avait une passion pour la généalogie, s'était dit que découvrir qui les fantômes pouvaient être permettrait de savoir un peu mieux comment les gérer. Ce qui était très bien, puisque Gigi avait demandé à Grace si elle pouvait retrouver les identités des esprits de la maison victorienne. Hope, pour sa part, était plutôt le genre de sorcière à prendre les choses en main, comme Grace.

— Qu'est-ce que tu en penses ? demanda-t-elle à Hope en resserrant sa veste autour d'elle.

Elle se félicita d'avoir troqué la jupe qu'elle portait ce matin-là contre un jean. L'air était bien plus frais en ce début d'après-midi et, bien que juin soit normalement un mois ensoleillé dans leur petite bourgade de bord de mer, le ciel était devenu gris et électrique, comme la météo l'avait annoncé.

— Rentre-t-on avec des bâtons de fumigation allumés ou doit-on faire un cercle de sel et appeler une déesse ?

Hope, habillée comme elle d'un jean et d'une veste, observa le cottage d'un regard perçant. Elle avait plus d'expérience en purification de lieux et avait donc proposé son aide à Grace.

— Tout dépend de l'ancrage des esprits dans le tissu de la maison. Pouvons-nous y entrer d'abord, que je me fasse un avis ?

— Bien sûr.

Elle lui tendit un paquet de clous de girofle.

— Mets ça.

Hope s'exécuta sans se poser de question et lui donna un bâton de sauge.

— J'ai acheté ça dans le magasin au nord géré par les aînées wiccanes. Ils sont réputés plus puissants que ceux que l'on peut trouver par ici.

— Ça vaut le coup d'essayer.

— Allons-y.

Hope avança à grands pas vers la maison et y entra sans hésiter. Grace la suivit de près et, dès l'instant où elle franchit le seuil, une brise glaciale vint faire picoter sa peau comme si de minuscules aiguilles de givre s'y enfonçaient.

— Aïe ! râla-t-elle en lâchant son bâton de sauge pour poser ses deux mains sur ses joues afin d'atténuer la douleur.

Elle se tourna vers Hope, qui se tenait au milieu de la pièce vide, l'air songeuse.

— Tu ne sens pas ça ?

— Si, mais je l'ignore.

Elle ferma les yeux et se mit à faire des cercles très lents.

Grace avait très envie de se précipiter hors de là et d'exiger du propriétaire qu'il déniche une professionnelle pour le faire, avant de réaliser que c'était *elle* la professionnelle. Si une sorcière comme elle ne trouvait pas comment gérer les esprits contrôlant la maison, qui pourrait le faire ? Des chasseurs de fantômes ? Tous ceux qu'elle connaissait se contentaient de recueillir des données, enfumer les pièces et demander poliment aux esprits de partir. Cela fonctionnait bien la plupart du temps. Mais certains refusaient de s'en aller et, s'ils étaient malfaisants, c'était là que tout tournait mal.

La magie chatoya tout à coup autour de Hope.

Dès que la lumière dorée apparut, la maison gémit, et les poils se dressèrent sur les bras de Grace. Parcourue d'un frisson, elle redressa le dos et se mit au travail. Elle sortit son appareil photo et fit méticuleusement des clichés de chaque zone de la pièce.

— C'est vraiment bizarre, commenta Hope.

— Qu'est-ce qui est bizarre ? demanda-t-elle sans cesser ce qu'elle faisait.

— Les esprits se sont volatilisés dès que tu as commencé à faire des photos.

— Comment ça « volatilisés » ?

Elle abaissa son appareil et dévisagea son amie.

— Tu veux dire qu'ils sont timides face aux appareils photo ?

Hope hocha la tête, ce qui fit rebondir ses boucles sombres autour de ses joues roses.

— Ils ne souhaitent pas que nous découvrions qui ils sont.

Grace la fixa sans comprendre.

— Comment le sais-tu ?

— Une intuition.

Elle posa le sac en toile qu'elle portait jusque-là et poursuivit.

— Voilà ce que je te propose. Puisqu'ils sont partis, peut-être que nous pouvons réussir à rendre l'endroit trop inconfortable pour qu'ils veuillent y revenir.

— Si tu le dis.

Elle s'approcha d'une des fenêtres donnant sur l'océan et l'ouvrit en grand. Le brouillard épais s'infiltra immédiatement dans la maison. C'était à la fois magnifique et effrayant. Elle qui avait vécu dans cette ville plus de vingt ans était toujours émerveillée par les miracles de Mère Nature.

— Je ne suis pas sûre que quelqu'un puisse s'extirper de ce truc.

Hope pouffa.

— Si, ils le peuvent, s'ils en ont assez envie.

Grace la rejoignit, ramassa son bâton de sauge et le leva, imitée par Hope. Ensemble, elles firent apparaître une flamme par magie afin d'allumer les deux en même temps et scandèrent :

— Purifie cette maison près de la mer. Relâche les fantômes, qu'ils se libèrent. Brise les chaînes attachées, dénoue les liens emmêlés.

Grace s'écarta de Hope pour agiter son bâton dans l'air. La maison semblait déjà plus en paix que lorsqu'elle l'avait visitée la première fois. Était-ce vraiment aussi simple ? Suffisait-il de prendre quelques photos pour les faire fuir puis de saturer l'endroit de sauge ? Si c'était le cas, la personne engagée par M. Saint devait être la plus incompétente...

BOUM !

Grace sursauta et tomba en arrière dans la cheminée, s'éraflant le coude contre le bois.

— Aïe. Fils de poule !

Hope courut vers l'escalier, qu'elle monta au pas de charge. Les larmes aux yeux, Grace la suivit de près. Ce qui s'était produit était forcément mauvais, et Grace serait très certainement tenue pour responsable. Elle eut l'impression qu'un foret perçait son estomac, et elle y posa la main, pour essayer d'atténuer son malaise.

BOUM !

Toutes deux se figèrent quand le bruit résonna dans tout le cottage.

— On s'en va ! exigea Grace en tirant sur le bras de son amie.

Si les fantômes étaient en train de détruire les lieux, elles devaient les en empêcher d'une manière ou d'une autre.

Hope jura tout bas et monta les dernières marches. Toutes deux coururent jusqu'au bout du couloir, suivant le vacarme assourdissant, et se retrouvèrent dans la chambre principale.

La maison se para d'un silence inquiétant.

— Euh, Hope ?

— Oui ?

— Je crois que nous ne sommes pas les bienvenues.

— Tu n'as pas tort. Nous aurions dû invoquer une déesse.

En soupirant, elle leva son bâton de sauge haut au-dessus de sa tête.

— Pouvons-nous encore le faire ? demanda Grace en l'imitant.

— Peut-être, mais nous n'arriverons à rien aujourd'hui, à mon avis. Nous les avons déjà énervés.

Merde. Comment Grace allait-elle pouvoir montrer la

maison à Matt le lendemain ? Les esprits allaient le faire fuir en cinq secondes chrono. Sans oublier qu'elle n'était pas folle au point de vendre à quelqu'un une demeure hantée par des fantômes manifestement malfaisants.

— À ce stade, nous ferions mieux d'attendre de voir ce que Joy a découvert et d'essayer de comprendre pourquoi les esprits sont aussi attachés à cet endroit. Ce sera plus facile alors de trouver un plan.

— Tu as raison, oui.

Elle se rapprochait de la porte de la chambre quand les lumières de la salle de bains attenante s'allumèrent tout à coup.

Elles s'y rendirent toutes les deux pour enquêter.

— Là, regarde, souffla Hope en indiquant du doigt le miroir embué, bien qu'il n'y ait aucune humidité ni vapeur dans la pièce.

Grace fixa la glace et vit la plus belle écriture qui soit rédiger un message dans la condensation :

LES RACINES SONT PROFONDES. *Seule la famille compte. Nous n'abandonnerons jamais.*

— « SEULE LA FAMILLE COMPTE », cita Grace, répétant ce qui semblait être la partie la plus importante du message laissé sur le miroir. Doit-on partir du principe qu'ils voudraient que nous résolvions un mystère ? Dans le sens où ils ne pourraient pas aller de l'avant tant que justice ne serait pas rendue ou je ne sais quoi ?

Hope feuilleta le menu jusqu'à trouver les cocktails. Après

avoir quitté la maison, elles s'étaient dirigées directement vers le bar *Hallucinations* sur la plage, pour boire un coup.

— C'est une possibilité, oui.

Elle indiqua le dernier cocktail de la liste.

— « Enlève ton Bikini ». C'est tout moi, ça, non ?

— Est-ce que c'est à base de rhum blanc et noir avec quelque chose d'assez sucré pour en avoir des caries ? demanda Grace en regardant les amuse-gueule sur le menu.

Il s'y trouvait notamment des sortes de nachos à la pomme de terre qui étaient à tomber. Tellement de calories... mais, après cette journée, elle méritait de se faire plaisir.

— Tu me connais si bien ! commenta Hope en souriant. J'espère que ce sera servi dans un seau.

Grace renifla avec dérision.

— Je suis sûre que tu peux en prendre plus, si besoin.

— C'est moins drôle, geignit son amie.

Après ce qu'elles avaient vécu dans le grand cottage blanc, Grace ne pouvait pas lui en vouloir. À vrai dire, quand le serveur arriva, elle commanda la même boisson que Hope et se retint également de demander un double.

— Nous devrions aller à la salle de sport, après ça, je pense, soupira Hope en observant son ventre.

Grace secoua la tête.

— Non, oublie. Après la journée que nous avons eue, j'ai l'intention de rentrer chez moi, de prendre un bon bain et de lire un bouquin.

— Non, non. À mon avis, tu vas plutôt faire une longue promenade sur la plage et passer la soirée à te demander ce que signifie ce message.

— Quel message ? les interrogea Joy en s'installant sur la banquette à côté de Hope.

Ses longs cheveux blonds étaient retenus en un chignon par un crayon à papier.

Grace la dévisagea et soupira.

— Tu sais, si j'entrais ici avec cette coiffure, une trace de stylo sur la joue et sans maquillage, on m'inscrirait pour *La nuit des zombies*. Mais cette jeune femme, là ? Elle, elle semble tout droit sortie d'un magazine de vente d'ordinateurs.

Hope renifla, amusée.

— Tu as raison, confirma-t-elle, se tournant vers Joy. Comment est-ce que tu fais ça ?

Joy leva les yeux au ciel.

— N'importe quoi. C'est juste parce que je porte cette jupe droite et ce chemisier. Je suis allée au tribunal après une réunion pour le futur Marché des Artistes.

— Et tu as décidé de t'habiller en professeur sexy pour ça ? Pourquoi ? voulut savoir Grace.

— Je suis vice-présidente, tu te rappelles ? rétorqua Joy, visiblement agacée par leurs taquineries. J'avais une réunion avec le conseil municipal pour préciser les détails du gala artistique qui a lieu au parc tous les mois. Ils n'avaient pas besoin d'une artiste hippie et fofolle leur balançant des trucs du style « Seulement si Mercure rétrograde » ou « Ne vous en faites pas pour les détails, tout va s'arranger tout seul ». Tu te rappelles quand c'était Cynder qui gérait ? Les publicités sortaient *après* les événements qu'elle promouvait, les artistes s'étaient retrouvés dans deux parcs différents et elle avait même laissé cette écrivaine de romans érotiques s'installer à côté du château gonflable pour les gamins. Oh, et tu te souviens quand…

— Ouah, du calme, jeune femme pleine de fougue. Nous ne faisions que te taquiner. Nous savons toutes que tu vas tout déchirer. Pas besoin de défendre ta tenue, surtout avec cette allure de bibliothécaire sexy que tu as toujours.

Hope hocha la tête et avala une longue gorgée de son cocktail apporté par le serveur pendant le monologue de Joy.

— Heureuse de l'entendre. Paul ne remarquerait pas ma tenue, même si j'étais toute nue et ne portais que mes cache-tétons à paillettes.

Grace, qui était en train de goûter sa boisson, s'étouffa et recracha le liquide rouge.

— Tu as des cache-tétons à paillettes ?

Hope rigola.

— Tu n'en as pas entendu parler ?

— Non, confirma Grace en se tournant vers Joy. Comment ai-je pu manquer cette information vitale ?

Joy fit la grimace.

— Désolée, Grace. C'était juste après que tu as découvert pour Bill et Shondra. Je ne voulais pas t'embêter avec mes bêtises.

Elle repoussa avec colère les larmes qui lui montaient aux yeux. Ce n'était pas le fait de ne pas être au courant de cette histoire qui la bouleversait. Elle n'avait pas besoin de connaître le quotidien de ses amies dans les moindres détails. Ce qui l'énervait, c'était que, une nouvelle fois, Bill lui avait volé un moment avec elles. Combien d'autres choses lui avaient-elles tues, par délicatesse ? Elle les aimait de tout son cœur, mais elle détestait le fait qu'elles aient voulu la protéger de leur vie de tous les jours.

— Crache le morceau, ordonna-t-elle. Que je sache si je dois m'en trouver avant mon prochain rencard.

— Oui, insista Hope en agitant les sourcils comme si elle donnait un sketch comique. Pas besoin d'entendre d'histoires à leur sujet pour se décider. En prime, plus vite tu introduis des jouets dans ta vie sexuelle, plus vite tu découvres de quoi tu es capable dans la chambre à coucher.

— Sans déconner, marmonna Joy. N'attends pas vingt-cinq ans pour expérimenter. Il n'en ressort pas que du bon, au contraire.

— D'accord, j'ai compris. Parle, Joy.

Grace posa les coudes sur la table et se pencha vers elle.

— Est-ce que Paul a fait une attaque quand tu es arrivée avec tes seins brillants comme des boules à facettes ?

— Ça sous-entendrait qu'il fait attention à moi, Grace, rétorqua sèchement Joy.

— Donc, pas d'attaque. Que s'est-il passé ?

Son amie inspira profondément, puis relâcha lentement son souffle.

— Tu sais que, depuis quelques années, nos relations sexuelles sont… peu fréquentes.

— Le terme que tu cherches est « inexistantes », intervint Hope en lui tapotant le bras avec sympathie.

— Argh ! Pas besoin de me le rappeler.

Elle prit le cocktail de Hope et en vida le quart avant de poursuivre.

— Bref, désireuse de raviver la flamme, j'ai acheté quelques articles pour faire une surprise à Paul pour son anniversaire. Nous devions partir pour le week-end, alors je me suis dit : « Quel meilleur moyen de pimenter un peu les choses que de contacter Pam pour lui commander quelques jouets ? ».

Grace n'aimait pas la tournure que prenait cette conversation. D'après Joy, Paul n'était pas le plus aventureux des hommes. S'il avait rejeté ou humilié sa femme d'une façon ou d'une autre, il faudrait une intervention divine pour empêcher Grace de le castrer verbalement.

— Qu'est-ce que tu as acheté, à part des cache-tétons à paillettes ?

Le visage de son amie vira au rose vif, et elle baissa les yeux vers la table.

— Joy. Allez. Personne ne te juge, ici, la rassura Grace en observant Hope, car, d'elles d'eux, elle était la plus susceptible de faire une blague et de dire quelque chose d'inapproprié. N'est-ce pas, Hope ?

— Hé, pourquoi est-ce que tu me regardes ? répliqua cette dernière, l'air offensée. C'est moi qui lui ai suggéré de sortir un peu de sa zone de confort pour voir si ça pourrait relancer les choses.

— C'est vrai, confirma Joy. J'aurais juste aimé qu'elle me dise que, entre de mauvaises mains, les cache-tétons pouvaient être confondus avec des décorations de fête.

— Quoi ? Dis-moi qu'ils n'ont pas servi de décoration à la fête d'anniversaire de Paul.

— Tu sais que la mère de Paul est venue passer quelques jours en ville avant notre prétendu week-end dans le nord ?

— Oh, non, Joy.

Grace postillonnait tellement elle riait.

— Elle les a trouvés ?

Joy acquiesça d'un air sombre.

— Je lui avais commandé son café préféré en ligne, et il a été livré, ainsi que d'autres choses, pendant que j'étais allée faire des courses. Marge a pris la liberté d'ouvrir tous les paquets.

Grace fit la grimace, compatissant avec son amie. Marge Lansing était le genre de femme à penser que porter des shorts en public était scandaleux et qui ne manquait jamais une occasion de dire à Joy que son décolleté était trop plongeant et sa jupe trop courte. Si elle était mêlée à cette histoire, Grace savait que ça n'allait pas bien se terminer.

— Raconte-lui ce qu'il y avait dans le deuxième carton, intervint Hope, incapable de masquer son rire.

Joy se frotta la tempe gauche.

— Je t'avais dit que j'avais un jour surpris Paul à mater du porno, tu te souviens ?

— Oui ? répondit Grace, pas sûre de savoir où cela allait les mener.

Toutes les femmes mariées de sa connaissance avaient surpris leur mari en train de regarder des films érotiques à un moment ou à un autre.

— J'ai consulté son historique Internet pour voir ce qui lui plaisait. Je me suis dit... Eh bien, je me suis dit que si je ressemblais à ses fantasmes, ça pourrait aider.

Le visage de Joy était passé de rose à rouge foncé.

— C'est plutôt adorable, commenta Grace.

Mais l'expression horrifiée de son amie la poussa à ajouter :

— Ça ne s'est pas bien passé, j'imagine ?

— Ça ne s'est pas passé du tout, tu veux dire. Parce que sais-tu ce qu'il se produit quand tu commandes des plugs anaux et que ta belle-mère les trouve ?

Grace en resta bouche bée, et le silence tomba sur la table tandis que les mots « plugs anaux » résonnaient dans l'air. Grace se racla la gorge.

— Euh, excuse-moi, mais est-ce que tu viens de dire...

— Plugs anaux, oui. C'est bien ça. J'avais tellement envie que mon mari me regarde à nouveau, j'étais si désespérée que j'ai commandé ces machins en pensant que nous les testerions ensemble. Et peut-être que nous pourrions essayer... enfin, tu vois.

— Mais...

Grace secoua la tête, tentant de comprendre ce que son amie venait de dire. Les gens qui souhaitaient réaliser leurs fantasmes ne lui posaient aucun problème, mais... la porte arrière ? En vingt ans, elle n'avait jamais entendu son amie parler d'autre chose que de sexe vanille.

— Es-tu sûre de vouloir essayer ça ? Je croyais que...

Elle s'éclaircit la voix.

— ... que c'était juste une sortie, tu vois ?

Hope ricana. Joy lui lança un regard torve.

— Les plugs n'étaient pas pour moi, Grace.

— Oh. Oh !

Elle se sentit devenir très rouge.

— Je vois. Comment est-ce que ça... Enfin, je veux dire, ça vous a aidés ?

— Non. Tu te souviens que c'est Marge qui a ouvert les boîtes ?

Grace écarquilla tellement les yeux qu'ils sortirent pratiquement de leurs orbites.

— La mère de Paul les a trouvés ? Qu'est-ce qu'elle a dit ?

— Qu'ils feraient de magnifiques centres de table, répondit Joy en soupirant d'exaspération. Ils étaient en verre et, du coup, elle s'en est servi dans les arrangements floraux qu'elle nous a préparés. Imagine ma surprise en rentrant chez moi de découvrir la table agrémentée de trois arrangements de fleurs en soie, avec chacun un plug au milieu. Il y avait aussi les cache-tétons à paillettes accrochés à un mur avec une banderole « Joyeux anniversaire ». Lorsque Paul est arrivé quelques minutes plus tard, il a cru être entré dans une boîte de strip-tease.

— Oh mon Dieu, commenta Grace, qui s'étouffait presque de rire.

Les larmes coulaient sur ses joues et elle avait vraiment beaucoup de mal à respirer. Hope se joignit à son rire hystérique, et elles faillirent tomber de leur siège lorsque le serveur s'approcha avec les ailes de poulet et les nachos aux pommes de terre.

— Pouvez-vous m'apporter la plus grande margarita que vous avez ? lui demanda Joy. Et une grosse part de cheesecake au caramel au beurre salé.

— C'est ce genre de journée ? répondit-il, compatissant.

— Vous n'imaginez pas à quel point.

Cela redoubla l'hilarité de Grace et Hope.

Quand Grace parvint à se reprendre, s'essuyant les yeux, Joy riait avec elles.

— Sur le moment, j'étais totalement horrifiée. Si le sol avait pu s'ouvrir sous mes pieds et m'engloutir, j'aurais accepté ma mort avec joie. Mais, cette histoire, je vais pouvoir la raconter quand je me baladerai en fauteuil roulant dans la maison de retraite.

— C'est clair, approuva Hope en lui serrant la main.

— Que s'est-il passé après ça ? demanda Grace.

— Paul a réussi à garder son calme le temps de remercier sa mère pour sa prévenance et il a fait comme si nous n'avions pas de jouets sexuels ornant notre table de salle à manger pendant le repas avec sa mère. Heureusement, nous n'étions que tous les trois ce soir-là. Les enfants avaient d'autres projets. Dès qu'elle est partie, il a perdu les pédales et jeté les centres de table à la poubelle. Puis il ne m'a plus adressé la parole pendant trois jours.

— En avez-vous reparlé ?

Elle avait très envie de faire un câlin à son amie.

— Non. Il a refusé. Même quand j'ai essayé de lui expliquer que je cherchais juste de quoi pimenter notre vie de couple, il m'a rejetée en me disant que les choses lui convenaient telles qu'elles étaient.

Grace savait cependant que ce n'était pas vrai, sinon Joy

n'aurait pas fouiné dans son historique Internet pour trouver un moyen de les remettre en selle, pour ainsi dire. Elle adressa un sourire compatissant à Joy.

— Avez-vous essayé de voir un conseiller conjugal ?

— Paul refuse. Il ne veut rien faire.

Elle soupira lourdement.

— Je sais qu'il est gêné à cause de ce qui s'est passé. Moi aussi. Mais je ne suis pas coincée. J'aimerais juste qu'il me dise ce qu'il désirerait.

Grace se mordit l'intérieur de la joue. Elle ne pouvait s'empêcher de se demander si Paul voyait quelqu'un d'autre. N'était-ce pas dans ces cas-là que les hommes perdaient tout à coup tout intérêt pour leur femme ? Quoique, Bill et elle continuaient à avoir des relations sexuelles quand même. Les choses n'étaient peut-être pas aussi noires et blanches que tout le monde le pensait.

— Je suis désolée, ma chérie. J'aimerais pouvoir t'aider.

— Je sais.

Joy remercia le serveur pour la margarita qu'il posa devant elle, puis reprit.

— Bon, arrêtons de discuter de ma vie sexuelle pathétique. Dites-moi ce qu'il s'est passé aujourd'hui. Tu parlais d'un message ?

C'est bien du Joy tout craché de nous rappeler pourquoi nous mangeons ensemble, pensa-t-elle.

— Oui.

Elle lui relata les événements de la matinée. Une fois qu'elle eut fini, elle s'adossa à son siège et croisa les bras.

— Tu as une idée de ce que ça pourrait vouloir dire ?

Joy tordit les lèvres, réfléchissant.

— En dehors de l'évidence, non. Je pense que ça signifie que tu dois résoudre un mystère ou peut-être transmettre un message. J'ai récupéré les actes de propriété au tribunal. Demain, nous pourrons creuser un peu les histoires des anciens propriétaires et voir s'il y a eu des crimes ou quoi que ce soit d'inhabituel qui nous donnerait un indice.

— En attendant, il faut que je montre la maison à Matt demain. Une suggestion pour que les fantômes ne lui fassent pas complètement peur ?

Sans surprise, aucune de ses amies n'avait de réponse à lui fournir.

CHAPITRE 13

*É*quipée d'une liste d'une demi-douzaine de biens à montrer à Matt, Grace entra dans le café la tête haute et la démarche déterminée. La nuit précédente, en marchant sur la plage, elle avait eu une illumination. Cacher à Matt ce qui s'était produit au cottage la veille ne lui apporterait rien de bon. Elle avait conscience de sa responsabilité envers le propriétaire : celle de tout faire pour vendre sa maison. Mais Matt était également son client. Il méritait de savoir dans quoi il mettait les pieds. Et même si aucune clause officielle ne les contraignait, le vendeur ou elle, à révéler la moindre activité paranormale, elle se sentait dans l'obligation morale de le faire.

Elle ne pourrait plus se regarder en face si elle faisait acquérir à quelqu'un un bien qui ne lui convenait pas ou, pire, qui se transformait en cauchemar.

— Bonjour, le salua-t-elle en s'asseyant sur la banquette en face de lui. Êtes-vous prêt à partir en quête de votre future maison ?

— Vous semblez terriblement confiante.

Matt lui tendit un pain à la cannelle et fit signe à la barista, au comptoir.

— Pouvez-vous apporter quelque chose à boire à Grace, s'il vous plaît ?

— Comme d'habitude ? lui demanda Kari en la regardant.

— Oui, s'il te plaît.

Grace lui fit un geste de la main et approuva de la tête en voyant la barista préparer son chai tea latte.

— Vous devez souvent venir ici, commenta Matt.

— C'est plus sympa qu'un bureau étouffant, répliqua-t-elle en lui tendant le dossier. Voilà les maisons pour lesquelles nous avons rendez-vous, y compris les deux que vous m'avez envoyées hier soir et deux autres qui sont bien mieux en vrai que sur les photos. Jetez-y un œil. Si vous en voyez une qui ne vous plaît pas, pour quelque raison que ce soit, dites-le-moi simplement et j'annulerai la visite.

Matt secoua la tête sans même regarder les annonces.

— Je suis prêt à découvrir tout ce qui vaut le coup.

— Parfait, dans ce cas.

Elle lui sourit, mais ne put s'empêcher de se demander comment les visites allaient se dérouler. Jusque-là, il s'était montré plutôt vague sur ce qu'il cherchait. Ses seules exigences avaient été la vue sur la mer et un logement assez grand pour sa famille. Ce qui laissait beaucoup d'inconnues au milieu.

Peu de temps après, Grace eut terminé son pain à la cannelle, et tous deux rejoignirent son SUV pour se rendre à la première maison de la liste. Trois heures plus tard, ils en avaient visité cinq. Toutes avaient semblé plaire à Matt, ravi qu'elles offrent un joli panorama, bien que trois soient un peu trop loin de la plage ou de la ville à son goût. Il avait formulé des idées pour rénover certaines cuisines, ri en trouvant des toilettes dans un placard sous un escalier, et plaisanté au sujet du papier peint rouge et rose à motif floral qui recouvrait tous les murs de l'étage de l'une des propriétés.

Il discutait avec animation du voyage qu'il comptait faire avec ses deux fils plus tard dans l'année, quand elle se gara devant le grand cottage blanc. Elle avait volontairement gardé la maison hantée pour la fin. Impossible de prévoir ce qu'il allait s'y passer, et elle n'avait pas voulu qu'une quelconque expérience négative entache ses impressions sur les autres visites.

Elle coupa le moteur, mais ne fit pas un geste pour sortir de voiture.

— Je dois vous dire quelque chose à propos de cette maison avant que nous n'y entrions.

— D'accord, répliqua-t-il tranquillement.

Son attitude avait changé du tout au tout. L'homme bavard et amical, parlant avec excitation de ses fils, avait disparu, remplacé par un homme songeur, qui paraissait troublé. Les sourcils froncés et les lèvres pincées, il fixait la grande bâtisse.

— Matt ? Tout va bien ?

— Pardon ?

Il tourna vivement la tête et la dévisagea, surpris, comme s'il découvrait tout juste sa présence.

— Je vous ai demandé si tout allait bien, répéta-t-elle, soucieuse.

— Oh. Oui. Très bien.

Il contempla à nouveau le cottage.

— Il est joli, non ?

Cela aurait dû être un compliment, mais il avait été prononcé d'une voix plate et presque désintéressée.

Grace ignorait ce qui lui prenait. Peut-être avait-il perçu les

135

vibrations de la maison. Si tel était le cas, alors raison de plus pour lui dire la vérité.

— Cette maison est à vendre depuis très longtemps, pour une bonne raison.

— Le prix ? demanda-t-il, regardant toujours par la vitre.

Un muscle tressauta dans sa mâchoire. Il n'était pas difficile de deviner la tension qui l'habitait.

— Non. Pas vraiment. Dans d'autres circonstances, j'aurais même dit qu'elle était un poil sous-évaluée pour le marché, mais...

— Elle est hantée, non ? lança-t-il en s'adossant à son siège, les yeux fermés.

— Qu'est-ce qui vous fait penser ça ? s'étonna-t-elle.

Elle se demanda s'il possédait un don lui permettant de voir ou sentir les esprits. La plupart des gens ne pouvaient distinguer les fantômes que s'ils se montraient volontairement. Mais d'autres personnes savaient, tout simplement, peu importe ce que faisaient les esprits.

— Je le sais, c'est tout.

Quelques secondes s'écoulèrent avant qu'il n'ajoute :

— Pas besoin d'entrer à l'intérieur, Grace. Cette maison n'est pas faite pour moi.

Sa déception fut amère. Elle avait compris, dès son changement d'attitude, que le cottage était hors course, mais l'espoir fait vivre.

— Très bien.

Elle démarra le moteur et retourna au café. Avant même qu'elle n'ait immobilisé son véhicule, Matt en sortit rapidement.

— Merci pour les visites, Grace. Ça m'a donné matière à réfléchir.

— Puis-je vous appeler demain pour que vous me fassiez part de vos réflexions et que nous décidions de la suite ?

— Oui, bien sûr. Bonne soirée.

Il ferma doucement la portière, puis grimpa dans sa Land Rover et partit si vite que ses pneus crissèrent.

Grace gémit. La journée avait commencé de manière si prometteuse, mais elle avait tout gâché en lui montrant le cottage blanc. Tout à coup, elle éprouva de la rancune à l'encontre de son arrangement avec Landers. Personne, à l'agence, n'avait réussi à vendre ces maisons. Elle était douée dans son métier, du coup, il était ridicule qu'elle ait à se coltiner ces propriétés comme prérequis pour un boulot permanent, même quand il était évident qu'il avait besoin de plus d'agents. Quand elle avait passé l'entretien chez *Landers Immobilier*, elle ignorait qu'ils étaient en bonne voie pour surpasser l'agence de Bill. Ce qu'elle trouvait extrêmement satisfaisant. Malgré tout, ils avaient bien trop de travail pour que seuls Kevin et Owen puissent s'en charger. Connard. Quel genre d'enflure la mettait à l'épreuve alors qu'il la savait parfaitement qualifiée pour ce travail ? Avait-elle réellement le choix, de toute façon ? Non. Pas si elle voulait rester à Prémonition.

Son téléphone vibra dans la console à côté d'elle. Voyant le nom de Hope sur l'écran, elle perdit un peu de tension.

— Salut ! Est-ce que c'est l'heure de manger ? Un vrai repas, ce coup-ci ? demanda Grace en espérant que son amie en avait fini pour la journée.

Puisque Hope était organisatrice d'événements, son emploi du temps était plutôt flexible, tant qu'elle n'était pas en pleine soirée.

— Lucas vient de m'appeler, dit celle-ci très vite.

— Lucas King ? demanda Grace, d'une voix que le choc rendit plus forte.

— Oui.

Nom d'une petite déesse. Lucas King était l'homme que Hope avait aimé et qui s'était enfui. Tout le monde pensait qu'elle le suivrait à l'autre bout du pays quand il avait emménagé sur la côte Est.

— Qu'est-ce qu'il voulait ?

Il y eut des bruissements sur la ligne avant que Hope ne réponde.

— Je ne sais pas. Je n'ai pas encore écouté son message.

— Hope !

Elle secoua la tête.

— Raccroche, écoute-le, puis rappelle-moi.

— Je ne peux pas. Je suis en train de gérer une catastrophe avec une fête de mariage.

— Où es-tu ?

— À l'*Œil de faucon*. Ils ont perdu la commande que j'étais censée récupérer maintenant. Ils... peu importe. Mlle Francie vient d'arriver. Il faut que j'y aille.

La ligne fut coupée avant que Grace n'ait pu ajouter quoi que ce soit.

Elle composa le numéro de Joy, mais tomba sur le répondeur.

— Merde, Joy. Contacte-moi dès que tu as ce message. C'est une urgence. Lucas a appelé Hope, et elle flippe complètement.

Dès qu'elle eut raccroché, elle envoya un SMS à Joy, puis ralluma le moteur du SUV pour rejoindre la boulangerie.

Elle se gara à côté du quatre-quatre Toyota de Hope et entra en vitesse dans l'*Œil de faucon*. Depuis l'autre bout du comptoir, elle repéra son amie énervée en train d'agiter les mains en l'air et d'indiquer d'un signe de tête les différentes vitrines à pâtisseries.

Mlle Francie, qui semblait désolée, acquiesça et entreprit de mettre plusieurs petits gâteaux dans diverses boîtes. Hope tapa frénétiquement sur son téléphone, puis s'adossa au mur et ferma les paupières.

— Crise évitée ? lui demanda Grace en admirant le chemisier en soie pourpre et le jean noir skinny que portait son amie et qui lui donnaient fière allure, assortis à ses cheveux bruns et son maquillage léger.

— Pour l'instant, répliqua-t-elle en ouvrant les yeux. La folle mariée va sans doute balancer une table à travers la pièce pour se calmer mais, au moins, il y aura des sucreries pour les invités.

Quelques minutes plus tard, Grace l'aida à transporter les boîtes dans le Toyota de Hope. Une fois que tout fut mis dans le coffre, elle se tourna vers son amie.

— Donne-moi ton portable.

Hope s'exécuta sans discuter. C'était très rare que Hope obéisse à un ordre direct sans objecter. Elle n'était pas du genre à accepter de suivre des consignes sans rechigner. Elle faisait ce qu'elle voulait, quand elle le voulait et comme elle le voulait, sans en informer qui que ce soit. Sauf en ce qui concernait Lucas King. Il était le seul homme au monde capable de la déstabiliser.

— Veux-tu que je l'écoute ou que je le supprime ? lui demanda Grace, un doigt au-dessus de l'écran.

Hope se mordilla la lèvre. Puis secoua la tête.

— Je ne sais pas du tout.

— Très bien. Écoutons-le.

Son amie avait toutes les raisons d'être circonspecte. Lucas lui avait brisé le cœur, non pas une, mais deux fois. Tout le monde était persuadé qu'ils étaient des âmes sœurs. Ils étaient du genre à ne pas pouvoir rester loin l'un de l'autre. Leur lien était trop fort. Et pourtant, ils se faisaient souffrir. Peu importait cependant, car Grace savait que son amie l'aimait et qu'elle le regretterait, si elle supprimait le message.

— Attends ! s'écria Hope en levant les mains.

— Quoi ?

— Il faut que je m'assoie.

Elle ouvrit la porte arrière de son Highlander et s'installa sur la banquette.

Grace eut une horrible pensée tout à coup. Et si Lucas appelait pour dire qu'il se mariait ? Ou, pire, qu'il souffrait d'une maladie grave ? Hope ne s'en remettrait jamais. Grace entendit sa mère murmurer dans sa tête. *Arrête de voir tout de suite des problèmes, Grace. Cesse de t'inquiéter de choses qui n'ont pas eu lieu.*

— D'accord. On y va, ordonna Hope, en fixant son portable comme s'il allait prendre feu.

Sans hésiter, Grace appuya sur le bouton « Lecture ».

— *Salut, ma belle. C'est moi. J'ai besoin d'un agent immobilier à Prémonition. Vu que l'ex de Grace est hors jeu, je ne sais pas trop qui contacter. Tu aurais quelqu'un à me recommander ? Rappelle-moi.*

Grace et Hope fixèrent le téléphone quelques instants. Puis parlèrent en même temps.

— Comment est-il au courant pour Bill et moi ?

— Pourquoi est-ce que Lucas a besoin d'un agent immobilier ?

Elles se répondirent d'une même voix.

— Aucune idée, lui dit Hope.

— Est-ce que sa mère déménage ?

Elles pouffèrent. Puis Grace leva la main.

— C'était quand la dernière fois que tu lui as parlé ?

Hope haussa les épaules.

— Il y a deux ans et demi, peut-être ? Quand il est rentré pour Noël.

— D'accord, donc c'est sans doute Bell qui lui a dit pour Bill et moi, supposa Grace, évoquant la mère de Lucas qui habitait à quelques rues du cottage de Grace.

— Peut-être.

Hope lâcha un soupir, la mine défaite.

— Si Bell déménage…

Nul besoin de finir cette phrase. Toutes deux avaient bien conscience que si Bell quittait Prémonition, alors les chances de Hope de revoir Lucas devenaient nulles, à moins qu'elle ne décide de lui rendre visite. Ce qui s'était révélé un désastre la dernière fois qu'elle l'avait fait.

— Tu devrais l'appeler pour découvrir ce qu'il se passe, lui conseilla Grace.

— Je ne veux pas savoir.

Hope se mordilla la lèvre, un geste nerveux qui ne lui venait que lorsqu'il était question de Lucas.

— Allons, Hope. Ne pas savoir est presque toujours pire que la réalité. Peut-être qu'un de ses potes cherche une maison en bord de plage. Tant que tu ne lui auras pas posé la question, nous n'en saurons rien.

Cela la tuait de voir son amie aussi perturbée par un simple appel. C'était tellement difficile de concilier la femme enjouée, si sûre d'elle, si confiante en présence du sexe opposé, avec cette boule de nerfs quand il était question d'un seul et unique homme. Mais c'était peut-être pour cette raison qu'elle était si sûre d'elle avec les autres. Elle savait qui était censé être celui de sa vie, et qu'il n'y avait donc pas de place pour un autre en dehors d'une relation sans engagement.

Hope descendit de son siège et redressa les épaules.

— Ça suffit. J'ai des gâteaux à livrer. Je ne peux pas rester toute la journée à m'inquiéter de Lucas King. S'il a besoin d'un agent immobilier, il n'a qu'à en contacter. Je ne sais pas pourquoi il souhaite que je lui en reco...

— Attends, la coupa Grace en lui prenant la main. Avant de le repousser, pense à ton amie qui cherche si désespérément des clients.

Elle battit des cils.

— Cette amie qui doit absolument faire une vente si elle veut arrêter de puiser dans ses économies.

— C'est vrai.

Hope se mordit la lèvre encore une fois, puis envoya un texto. Elle tapota son portable quelques fois supplémentaires avant de le ranger dans sa poche.

— Voilà. Je lui ai dit que la personne ayant besoin d'un agent immobilier devait te contacter.

— Tu as mis ses appels en silencieux, c'est ça ?

— Oui, confirma son amie en s'installant sur le siège conducteur. Je n'ai pas le temps de me ridiculiser aujourd'hui.

— Dîner. Chez moi. Ce soir à sept heures. Nous pourrons travailler sur un petit sort pour raviver ton énergie.

— Tu l'as déjà dit à Joy ? demanda Hope, les yeux plissés.

— Oui.

Elle lui referma sa portière, articula « sept heures », puis tapa deux fois sur le toit de la voiture pour indiquer à son amie qu'elle pouvait partir.

Hope lui fit un signe de tête, avant de s'en aller. Grace attrapa son portable, envoya un message à Joy pour lui dire de la rejoindre chez elle pour la soirée, puis se rendit à l'agence afin de passer quelques coups de fil. Une heure plus tard, elle possédait le nom d'une sorcière spécialisée dans les fantômes difficiles. Elle commençait à comprendre que, si elle espérait vendre ces maisons, elle allait devoir faire bien plus qu'agiter des bâtons de fumigation. Si cela avait été aussi simple que cela, elle ne se serait pas retrouvée avec cette liste de biens problématiques entre les mains.

CHAPITRE 14

*G*race était assise au bar de sa cuisine, à siroter un verre de vin tandis qu'elle notait toutes les manifestations paranormales auxquelles elle avait assisté dans chacune des trois maisons. La sorcière qu'elle rencontrait le lendemain souhaitait avoir un compte-rendu des incidents.

Le temps de finir avec la victorienne, elle avait des crampes. Elle regarda son stylo et fit la grimace. Depuis quand n'avait-elle pas écrit à la main ? Aucune idée. Elle observa ses pattes de mouche et rit. Si la sorcière arrivait à lire ce qu'elle avait noté, alors elle possédait vraiment des pouvoirs magiques.

Un coup puissant résonna sur la porte d'entrée avant que quelqu'un ne pénètre dans la maison.

— Grace ? Tu es là ?

— Alyssa ?

Elle se mit debout et s'approcha du salon. Sa sœur retirait ses chaussures en se plaignant du sable.

Grace leva les yeux au ciel. Alyssa râlait toujours au sujet de quelque chose quand elle venait ici. La semaine précédente, c'était le chien qui aboyait chez le voisin. Celle d'avant, c'était la maison trop rose à deux pas de la sienne et, aujourd'hui, c'était le sable, manifestement. Grace ne pouvait rien y changer et n'en avait même pas envie. C'était naturel. Que pourrait-elle y faire, de toute façon ? Planter de l'herbe sur toutes les zones sableuses ?

— Où est Lex ? demanda sa sœur sur un ton péremptoire.

Ses racines noires étaient visibles sur le dessus de ses cheveux teints en blond et elle avait des cernes, comme si elle dormait mal.

Grace haussa les épaules.

— Aucune idée. Au travail, peut-être ? Ou avec Bronwyn. On ne se tient pas vraiment au courant de nos faits et gestes, sauf si l'une de nous s'absente pour la nuit. Est-ce que ça va ? Tu as l'air fatiguée.

Alyssa cilla.

— Tu t'absentes toute la nuit ?

— Non. Pas en règle générale, non.

Sauf cette fameuse nuit où, ayant bu trop de vin, elle s'était endormie sur le canapé de Hope.

— C'est bien ce que je pensais. Ma sœur guindée ne ferait jamais rien de mal, commenta Alyssa avec un ricanement un peu méprisant. Je vais bien, pour répondre à ta question. Pas besoin de t'en faire pour moi. Et je n'apprécie pas vraiment qu'on me dise que je ne ressemble à rien.

— Ouah, s'écria Grace en levant les mains en signe d'apaisement. Ce n'était pas ce que je voulais dire et tu le sais. Qu'est-ce qui se passe ? Quelque chose t'a énervée ?

Alyssa posa son sac sur un fauteuil et mit les mains sur ses hanches.

— Ouais. Qui t'a autorisée à offrir un toit à Lex ?

— Quoi ?

N'avait-elle pas informé sa sœur le soir même de l'emménagement de sa nièce ? Est-ce qu'Alyssa ruminait cela depuis ce jour-là ? Non, c'était peu probable. Ce n'était pas son genre. Quand elle était furieuse, elle affichait haut et fort son mécontentement. Son agacement avait dû lui être soufflé par Charlie. Les disputes de Grace avec sa sœur avaient presque toujours lieu après que Charlie avait énervé Alyssa.

— Tu m'as bien entendue. Est-ce que tu essaies de saper ma relation avec elle ? Ce n'est pas parce que tu n'as pas d'enfants que...

— Je t'arrête tout de suite, rétorqua Grace, qui bouillonnait. Nous devrions nous calmer avant de dire quelque chose que l'on pourrait regretter.

— Regretter ? répéta sa sœur avec un rire sans joie. Tu sais ce que je regrette ? Tout le temps que je t'ai laissé passer avec ma fille. Si j'avais su que tu en profiterais pour dire de la merde sur moi, tu peux être certaine que jamais je ne l'aurais laissée seule avec toi.

Elle en resta bouche bée. C'était quoi, ça ? Elle se racla la gorge.

— Alyssa, je ne sais pas du tout de quoi tu parles. Tu veux bien m'expliquer où tu as entendu ça ? Et qui te l'a dit, du reste ?

— *Du reste*, répéta sa sœur en levant les yeux au ciel. Regarde-toi, avec ton diplôme de fac. Charlie avait raison. Tu te crois meilleure que tout le monde.

Ah. Évidemment. Elle avait bien deviné.

— C'est donc de ça qu'il est question ? De Charlie ?

— Non. De ma fille et toi. Pourquoi vit-elle ici et pas chez elle ? Tu n'es pas meilleure que moi. C'est moi qui subviens à ses besoins, qui l'aime et qui garantis sa sécurité. Et, pourtant, c'est chez toi qu'elle s'en va ? C'est n'importe quoi, Grace. Elle a besoin de sa *mère* !

— Tu as raison, maman. Elle a besoin de sa *mère*, répliqua Lex, dans le couloir.

Grace et Alyssa sursautèrent au son de sa voix. Alyssa lança un regard accusateur à Grace.

— Tu m'avais dit qu'elle n'était pas là !

Se retenant d'étrangler sa sœur, elle répondit.

— En fait, je t'ai dit que je ne savais pas où elle était, ce qui était vrai. J'ignorais qu'elle était à la maison.

Alyssa lui tourna le dos et l'insulta tout bas. Puis elle regarda sa fille.

— Lexie, mon bébé. Je ne savais pas que tu étais là.

— C'est assez clair. Je faisais la sieste. Votre dispute m'a réveillée.

Elle se laissa enlacer par sa mère, mais ne lui rendit pas son étreinte.

— Allez, Lexie, tu peux au moins câliner ta mère pour lui dire bonjour, lança Alyssa sans relever qu'elle avait réveillé sa fille.

— Qu'est-ce que tu fais là, maman ? répliqua l'intéressée en reculant pour mettre un peu de distance entre elles.

— Je suis venue te ramener à la maison. Tu ne devrais pas payer un loyer à ta tante alors que ta chambre t'attend. Charlie et moi…

— Non, rétorqua Lex en croisant les bras. Je ne rentrerai pas là-bas.

— Mais, Lexie…

— Je m'appelle Lex.

Il y avait des larmes de colère dans ses yeux. Grace mourait d'envie de l'enlacer, de calmer cette douleur qu'elle irradiait. Comment Alyssa pouvait-elle ne pas s'en rendre compte ? Sa fille était visiblement en détresse, mais elle paraissait aveugle.

— Je t'ai toujours appelée Lexie.

— Je suis une adulte, maman. Je préfère qu'on m'appelle Lex et tu le sais. Tout comme tu sais que je n'épouserai jamais Jackson ni aucun autre homme. Je ne vais pas me conformer à ce fantasme que tu as concernant ma vie. Donc, non, je ne rentrerai pas à la maison. Je resterai ici à moins que tatie souhaite que je m'en aille et, si c'est le cas, j'irai dormir sur le canapé des parents de Bronwyn jusqu'à avoir trouvé un logement permanent.

Alyssa dévisageait sa fille, les yeux écarquillés et la bouche grande ouverte.

— Il faut que je prépare le dîner, dit Lex doucement en contournant sa mère.

— Lexie... pardon, Lex. Je sais que tu n'épouseras ni Jackson ni aucun autre homme.

Sa fille s'immobilisa et lui jeta un regard en arrière.

— Alors pourquoi est-ce que tu n'arrêtes pas d'en parler ?

— Je plaisantais, c'est tout. Bronwyn a toujours été la bienvenue à la maison, tu le sais.

— Tu plaisantais, hein ? répéta Lex tristement. Ça n'en avait pas l'air quand Charlie m'a dit que tu pleurais encore le fait que Jackson ne serait jamais ton gendre.

Alyssa pâlit et parut, pour une fois, chagrinée par ses propres actes.

— C'est juste... Ce n'est pas à cause de toi, ma puce.

— Oh, je sais, maman. C'est à cause de toi. Tout tourne toujours autour de toi. J'ai compris. Je ne suis qu'une immense déception pour toi. Très bien. Je peux m'y faire, mais je ne supporte plus de vivre dans cet environnement. Et laisse tatie Grace tranquille. Elle n'a rien fait de plus que de me donner une chambre quand j'en ai eu besoin. Tu préfères que je sois ici ou sur un canapé, dans un salon quelconque ?

— Je préférerais que tu rentres à la maison, où nous pourrons régler la situation toi, Charlie et moi, répliqua Alyssa sur un ton de défi.

— Ça n'arrivera pas, dit Lex fermement.

— Mais pourquoi ? Il y a bien assez de place pour nous trois.

— Tu sais pourquoi, maman. Je te l'ai déjà répété plusieurs fois. Il dit des choses inappropriées et nous met mal à l'aise, Bron et moi. Pour le moment, je suis heureuse, ici.

Le visage d'Alyssa devint rouge vif, et Grace comprit que sa sœur était à deux doigts de péter un plomb. Elle s'apprêtait à lui suggérer d'aller se promener pour se calmer un peu, mais, avant qu'elle ne puisse le lui proposer, Alyssa entra en trombe dans la cuisine et exigea que sa fille rentre avec elle tout de suite. Elle trouva des excuses à Charlie, prétendit que Bron et Lex exagéraient et qu'elles surinterprétaient ses plaisanteries.

— C'est bien le problème, maman. Tu es toujours de son côté, pas du mien. Mais sa présence chez nous est rédhibitoire pour moi. Il me met mal à l'aise, et j'en ai marre de supporter ça juste pour te rendre la vie plus facile.

— Alors c'est à cause de Charlie que tu ne retournes pas à la maison ? Tu me sors encore ce refrain ?

— Oui. Encore. Charlie est un pervers, et Bron et moi n'en voulons pas dans notre vie. Rentre chez toi, maman.

— Très bien ! s'écria celle-ci en levant les mains avant de quitter les lieux à toute allure.

Grace s'approcha de sa nièce, l'entoura de ses bras et la laissa pleurer.

Lex n'arrêtait pas de la remercier, de lui promettre de ne pas l'embêter et de partir bientôt, entre deux hoquets.

— Oublie ça, ma belle. Tu es coincée avec moi. En fait, ça me plaît de t'avoir ici. J'insiste pour que tu restes autant de temps que tu veux.

— Tu ne vas pas m'obliger à me réconcilier avec ma mère, si ?

— Non, lui promit Grace. C'est entre elle et toi.

— Et Charlie, ajouta sèchement Lex, en frissonnant.

— Oh que non. En ce qui me concerne, ce connard peut aller faire une longue balade sur une très courte falaise.

Elle sourit.

— C'est ce que mon grand-père disait toujours.

Lex la serra plus fort contre elle.

— Je t'aime, lui dit-elle d'une voix étranglée.

— Je t'aime aussi, Lex.

Grace l'étreignit à son tour, puis la lâcha.

— Allez, viens. Préparons à manger. Hope et Joy sont en chemin.

— Oh oh, commenta Lex. Les ennuis arrivent.

Grace ricana.

— Tu ne crois pas si bien dire.

CHAPITRE 15

— $\mathcal{L}$ ex, ce flétan déchire carrément, lui dit Hope en récupérant les dernières gouttes de sauce au citron dans son assiette à l'aide d'un morceau de pain au levain.

Grace, Hope, Joy et Lex étaient assises à la table de la salle à manger et terminaient ce que Lex leur avait préparé.

Dès qu'elle avait appris que les filles venaient à la maison, la jeune femme s'était empressée d'aller acheter du poisson, puis s'était mise en cuisine. Bien qu'ayant été prévenue quasiment au dernier moment, elle avait réussi à concocter le meilleur repas que Grace avait dégusté depuis plusieurs semaines.

— Tu sais, je n'aurais jamais cru dire ça un jour, mais ces choux de Bruxelles sont à tomber. Qu'est-ce que tu as fait ? Tu leur as jeté un sort pour leur donner bon goût ?

Avant ce repas, Grace aurait juré qu'elle détestait les choux de Bruxelles, mais Lex les avait cuisinés de telle façon que son opinion sur ces légumes avait changé du tout au tout et qu'elle voulait en manger toujours plus.

— C'est fou comme des échalotes, des pignons de pin et du

beurre peuvent relever un plat, répliqua Lex en lui faisant un clin d'œil. Contente que ça te plaise.

— Tout est délicieux, approuva Joy. Merci.

— Je t'en prie.

Lex se leva pour débarrasser la table.

— Oh, non. Assieds-toi, ordonna Hope en lui prenant les assiettes des mains. Nous allons faire la vaisselle. Celle qui cuisine ne nettoie pas.

Elle se tourna vers Grace.

— Ni l'hôtesse qui nous fournit la picole.

Grace rit et laissa ses deux amies débarrasser, consciente qu'il valait mieux ne pas se disputer avec elles. Alors, elle regarda sa nièce.

— Comment vas-tu ? Après ce qui s'est passé avec ta mère…

Lex soupira et s'affala sur sa chaise.

— Bien, j'imagine ? Je ne sais pas trop, pour être honnête. Cuisiner m'aide à me recentrer un peu.

— C'est bien.

Elle lui serra la main.

— Veux-tu me parler de cette autre chose que tu as en tête ?

Lex fronça les sourcils.

— Quelle autre chose ?

— Celle qui te met mal à l'aise.

Grace regarda le portable de sa nièce sur la table.

— Et qui te pousse à vérifier ton téléphone aussi souvent.

— Tu remarques tout, hein ? demanda Lex en la fixant.

— Pas tout, non. Mais je fais attention à toi. Qu'est-ce qui se passe ? Ce n'est pas seulement à cause de ta mère, n'est-ce pas ?

Les larmes montèrent aux yeux de Lex qui, plutôt que de répondre, déverrouilla son portable, tapa sur l'écran et tendit l'appareil à Grace.

— Qu'est-ce que c'est ?

Elle vit une série de textos, d'abord bénins, qui virèrent cependant vite au cauchemar.

« *Salut, Lex. Appelle-moi, j'ai une question à te poser.* »

« *Tu n'es pas au travail, j'ai essayé de t'y joindre. Il faut vraiment que tu m'appelles. C'est à propos du chat de ta mère.* »

« *Où es-tu ? Appelle-moi, putain.* »

« *Hé, salope. Si tu ne m'appelles pas, ne viens pas pleurer plus tard si ce chat disparaît.* »

S'ensuivirent des jurons et des insultes de plus en plus graves, jusqu'à ce dernier SMS :

« *Puisque tu m'ignores, je vais avoir une petite conversation avec ta copine. Elle a toujours été plus marrante que toi, de toute façon.* »

— J'ai essayé d'appeler Bron, mais je tombe directement sur la messagerie et elle ne répond pas à mes textos, expliqua Lex.

Une unique larme coula sur sa joue, qu'elle essuya d'un geste rageur.

— J'ai écrit à maman, aussi, mais elle ne m'a pas répondu.

Un frisson remonta l'échine de Grace, qui se figea. Elle imagina Charlie agressant le chat d'Alyssa, puis posant les mains sur Bronwyn. Il n'y avait qu'une seule chose à faire.

— Hope, Joy, venez, les appela-t-elle.

— On est encore en train de nettoyer, répliqua Hope. Laisse-nous quelques minutes.

Grace se leva et les retrouva à la cuisine, le portable de Lex toujours dans la main.

— C'est important. Nous devons faire une sortie sur le terrain.

Elle leur montra le téléphone de Lex, et, dès qu'elles eurent lu les textos, ses amies lâchèrent ce qu'elles étaient en train de faire pour rejoindre la porte.

— Tatie, qu'est-ce que tu comptes faire ? s'écria Lex en les suivant.

— Rendre visite à Charlie, c'est tout, répondit-elle en enfilant ses boots noires et en prenant ses clés. Nous avons un chat à sauver et un énorme cul à botter.

— Ne vous la jouez pas façon *Les sorcières d'Eastwick* ! lança Lex. Ce ne sont sûrement que des paroles en l'air. J'ai surréagi, à mon avis.

— Et si ce n'était pas le cas ? rétorqua Joy en fixant Lex de ce regard que seules les mères maîtrisent et qui donne l'impression qu'elles plongent au fond de notre âme. Et s'il était vraiment arrivé quelque chose au chat ? Et si Bronwyn était venue et qu'il refusait de la laisser partir ?

Les yeux bleus de Lex prirent un air ombrageux.

— Je vous accompagne.

— Bravo, ma fille ! la félicita Hope en plaçant un bras sur ses épaules. Allons botter le cul de Charlie.

— Je pense que tu devrais rester ici, intervint Grace, dont le côté protecteur refit surface. Nous ignorons de quelle humeur est Charlie.

— Je viens, insista Lex, campant sur ses positions. Si par hasard Bronwyn est là-bas… Je ne peux pas rester ici.

Grace hocha la tête, comprenant que rien n'empêcherait Lex de les accompagner si la fille qu'elle aimait était en danger.

— D'accord. Mais tu ne dois jamais t'éloigner de nous, c'est clair ?

— Oui, tatie.

Lex leva les yeux au ciel, mais elle arborait un petit sourire.

Grace glissa son bras dans le creux de celui de Lex et la guida jusqu'au SUV.

— En voiture, tout le monde !

— Est-ce que ça fait de nous le Scooby-Gang ? demanda Joy, assise à l'arrière.

— Ou l'Agence tous risques ? suggéra Hope.

— C'est quoi l'Agence tous risques ? répéta Lex.

Les trois autres grognèrent.

— Oublie, lui dit Grace. Ça date d'avant ta naissance. Je crois que nous devrions être les sirènes d'*Alerte à Malibu*.

— Seulement si je peux être Pamela Anderson, répliqua Joy en pouffant.

— Qui ça ? voulut savoir Lex.

— Oh, trésor, intervint Hope en lui tapotant l'épaule. Fais-moi penser à te montrer la série tout à l'heure. Tu me remercieras.

Elle se tourna vers Grace.

— Les Sirènes, alors. Appuie sur le champignon, ma belle. Nous avons un cul à botter !

Grace accéléra, et rit à gorge déployée quand Hope, après avoir tapé sur son portable, transféra dans les haut-parleurs de la voiture la chanson *Goodbye Earl* des Dixie Chicks, une musique country un peu ringarde dans laquelle une fille se retrouvait à botter les fesses d'un beauf installé chez elle. Peu après, toutes chantaient en cœur.

— *Cause Earl had to die !* — « Parce qu'Earl doit mourir ! »

— Est-ce que tu penses qu'il est là ? demanda Grace à Lex.

Elles se tenaient devant la petite maison deux pièces que louaient Alyssa et Charlie. Elle était située au bout d'un chemin de terre et isolée des voisins grâce à de nombreux arbres. Grace détestait le fait que sa sœur vive ici. Si le moindre acte criminel avait lieu un jour, personne ne pourrait remarquer quoi que ce soit. C'était un cauchemar en matière de sécurité.

— Oui. Tu vois les phares arrière de la caisse qui dépassent de l'abri, là-bas ?

Grace plissa les yeux pour essayer de distinguer quelque chose malgré l'obscurité. Effectivement, un véhicule y était garé. Mais impossible de déterminer lequel. Cela n'avait pas d'importance, de toute façon, puisqu'elle ignorait quelle voiture conduisait Charlie.

— Oui. C'est sa voiture ?

— Non, elle est à maman. Celle de Charlie s'est fait saisir, alors elle le laisse utiliser la sienne dès qu'il en a envie.

— Ta mère a acheté une deuxième voiture ? demanda Grace, surprise. Pourquoi est-ce qu'elle ne me l'a pas dit ?

C'était le genre d'information qu'Alyssa partageait normalement avec elle.

Lex renifla, moqueuse.

— Parce qu'elle a payé la vieille Mustang trop cher et était gênée de l'avouer. Elle répétait qu'elle voulait la faire restaurer, mais elle n'avait pas d'argent pour ça. Alors, elle reste juste là, à moins que Charlie ne la conduise.

— D'accord. Donc, partons du principe qu'il est ici. Et maintenant, qu'est-ce qu'on fait ? intervint Hope.

Elle fixait la petite maison, la tête penchée sur le côté. La bâtisse aurait eu besoin de soins, d'un peu de peinture, par exemple, et d'une rénovation du toit. Le porche paraissait un peu rouillé, aussi. Cependant, le jardin était parfaitement entretenu, comme si les locataires étaient fiers de leur maison. C'était le genre d'endroit qui avait l'air correct, à l'intention de travailleurs acharnés, mais pour lequel le propriétaire ne semblait pas désireux de dépenser de l'argent en maintenance.

— Lex doit pouvoir nous faire entrer. Nous pourrions voir comment va le chat et si rien ne cloche.

Maintenant qu'elles étaient arrivées, elle commençait à regretter sa décision précipitée de se ruer ici. Qu'allaient-elles faire si Charlie mijotait quelque chose ? Cela dit, il n'y avait aucun indice dans ce sens. Il avait sans doute juste trop bu quand il avait écrit ces messages à Lex.

— Laisse-moi faire un peu de travail de reconnaissance d'abord, dit Hope en leur faisant signe de former un rond.

Joy prit position à gauche de Hope, et Grace s'avança pour compléter le cercle.

— Est-ce que je peux me joindre à vous ? demanda Lex d'une voix hésitante.

— Bien sûr, confirma Hope en lui faisant de la place. As-tu déjà lancé des sorts ou fait léviter des objets ?

— Non. Maman n'est pas très fan de sorcellerie, répondit Lex en détournant le regard pour éviter celui des trois sorcières. Elle trouve ça dangereux.

Le cœur de Grace se noua pour sa nièce. Alyssa lui avait caché tellement de choses dans ses tentatives malavisées de la protéger des risques de ce monde. Elle serra la main de Lex.

— Si Alyssa pense que ce que nous faisons est dangereux, c'est parce qu'elle est accro. Ce qu'elle aurait dû dire, c'est que l'addiction à la sorcellerie est nocive pour *elle*. Tu ne souffriras pas pour autant du même problème.

Les yeux de Lex s'agrandirent, puis s'emplirent de fureur, et elle fit la moue.

— Tu veux dire que maman faisait de la sorcellerie ?

Grace gémit tout bas. Nom d'une petite sorcière. Elle pensait qu'Alyssa avait expliqué à sa fille pourquoi elle désapprouvait l'usage des sorts. Manifestement, elle avait omis de mentionner tout ce qui concernait cette addiction à la magie qu'elle avait ressentie et le fait qu'elle s'était lancée dans une rage destructrice après le départ du père de Lex, quand la jeune femme était bébé. Malgré sa grande envie de tout révéler à sa nièce, Grace savait que ce n'était pas à elle de lui raconter ces histoires. C'était à

Alyssa de le faire. Elle ne pouvait toutefois pas mentir à Lex.

— Oui, Lex. Ta mère se servait de ses dons. Elle a ses raisons de ne plus le faire, maintenant, mais je pense qu'il vaut mieux que ce soit elle qui t'en parle.

Lex leva les yeux au ciel, peu satisfaite de cette réponse.

— Évidemment. Elle a toujours ses raisons.

— Hé, non, la réprimanda gentiment Grace. Je sais que tu es en conflit avec ta mère en ce moment. Et je suis là pour toi si tu en as besoin. Mais, sur ce coup-là, tu dois être indulgente envers elle. Elle a fait ce qu'elle avait à faire, et je suis certaine que ce n'est pas facile pour elle d'en parler.

Lex pinça les lèvres et hocha sèchement la tête.

— Très bien. Mais ça m'agace quand même d'être laissée dans l'ignorance… encore.

— Je me doute.

Grace lui fit un gros câlin.

— Et tu as parfaitement le droit d'être frustrée. La déesse seule sait combien je le suis aussi de certaines choses. Mais elle reste ta mère, d'accord ? Nous arrangerons la situation.

Lex l'étreignit en retour et, quand Grace la relâcha, elle remarqua son regard d'acier.

— Allez, on s'y met. Je me sentirai mieux quand je serai sûre que Bronwyn n'est pas à l'intérieur.

Grace ne pensait sincèrement pas qu'elle l'était. Il n'y avait pas sa voiture, et il était très peu – voire pas du tout – probable qu'elle soit montée dans celle de Charlie, à moins qu'il n'ait réussi à la piéger. Un picotement étrange naquit dans le creux de son dos, la faisant inspirer vivement. Elle l'avait déjà ressenti auparavant et, chaque fois, cela annonçait quelque chose d'horrible.

— Hope ?

— Oui ?

— Fais ton sort. Découvre qui est là et où, lui ordonna-t-
elle.

— Ça marche.

Hope leur fit signe de reformer le cercle.

— Lex, il faut que tu m'aides : tu dois visualiser Charlie.
Imagine-le en train de faire quelque chose de banal à la
maison, qu'il fait d'ordinaire, comme préparer du café ou
s'asseoir dans un certain fauteuil. Peux-tu faire ça ?

— Oui.

— Dis-moi quand tu es prête.

Quelques secondes s'écoulèrent avant que Lex ne hoche la
tête.

— C'est bon.

La magie scintilla doucement à l'intérieur du cercle tandis
qu'Hope murmurait des paroles dans le vent.

— Déesses de Prémonition, dévoilez-moi ce qui est
invisible. Montrez-moi ce qu'il y a entre les murs de cette
maison. Garantissez notre sécurité et révélez-nous les secrets
cachés.

La magie quitta le cercle pour envelopper Lex, la
transformant en être presque éthéré. Grace n'avait jamais
trouvé sa nièce aussi belle. La lueur provenait de Lex, et Grace
en eut presque les larmes aux yeux. Il était clair qu'elle avait un
don naturel, et qu'avec le bon mentor elle pourrait les
développer. Il était même impossible de dire jusqu'à quel point.
Dans la mesure où la magie qu'elle irradiait était d'un plan pur,
Grace songea que Lex serait très douée pour guérir les âmes. Si
c'était bien le cas, il s'agissait d'un talent rare qui ne devait pas
être nié.

— Voilà. Je l'ai, déclara Hope.

La magie disparut, ainsi que le chatoiement. Lex redevint elle-même.

— Ouah, ma puce, lui dit Grace. C'était incroyable. Comment te sens-tu ?

— En vie, souffla-t-elle. Vraiment en vie. Comme si je pouvais faire tout ce que je voulais.

— C'est la poussée de magie, lui expliqua Grace en lui serrant la main. Si tu la contrôles, ça peut être la chose la plus merveilleuse au monde. Sinon… les conséquences peuvent être dévastatrices.

Lex hocha la tête solennellement.

— Je vois pourquoi.

— Il n'y a que Charlie dans la maison, déclara Hope d'une voix calme.

— Que les dieux soient loués, dit Lex en portant les mains à sa poitrine.

Hope lui adressa un regard triste.

— Le seul être humain, en tout cas. Mais le chat est terrifié. Nous devons la récupérer.

— Lizzie, souffla Lex. Qu'est-ce qu'il lui a fait ?

— Je ne sais pas. Elle se cache dans la pièce du fond, apeurée.

— C'est mon ancienne chambre. Elle doit me chercher, commenta Lex en fixant la maison. Où est-il ?

— Dans le salon. Sur un fauteuil inclinable.

— Je vois. Il dort ?

— Ce n'est pas très clair, répondit Hope en fronçant les sourcils. Comment voulez-vous faire ça ? Si on se faufile en douce, c'est de l'intrusion. Si nous frappons à la porte, il ne nous laissera peut-être pas entrer.

— Moi, si, intervint Lex. Je pourrais y aller et récupérer la chatte.

— Non, répliqua Grace d'un ton ferme. Pas après les messages qu'il t'a envoyés. Il a sans doute trop bu, et je ne lui fais pas confiance. En plus, il ne nous permettra pas de prendre le chat sans raison. Elle est son moyen de pression pour t'atteindre. Et s'il est capable de faire peur au chat comme ça, qui sait ce qu'il est prêt à faire ?

— C'est vrai, acquiesça Lex. Mais il ne va pas te laisser entrer non plus. Il n'est pas très fan de toi.

Elle fit la grimace.

— Désolée, Grace.

Grace pouffa.

— Il n'est pas non plus mon être humain préféré, alors nous sommes sur un pied d'égalité. Qu'est-ce que tu en penses ? Je pourrais aller frapper à la porte pour le distraire, pendant que vous trouvez le moyen de pénétrer dans l'ancienne chambre de Lex pour faire sortir la chatte.

— Tu n'y vas pas seule, rétorqua Hope. Joy ? Est-ce que tu peux aider Lex avec le chat pendant que je me charge de Charlie avec Grace ?

— Absolument, confirma l'intéressée en prenant la jeune femme par le bras. C'est parti. Nous avons un chat à sauver.

Grace les regarda contourner la maison et essaya d'apaiser son appréhension. Joy était une sorcière expérimentée et une maman ourse féroce. Rien n'arriverait à Lex.

Grace se tourna vers Hope.

— Allons-y.

CHAPITRE 16

*G*race avança vers la porte à grandes enjambées et pressa trois fois la sonnette. Elle savait déjà que sa sœur avait la plus agaçante des mélodies, et elle ricana en entendant les notes s'enchaîner, presque à l'infini.

— C'est quoi ce putain de bordel de m…, vociféra Charlie d'une voix furieuse avant d'ouvrir.

Il s'arrêta sur sa lancée pour grogner dès qu'il aperçut Grace.

— Qu'est-ce que tu veux ?

— Je cherche Alyssa. Elle est là ?

Elle savait déjà que sa sœur était au travail, mais il fallait bien commencer la conversation quelque part.

— Non.

Il fit mine de claquer la porte, cependant Grace l'en empêcha en levant vivement la main.

— Elle rentre à quelle heure ? questionna-t-elle en le dévisageant.

Il avait les yeux injectés de sang et puait la bière bon marché et la cigarette. Elle se demanda depuis combien de temps il n'avait pas pris de douche. Mais pourquoi Alyssa restait-elle avec lui ?

— Qu'est-ce que j'en sais ?

Il posa le regard sur Hope, et ses lèvres s'ourlèrent en un sourire qui lui fila la chair de poule.

— Comment s'appelle ton amie, Grace ? Elle a l'air sympa.

Grace sentit sa peau la picoter. Elle était sur le point de lui aboyer de garder ses yeux dans sa poche, quand Hope entra en piste, tendant la main.

— Hope Anderson. Et vous êtes ?

— Quelqu'un qui aimerait passer un peu de temps avec toi.

— Charlie, qu'est-ce qui te prend ? Tu habites avec ma sœur, je te rappelle, intervint Grace, qui se retint à grand peine de lui mettre un coup de genou dans les parties.

Elle n'en revenait pas que cet abruti flirte avec Hope juste devant elle.

— Ça ne la dérangera pas. En fait, je parie qu'elle serait même ravie que ton amie s'occupe de mes besoins.

Il détailla Hope de la tête aux pieds et se lécha les lèvres.

— Elle devient frigide en vieillissant.

Frigide ? Grace faillit rire. Alyssa était tout sauf frigide. Elle devait surtout être dégoûtée par ce bon à rien qui traînait chez elle et qui ne valait pas tous les ennuis qu'il lui causait.

— Je suis flattée, mais je joue pour l'autre équipe, mentit Hope. En plus, ma copine est très possessive. Vous savez ce que c'est, j'imagine.

C'était pile ce qu'il fallait dire pour éveiller encore plus l'intérêt d'une ordure telle que Charlie. Ses yeux en sortirent pratiquement de leurs orbites et il s'essuya littéralement la bave sur le menton.

— Elle est aussi sexy que toi ?

— Elle est bien plus belle que moi. J'ai de la chance, commenta Hope joyeusement.

— Tout comme Lex et son joli petit cul. J'aimerais tellement le faire avec elles, dit-il sur un ton mélancolique des plus effrayants.

Grace en eut la nausée, et ce fut en grognant qu'elle répliqua.

— Tu parles de la fille de ta copine et de sa compagne. Un peu de respect.

— Je n'ai aucun lien de sang avec l'une ou l'autre, rétorqua-t-il en haussant les épaules.

Grace s'enflamma, et elle savait que cela n'avait rien à voir avec une bouffée de chaleur. Non, elle était plus vraisemblablement prête à embraser ce type avec son pouvoir. Elle vibrait du besoin de libérer sa magie, de le frapper d'un éclair. L'image de Charlie en train de se tordre de douleur au sol était si plaisante qu'elle sentit un sourire poindre sur ses lèvres.

Charlie l'attrapa vivement par la gorge.

— Tu vas fermer ta gueule, vieille garce. Alyssa n'a pas à apprendre cette petite conversation, compris ?

Sans hésiter, Grace déversa sa rage refoulée, et Charlie s'envola jusque dans la maison, heurtant un mur du couloir au passage. Il y resta accroché un instant avant de glisser au sol en gémissement.

— La vache, Grace, commenta Hope, épatée. C'était impressionnant.

— J'ai le sentiment que ma magie est surchargée depuis mon divorce. Un mélange de je-m'en-foutisme et de colère, et voilà ce que ça donne.

Elle observa Charlie. Il s'étira, puis il ouvrit les yeux, et quand il croisa son regard, elle n'y vit que folie pure. Il se releva et avança lentement vers elles. Grace campa sur ses positions, prête à faire tout ce qu'il fallait pour le combattre le temps que Lex et Joy reparaissent avec l'animal. Cependant, alors que Charlie allait quitter le couloir, Lizzy, le massif chat blanc, jaillit de nulle part et atterrit, toutes griffes sorties, sur le visage de Charlie.

— Aïe ! cria ce dernier en donnant de grands coups en direction du félin, qui se contenta de s'accrocher plus fort, en miaulant et feulant.

— Lizzy ! s'exclama Lex, qui arriva en courant.

Lorsqu'elle remarqua que Charlie se battait contre son chat, elle grogna et lui saisit le bras pour lui faire lâcher prise.

Tout à coup, un intense éclair de magie blanche illumina le couloir, aveuglant Grace. Quand elle réussit à y voir plus clair, elle vit que Lex tenait le chat et que Charlie gisait au sol.

— Vas-y ! lui ordonna Grace. Emmène la chatte et file dans la voiture. Je vous rejoins.

— Grace, intervint Hope d'une voix calme. Viens. Laisse-le.

Elle regarda sa plus vieille amie derrière elle.

— Occupe-toi de Lex et Joy. Je vais m'assurer que ce connard vit toujours.

Hope se mordilla la lèvre, puis hocha la tête.

— Fais vite.

— Promis.

Elle s'agenouilla à côté de Charlie et vérifia ses signes vitaux. Son pouls était erratique, mais rien d'alarmant. Il avait cependant une grosse griffure sur l'œil droit – impossible de dire si elle provenait du chat ou de l'explosion de magie de Lex. Dans un cas comme dans l'autre, Grace devait arrêter le saignement.

Elle alla chercher en vitesse le kit de premier secours sous l'évier, puis fit de son mieux pour nettoyer et panser la blessure. Ensuite, elle alla même plus loin en posant la main sur le bandage et en visualisant la peau qui se recousait seule.

Charlie ouvrit brusquement les yeux et, comme possédé, il tendit vivement le bras, l'attrapant par les cheveux.

— Aïe, connard! cracha-t-elle en le saisissant par l'entrejambe.

Elle resserra sa prise et lui tordit les parties.

— J'espère que tu n'auras plus jamais d'érection, sale petite merde. À vrai dire, je serais très contente que tu sois frustré, mais incapable de te soulager... Ja-mais.

Il grogna et la lâcha, puis se roula en boule. Elle recula très vite tandis qu'il se pliait de douleur.

— N'envoie plus jamais de messages à Lex. Si tu le fais, je contacterai les flics.

— Tu n'as rien contre moi, répliqua-t-il, les dents serrées et les mains posées sur son entrejambe.

— Ah non? Tu crois que je ne suis pas au courant que tu te drogues et où tu te fournis? Essaie de me défier, *une seule fois*, pour voir, et je donne toutes les infos à la police.

Charlie pâlit encore plus, ce qui donna raison à Grace. Son bluff avait marché. Elle n'avait entendu que des rumeurs comme quoi Charlie rendait service au baron de la drogue du coin afin de satisfaire ses besoins, mais elle n'en était pas certaine. Maintenant, si.

— Sais-tu ce qu'ils te feront s'ils découvrent que tu as dénoncé l'un des leurs?

Les yeux de Charlie se chargèrent d'une haine pure et viscérale. Grace éclata de rire.

— Mais tu n'es pas l'un des leurs, n'est-ce pas?

Elle recula, ne s'arrêtant que dans l'embrasure de la porte d'entrée pour ajouter :

— Ils n'en auront rien à cirer de toi, Charlie. Alors laisse ma nièce tranquille. Je ne fais jamais de menaces en l'air.

Elle retourna au SUV en courant et sauta sur le siège conducteur.

— Tout le monde est là ? Le compte est bon ?

Une fois les trois confirmations reçues, ainsi que l'assurance que Lizzy était bien à bord, elle s'éloigna de la maison de sa sœur.

Quinze minutes plus tard, elle desserra sa prise sur le volant et eut le sentiment de pouvoir respirer à nouveau.

— Allez, viens, Xéna la guerrière, lui dit doucement Hope en ouvrant sa portière passager. Rentrons et trouvons quelque chose pour te calmer.

— Est-ce que ça implique de l'alcool ?

— Toujours.

Dès qu'elles furent de retour et que Grace se fut enfilé non pas un, mais deux shots de whisky, elle se sentit enfin assez apaisée pour sortir sur sa terrasse et appeler sa sœur.

Celle-ci répondit à la cinquième sonnerie.

— Grace, je n'ai pas le temps, là. Je n'ai plus que dix minutes de pause pour avaler quelque chose, avant de retourner travailler.

— On a un problème. Ça concerne Charlie.

Elle déglutit, frustrée d'entendre sa voix trembler en prononçant ce prénom. Son adrénaline avait disparu et le whisky ne lui avait pas donné autant de courage qu'elle l'avait espéré.

— Est-ce qu'il va bien ? demanda Alyssa d'un ton haut perché. Que s'est-il passé ?

— Pour ce que j'en sais, il va bien, oui, répondit-elle, évasive. Mais…

— Oh, que les déesses soient louées, répliqua Alyssa en la

coupant. Je n'ai pas le temps de gérer une urgence pour l'instant. Je vais l'appeler avant de me remettre au travail.

— Il m'a agressée ! lança Grace tout de go.

Silence.

— Alyssa, tu es là ?

Sa sœur avait-elle raccroché ?

— Oui, je suis là, confirma cependant celle-ci sur un ton hésitant.

— Tu m'as entendue ? Charlie m'a agressée. Il a essayé de m'étrangler, ce soir.

— Pourquoi ?

Cette question ravagea Grace. Était-ce donc si important ? Alyssa pensait-elle sincèrement qu'il y avait une raison acceptable pour que son copain pose la main sur Grace ?

— Parce que c'est un connard ?

Sa soeur soupira bruyamment.

— Dis-moi ce qu'il s'est passé.

— Tu ne m'as même pas demandé si j'allais bien, répliqua Grace en se frottant le front pour essayer de calmer son mal de tête.

— Visiblement, ça va, puisque tu m'appelles. Merde, Grace, reprit Alyssa sur un ton plus posé et plus doux. Peux-tu me donner les détails, s'il te plaît ? Il faut vraiment que je retourne bosser.

Comment pouvait-elle penser au travail alors que Grace venait de lui dire que Charlie avait tenté de l'étrangler ? Une sœur inquiète ne demanderait-elle pas un congé pour urgence familiale ? Grace l'aurait fait, à sa place. Si Alyssa l'avait appelée pour lui révéler que Bill l'avait agressée, Grace aurait pris sa voiture et l'aurait rejointe sans hésiter, tout en planifiant la mort de l'homme qui aurait osé poser la main sur elle. Bien que la façon dont sa sœur gérait la nouvelle lui déplaise, Grace savait qu'Alyssa avait besoin de détails.

Elle inspira profondément, s'appuya sur la rambarde de la terrasse avant et décrivit les messages envoyés par Charlie concernant Bronwyn et le chat. Elle ne s'attarda pas sur leur décision de se rendre toutes ensemble chez Alyssa. Pas besoin d'expliquer à cette dernière qu'elles avaient été plus que ravies de s'en prendre à ce connard. Mais elle dut lui raconter que Lex et Joy s'étaient introduites en douce pour aller chercher Lizzie.

— Attends, commenta Alyssa, agacée. Pourquoi est-ce que Lex n'est pas tout simplement rentrée pour récupérer le chat ? Elle pensait que Charlie ferait quoi, au juste ?

— Parce qu'il agissait de manière si étrange. Elle avait très peur de ce qu'il pouvait lui faire. Tu ne le comprends pas ?

Alyssa souffla de mécontentement.

— Il ne ferait jamais de mal à Lex. Il ne ferait jamais de mal à quiconque. Ça ne lui ressemble pas. Ce n'est pas parce que…

— As-tu oublié ce que je t'ai dit ? Il a essayé de m'étrangler ! cria Grace dans le téléphone.

— Je suis sûre que c'était une erreur. Il était sans doute surpris parce que des gens s'introduisaient chez nous.

— Alyssa ! Tu n'es pas sérieuse…

— Grace, ça suffit. Je connais Charlie. Et il y a visiblement deux versions de cette histoire. Tu ne peux pas m'appeler et espérer que je m'énerve à propos de vagues textos envoyés simplement pour agacer Lex. Quant à ton agression… D'après moi, tu t'es introduite chez nous. Tu t'attendais à ce qu'il fasse quoi ? Qu'il vous laisse entrer par effraction et faire ce que vous voulez ?

Elle renifla, moqueuse.

— Laisse tomber. Je vais lui parler et découvrir pourquoi il titillait Lex. Ce n'est sans doute rien. Maintenant, il faut vraiment que j'y aille.

La ligne fut coupée, et Grace resta dehors à fixer son portable. Au bout d'un moment, elle le secoua, comme si ça pouvait faire revenir Alyssa au bout du fil. Elle se prépara à la rage qui n'allait pas manquer de l'envahir, mais, tout ce qu'elle ressentit, ce fut de la déception. Alyssa avait-elle donc tellement la tête à l'envers à cause de ce mec qu'elle se faisait plus de souci pour lui que pour sa soeur et sa fille ?

Grace ne l'aurait jamais cru jusqu'à présent, mais, après cette conversation, elle ne savait plus quoi penser.

La porte s'ouvrit, et Lex la rejoignit. Quand elle s'exprima, sa voix était pleine de cette colère que Grace n'avait pas réussi à rassembler.

— Maman s'inquiète davantage pour lui que pour nous, c'est ça ?

Grace leva les mains en l'air pour indiquer son ignorance.

— Elle est peut-être juste dans le déni.

Lex fit une moue dégoûtée.

— Si je deviens comme ça un jour à cause d'une nana, s'il te plaît, rends-nous service à tous et abrège mes souffrances.

Aucune parole ne pouvait apaiser la déception de Lex envers sa mère. Alors Grace l'enlaça simplement et la serra contre elle.

— Tu as eu des nouvelles de Bronwyn ?

Lex hocha la tête en soupirant.

— Elle arrive. Charlie lui a envoyé des messages pour essayer de la convaincre de venir chez lui. Elle m'a dit qu'elle y serait sans doute allée si je n'avais pas noyé son téléphone de textos et d'appels parce que je la cherchais. Je crois qu'il lui a dit que j'étais là-bas et qu'il fallait me « gérer ». Je ne sais pas ce qu'il voulait dire par là.

Grace grogna tout bas. Ce type était imprévisible et n'attendait qu'une bonne occasion pour péter un câble. Et dire que sa sœur allait le retrouver en rentrant du travail. Grace en eut mal au ventre. Et si Charlie passait sa frustration sur Alyssa ? Un frisson désagréable parcourut sa peau. Elle avait beau être bouleversée par la réaction de sa sœur, elle devait la protéger.

Du coin de l'œil, elle aperçut les phares d'une voiture qui s'approchait puis s'arrêtait. Lex s'écarta, s'essuya les yeux et observa le véhicule en question. Puis elle inspira vivement et courut rejoindre Bronwyn. Toutes deux se jetèrent dans les bras de l'autre et se murmurèrent des paroles à l'oreille.

Grace retourna dans la maison pour leur donner un peu d'intimité et essaya une nouvelle fois de contacter sa sœur. Elle tomba directement sur le répondeur. Elle lui laissa un message, la suppliant d'être prudente et lui rappelant que sa porte lui était toujours ouverte si elle avait besoin d'un endroit où dormir, ou juste envie de passer la saluer. Hors de question que les sentiments blessés de Grace l'empêchent d'aider sa sœur si elle décidait finalement que Charlie n'en valait pas la peine.

— Grace ? l'appela Joy depuis la cuisine.

— J'arrive, lança-t-elle, se sentant soudain très fatiguée.

Depuis qu'elle avait commencé à travailler pour *Landers Immobilier*, elle courait sans cesse. Malheureusement, elle n'avait pas encore le moindre soupçon d'espoir concernant les maisons qu'elle représentait. Elle pensa aux factures, qu'elle devrait payer dans quelques semaines. Elle avait de quoi les régler, mais ce serait bien plus agréable qu'elle n'ait pas, pour cela, à toucher à l'argent obtenu au moment du divorce. Elle voulait gagner sa vie, à présent.

CHAPITRE 17

G race découvrit Joy et Hope qui sirotaient du café, et faillit en pleurer de soulagement.

— Par pitié, dites-moi qu'il en reste dans cette cafetière.

— J'ai mieux que ça, répliqua Hope en lui tendant une tasse chaude.

— Merci.

Elle s'assit en face de ses amies et but le breuvage riche.

— Vous avez vu ce qu'a fait Lex, au fait ? Elle a botté les fesses de Charlie. J'étais tellement fière.

Au nom de Lex, Lizzy le chat vint se frotter à ses pieds. Elle souleva la bestiole, qui agissait comme si de rien n'était.

— Et toi, ma princesse, à vouloir lui arracher les yeux. Beau travail.

— Cette chatte est une héroïne, commenta Hope.

Joy pouffa et acquiesça.

— C'est clair. Tu devrais peut-être l'emmener avec toi pour faire visiter tes maisons. Je suis sûre qu'elle pourrait effrayer même le plus enquiquinant des fantômes.

Le chat aurait sans doute un effet très dissuasif sur les esprits. Mais Grace s'était déjà promis d'être honnête avec les acheteurs potentiels. Mieux valait qu'ils sachent dans quoi ils mettaient les pieds. Elle haussa les épaules et sirota son café.

— Maintenant que c'est un peu plus calme, lança Joy, je peux vous dire ce que j'ai découvert sur le grand cottage blanc.

Grace se redressa.

— Tu as des infos pour nous ?

Son amie confirma.

— Oui. J'ai trouvé les noms des anciens propriétaires et j'ai utilisé mes talents de détective. Tu ne vas pas croire ce que j'ai appris.

Grace s'avança sur le bord de sa chaise.

— Crache le morceau.

Joy les regarda, Hope et elle, les yeux écarquillés.

— Certaines rumeurs parlent d'une mort suspecte dans la maison au milieu des années quatre-vingt.

— Un meurtre ? répliqua Grace, en avalant la boule qui était tout à coup apparue dans sa gorge.

— Peut-être, répondit Joy, sur un ton de mauvais augure. Il n'y avait aucune preuve, mais les médias ont fait des spéculations. C'est une famille du nom de Kort qui vivait là. Jenny, la femme, est décédée soudainement. Overdose d'héroïne. Pourtant, sa famille et tous ses amis ont juré qu'elle n'avait jamais touché à la drogue et qu'elle buvait même à peine. Or, tout à coup, elle se pique et fait une overdose ? Ça n'a pas de sens. Cela dit, elle était peut-être très douée pour dissimuler son addiction. Ou bien ses proches ont menti pour préserver la réputation de la famille.

— La deuxième hypothèse est plus probable. L'héroïne n'est pas une drogue facile à cacher, si on en prend régulièrement, commenta Grace.

Hope haussa un sourcil.

— Vu comme tu le dis… Tu en as déjà été témoin ?

— Malheureusement, oui. Le père d'Alyssa était un drogué. Nous l'avons vu perdre totalement pied en deux ans à peine. C'était vraiment moche.

La mère de Grace ne s'était jamais mariée. Le père de Grace était décédé dans un accident de voiture avant sa naissance et, ensuite, sa mère avait enchaîné les hommes. Le pire avait été le père d'Alyssa. Grace avait dans l'idée que si sa sœur sortait toujours avec des types merdiques, c'était directement lié à sa relation avec son père. Ou à son absence de relation avec lui, plus exactement.

Joy fronça les sourcils.

— Je l'ignorais.

— Je n'en parle jamais, expliqua Grace, les mains autour de sa tasse. Bref, il y a donc des rumeurs disant que quelqu'un a donné à la femme la dose létale ?

— Oui. Mais aucune arrestation. Si nous souhaitons poursuivre les recherches, nous allons devoir fouiller dans les rapports de police ou discuter avec l'inspecteur ayant travaillé sur l'affaire, puisque tous les proches ne sont plus là.

— Ils ont déménagé ? voulut savoir Grace.

Joy secoua la tête.

— Ils sont morts. Les plus proches parents, en tout cas. Il semblerait qu'elle ait encore des cousins à Washington et quelques-uns au sud, mais tous ceux ayant vécu à Prémonition sont décédés.

Grace repensa au message laissé par le fantôme. « *Les racines sont profondes. Seule la famille compte. Nous n'abandonnerons jamais.* »

— Il me paraît clair que l'esprit est troublé et qu'il veut

177

résoudre le mystère de la mort de Jenny Kort, devina Grace. Ce qui expliquerait pourquoi il n'a jamais quitté la maison.

— *Si* Jenny a été tuée, intervint Hope. Comment le savoir si on n'a personne à qui demander des détails ?

— Nous pouvons toujours trouver le rapport de police, dit Joy. Nous pouvons aussi interroger les anciens voisins, les journalistes et même les experts médicaux. Les années quatre-vingt, ce n'est pas si loin que ça. Et dans une petite ville comme celle-là ? Tu sais combien les gens aiment parler.

Grace ravala un gémissement. C'était tout à fait vrai. En matière de ragots, les modestes bourgades étaient ce qu'il y avait de pire. Elle aurait pu parier qu'en se rendant au salon de coiffure, elle trouverait au moins cinq personnes désireuses de partager des rumeurs juteuses.

— Quand commençons-nous les recherches ? demanda Grace. Je voudrais faire la liste des pistes potentielles.

— Demain ? suggéra Joy en haussant une épaule.

— Tu n'as pas de réunion pour le Marché des Artistes ? s'étonna Hope.

— Non. Je suis libre toute la journée. Paul ne rentrera même pas pour le dîner. Il a une partie de golf et prévoit de manger au club.

— Parfait, dans ce cas.

Grace se leva et attrapa son portable. Elle vérifia le rendez-vous qu'elle avait programmé et reprit :

— Demain matin, je dois rencontrer une sorcière spécialisée dans les esprits têtus. Une fois qu'elle aura évalué la situation, je serai disponible pour mener l'enquête.

— Une sorcière spécialisée dans les esprits têtus ? répéta Hope. Ça devient sérieux. Comment fait-elle ? Est-ce qu'elle a une planche de ouija ?

— Ha ha, répliqua-t-elle sèchement.

Puis elle haussa les épaules, parce que, dans sa hâte à obtenir de l'aide, elle n'avait pas pris la peine de chercher quelles méthodes utilisait cette chasseuse de fantômes pour purifier les maisons. Elle espérait que cela n'impliquerait pas des sacrifices de sang ou des bordées d'injures. En temps normal, Grace était prudente avec ses contacts professionnels, mais elle avait été si excitée à l'idée de trouver quelqu'un qui avait l'air de s'y connaître qu'elle l'avait choisie sans hésiter.

— Oh, mes déesses. Faites que demain se passe bien. Je n'ai pas envie que tout ça m'explose en plein visage.

— Mais non, la rassura Joy. Tu es trop intelligente pour ça.

C'était ce que Grace croyait aussi. Avant d'arracher pratiquement les vêtements de son collègue plus jeune qu'elle et de s'introduire illégalement chez quelqu'un pour sauver un chat. Qui sait ce qui se serait passé si elle n'avait pas eu les couilles d'écraser celles de Charlie avec son poing ? Les choses auraient pu dégénérer très vite.

— Nous serons là toutes les deux en renfort, lui assura Hope. Détends-toi. Nous ne te laisserons pas faire des rituels bizarres. Nous allons juste renvoyer un esprit désagréable chez lui afin de pouvoir poursuivre notre vie.

Hope se leva et s'approcha de Joy.

— Allez, viens, canon. Grace a besoin de dormir pour être toute belle demain matin.

— Il me faut surtout une douche chaude d'abord. Puis du sommeil. On se voit demain ?

— Carrément, confirma Hope. J'ai toujours voulu apprendre de nouvelles façons de traquer les fantômes. Ça pourra être utile.

— Utile, c'est ça, marmonna Grace tandis que Hope, puis Joy, l'étreignaient pour lui dire au revoir.

— Prends bien soin de cette précieuse petite, lança Hope en

indiquant l'avant de la maison, où Lex et Bronwyn continuaient à se murmurer des choses.

— Promis.

Grace se leva pour ouvrir la porte à ses deux amies.

Après une longue douche, elle s'apprêtait à se mettre au lit quand elle reçut un SMS. Il provenait d'un numéro qu'elle ne connaissait pas.

« *Grace, c'est Lucas. Je suis de retour en ville. Je suis chez ma mère pour l'instant, mais j'ai besoin d'une maison très vite. De préférence une que Hope adorerait. Mais j'aimerais beaucoup que tu gardes cette information pour toi.* »

Lucas ? Le Lucas de Hope ? C'était lui qui cherchait un logement ? Cela signifiait-il qu'il revenait habiter en ville ? Hope allait perdre l'esprit quand elle comprendrait qu'il était de retour pour de bon à Prémonition.

Toujours est-il que, s'il avait besoin d'une maison, elle n'allait pas le faire attendre. Sauf qu'elle avait un rendez-vous à la première heure le lendemain matin avec la chasseuse de fantômes. Elle lui répondit de la retrouver au *Panorama Café* pour un déjeuner tardif. Après tout, elle avait une commission à gagner.

CHAPITRE 18

— *Q*uelle propriété intéressante, commenta Isobel Caligari en étudiant la maison victorienne et son porche en ruine. Ces fantômes-là sont plutôt divertissants, n'est-ce pas ?

— Exact. Divertissants, répéta Grace, derrière elle, en essayant de garder l'esprit ouvert.

La sorcière était arrivée avec trente minutes de retard et vêtue d'un bas de pyjama à motifs de chatons et d'un débardeur court dévoilant un piercing au nombril surmonté d'un saphir rose. Ses cheveux étaient rassemblés en un chignon lâche, ajoutant à l'impression qu'elle sortait tout juste du lit.

— Connaissez-vous l'histoire des anciens résidents ? demanda Isobel.

Grace se tourna vers Joy, sur sa gauche, qui feuilletait une liasse de papiers.

— Joy ? Tu as découvert quelque chose ?

— Juste les noms des propriétaires, répondit-elle. Aucun article de journal ou rapport d'arrestation. Rien en ligne non plus. Je pense que c'était une résidence secondaire, donc que les précédents habitants n'y vivaient pas. Ça va être plus long du coup pour trouver des informations.

Isobel agita la main en un geste désinvolte.

— Pas de problème. Parfois, c'est même mieux de ne pas avoir d'idées préconçues.

Elle s'avança vers le porche, caressa la peinture écaillée de la porte et pouffa.

— Qu'est-ce qu'il y a de drôle ? voulut savoir Grace.

— Cet acharnement. Il faut beaucoup d'énergie pour atteindre un tel stade de dégradation.

— J'imagine, marmonna Grace en suivant la sorcière dans la maison.

Joy et Hope leur emboîtèrent le pas, murmurant tout bas. Elle se demandait ce que ses amies pensaient d'Isobel. D'un côté, elle paraissait totalement à son aise et très confiante, ce qui la rendait intéressante. De l'autre, Grace n'appréciait pas que la sorcière lui ait déjà fait perdre du temps. Elle avait beaucoup de choses à faire ce jour-là, y compris retrouver Lucas, son tout nouveau client.

— Hum, commenta Isobel au milieu de la pièce.

Grace s'apprêtait à l'interroger sur la méthode qu'elle comptait employer, quand Isobel s'assit brusquement en tailleur, les mains sur son cœur, comme si elle méditait.

Hope et Joy vinrent se tenir à côté de Grace, et toutes trois attendirent ce qu'elle allait faire ensuite.

Rien, voilà ce que c'était. La sorcière sembla passer une éternité à psalmodier tout bas comme quoi il fallait écouter les esprits. Sauf qu'il ne se produisit rien du tout. La bâtisse demeura totalement silencieuse, et Grace avait même le sentiment qu'aucun fantôme ne s'était manifesté. Pas comme le jour où elle avait montré la maison à Gigi, en tout cas.

— Je devrais peut-être continuer mes recherches ? lui souffla Joy.

Elle acquiesça. Impossible de dire combien de temps cela allait encore durer, alors pourquoi obliger son amie à rester pour la plus ennuyeuse chasse aux fantômes de tous les temps ?

Hope se racla la gorge et fit un signe pour indiquer qu'elle partait avec Joy.

Grace hocha la tête.

— On remet ça ce soir ? murmura-t-elle. J'ai un nouveau client cet après-midi, et je ne sais pas combien de temps ça va me prendre.

Dès qu'elle en aurait fini avec Isobel, sans doute en fin de matinée, elle devrait retrouver Lucas. Comme il lui avait demandé de ne rien révéler à Hope encore, elle ignorait comment s'éclipser sans mentir par omission. Grace détestait cacher des choses à ses amies, mais elle garderait le secret de Lucas pour l'instant, puisqu'il était un client et un vieil ami.

— Ça marche, confirma Joy, tandis que Hope approuvait de la tête.

Grace les regarda partir, puis s'assit en attendant qu'Isobel fasse son truc.

Plus tard, celle-ci se releva et passa la demi-heure suivante à toucher toutes les surfaces de la vieille bâtisse. Lorsqu'elle retourna dans le salon, cela faisait une heure qu'elles étaient arrivées.

Grace, agacée de payer à l'heure une femme qui ne faisait pratiquement rien, croisa les bras et lança :

— Avez-vous vu quelqu'un ?

Isobel secoua la tête.

— Non. Ils ne se montrent pas, aujourd'hui. Si vous souhaitez que je revienne, je devrais pouvoir trouver un moment plus tard dans la semaine.

— Euh, non, je ne crois pas, non, répliqua Grace, qui attrapait déjà ses clés de voiture. Désolée de vous avoir fait perdre votre temps, mais je pense que nous devrions arrêter pour aujourd'hui. Pas la peine d'aller voir les autres maisons.

Isobel cilla.

— Ah bon ? Vous ne voulez pas savoir ce que j'ai découvert ?

Grace haussa un sourcil.

— Je croyais que les esprits ne répondaient pas.

— Mais j'ai quand même pu lire dans cette maison.

Elle décocha un sourire entendu à Grace.

— Je parie que vous vous attendiez à ce que je possède un détecteur de champ magnétique ou que j'allais lancer un sort pour faire apparaître les fantômes, n'est-ce pas ?

— Euh... peut-être ?

Grace sentit ses joues s'échauffer sous l'effet de l'embarras.

— N'est-ce pas comme ça que ça fonctionne généralement ?

— Oh, si, bien sûr. Pour les gens qui ne peuvent pas entendre et percevoir les esprits au fond d'eux, c'est une manière de communiquer. Mais ce n'est pas ma façon de travailler.

Elle posa la main à plat sur la porte d'entrée et ferma les yeux. Celle-ci se mit à chatoyer, et Isobel acquiesça comme si elle était satisfaite de ce qu'elle avait ressenti.

— Vous avez vu ça ?

— Oui, évidemment. Vous avez recouvert la porte de magie.

— Non, répliqua-t-elle en secouant la tête. Je n'ai rien fait de tel. J'ai juste appelé la magie déjà incrustée dans le bois. La porte d'entrée et le porche avant en sont saturés. Ce qui ne doit pas vous surprendre, vu à quelle vitesse les lieux se sont détériorés. Mais ce qui est intéressant, c'est que le reste de la maison est pratiquement intact.

— D'accord. Et qu'est-ce que ça veut dire ? demanda Grace, les sourcils froncés.

— Ça signifie que si les esprits cherchent à empêcher activement les gens de rentrer, ils ne souhaitent pas forcément terrifier qui que ce soit. En d'autres termes, ils ne sont pas dangereux. Ils ont juste une idée très précise de la personne qu'ils veulent voir habiter ici. Si vous espérez vendre cette maison, vous allez devoir trouver quelqu'un qu'ils acceptent. Sinon ils vont manifester leur désapprobation de manière virulente.

— Gigi, confirma Grace.

Sa cliente avait adoré la bâtisse, qui le lui avait bien rendu… du moins, avant que son mari n'arrive.

— Qui est Gigi ?

— L'acheteuse parfaite pour cette propriété. Malheureusement, la maison déteste son mari. Dès qu'il a débarqué, les esprits sont devenus très actifs et avaient l'air mécontents.

— Qu'ont-ils fait ? demanda Isobel, curieuse et excitée.

— Pendant que Gigi était là, tout a été envahi d'un incroyable sentiment de paix et de justesse. Mais, quand son mari s'est pointé, cette énergie s'est volatilisée et les esprits ont conjuré un vent violent. Rien de dangereux, cependant c'était suffisant pour que nous comprenions qu'ils n'étaient pas contents.

— Oui, ça colle avec ce que j'ai senti.

Grace soupira bruyamment.

— Avez-vous la moindre idée du temps qu'il va me falloir pour trouver quelqu'un que les esprits accepteront ? Vous ne pouvez pas les faire partir, par hasard ? Nous avons essayé la purification, mais…

— Les bâtons de fumigation ne marcheront pas, même

pour les sorcières murmurant à l'oreille des fantômes, la coupa Isobel. Les esprits d'ici sont liés à cette maison. Leur attachement y est profond. Ce qui n'a rien de surprenant, vu le caractère magique de Prémonition. Ce qui fonctionne dans d'autres villes ne sera pas efficace ici.

C'était logique. Prémonition avait été fondée par des sorcières, si bien que la magie était tissée dans la toile de la bourgade et des bâtiments. La maison victorienne était l'une des premières construites, au début du vingtième siècle. Comme Grace l'avait soupçonné depuis le départ, elle allait devoir trouver l'acheteur parfait capable de s'entendre avec les esprits. Elle avait juste espéré qu'il y ait un moyen plus facile de vendre la maison.

— C'est vrai. Mais qu'est-ce que je dois faire si la maison adore la femme, mais pas le mari ?

Isobel leva les paumes en l'air pour indiquer qu'elle n'en avait pas la moindre idée.

— À mon avis, c'est un couple qui a besoin d'une thérapie, pas d'une nouvelle demeure.

Grace était plus que d'accord. Elle s'abstint toutefois de commérer sur le couple et adressa plutôt un sourire d'excuses à Isobel.

— Êtes-vous toujours disponible pour la deuxième maison ?

— Bien sûr, confirma-t-elle en s'approchant à grands pas de la porte d'entrée.

Quand Grace la rejoignit, Isobel ajouta :

— Maintenant que je suis échauffée, ça ne devrait pas prendre longtemps.

~

PAS PRENDRE LONGTEMPS, tu parles. Grace était installée sur la terrasse arrière du grand cottage blanc et attendait qu'Isobel fasse ce qu'elle avait à faire. Elles étaient arrivées quarante-cinq minutes plus tôt et, jusque-là, Isobel s'était contentée de s'asseoir en haut des marches et de méditer.

Grace, qui en avait eu marre de poireauter, était allée dehors pour voir les vagues s'écraser doucement sur le sable. Il y avait moins de monde qu'elle ne le pensait sur la plage. Dans la mesure où c'était une journée de week-end ensoleillée, en plein été, le littoral aurait dû être rempli de familles jouant dans l'eau. Plissant les yeux, elle remarqua un groupe de gens plus important à deux cents mètres environ. Intéressant. Elle savait qu'il y avait un accès à la plage publique entre la maison et la foule. Il devait y avoir un événement privé, qui gardait les touristes occupés.

Pendant qu'elle observait la scène, une famille de cinq personnes accompagnée de deux chiens se dirigea vers le littoral mais, alors qu'ils approchaient à deux maisons de là, ils firent brusquement demi-tour et retournèrent vers la foule.

Un gloussement bruyant retentit depuis la maison voisine. Tournant la tête, Grace découvrit une femme aux longs cheveux blonds assise sur un transat, avec un verre de vin dans une main et un livre dans l'autre. Sa peau ridée ainsi que ses veines apparentes trahissaient son âge, mais son pantalon large blanc et son chemisier en soie rouge étaient si élégants qu'elle paraissait sortie tout droit des pages d'un magazine.

— Bonjour, la salua Grace, attirant son attention.

L'autre femme sursauta, poussa un petit cri et se renversa un peu de vin.

— Oh, mince. J'ignorais qu'il y avait quelqu'un. La maison est vide depuis si longtemps que je me pensais seule.

Elle se mit debout et s'avança jusqu'au bord de sa terrasse pour s'approcher de Grace.

— Êtes-vous la nouvelle propriétaire ?

Grace secoua la tête.

— L'agent immobilier. Grace Valentine, enchantée.

— C'est un plaisir, Grace. Je m'appelle Lara, répliqua la voisine en levant son verre pour la saluer, avant de lui lancer un regard compatissant. Je suis vraiment navrée que vous vous retrouviez coincée avec cette maison. Enfin, elle est magnifique, et, dans des circonstances normales, les acheteurs auraient surenchéri pour l'acquérir mais, au lieu de ça, elle est juste triste et vide.

— Dans des circonstances normales ? répéta Grace en clignant des yeux. Êtes-vous en train de dire que ce n'est pas le cas ?

Grace connaissait la réponse, évidemment. Elle voulait simplement découvrir si Lara était au courant des esprits habitant les lieux.

Lara pouffa.

— Voyons. Tout le monde sait que cette maison est hantée.

— Par Jenny Kort ? La femme décédée ici ? J'ai entendu des rumeurs affirmant qu'elle avait été tuée.

— Jenny, tuée ? Par les déesses, non. Elle souffrait d'une maladie du sang très rare. Elle était vraiment très maigre, sur la fin. Cela a alimenté tout un tas de rumeurs, y compris de consommation de drogue. Pauvre petite. Après sa mort, son mari a déménagé et sa sœur Emma s'y est installée. Une femme adorable, qui n'a jamais pu avoir d'enfants. D'après moi, elles sont toutes les deux restées dans cette maison, sous une certaine forme. Elles aimaient tellement cet endroit.

— Elles aimaient cet endroit, mais refusent que d'autres en

profitent ? répliqua Grace, les sourcils froncés. C'est un peu étrange, vous ne trouvez pas ?

— Oh, non. Le problème ne vient pas d'elles. Je pense qu'elles peuvent être gérées facilement. Le souci, c'est la malédiction. Je crois que personne ne pourra jamais l'acheter. C'est vraiment dommage, parce qu'Emma était une voisine fantastique. Je n'en reviens pas que cette vieille malédiction fonctionne encore.

— Une malédiction ?

Voilà qui était intéressant.

— Quelle malédiction ?

— Vous n'en avez jamais entendu parler ? demanda Lara, qui rit tout bas. Je croyais que tout le monde était au courant. Emma la mentionnait sans cesse. Du moins, quand elle était plus jeune. Elle disait que son arrière-grand-tante avait jeté un sort à la maison pour qu'elle devienne inhabitable si quelqu'un n'ayant pas de lien de sang tente de l'acheter ou de la prendre à la famille. La légende familiale prétend que le patriarche a perdu leur maison, sur la côte Est, après avoir été envoûté pour signer un accord défavorable. Sa fille, l'arrière-grand-tante d'Emma, a non seulement protégé les lieux pour eux, mais aussi lancé une malédiction dessus afin que toute personne qui ne soit pas de la famille n'en veuille pas. Ça a marché puisque, jusqu'au décès d'Emma il y a quelques années, la maison a toujours appartenu à un membre de la famille.

— Jusqu'à aujourd'hui. M. Saint n'en fait pas partie, n'est-ce pas ?

— Pour autant que je sache, non. Après la mort d'Emma, l'héritier de la maison n'est jamais revenu. Il l'a simplement vendue au plus offrant. Je ne suis même pas sûre que M. Saint ait visité le cottage. Il cherchait juste des propriétés à rénover, et il a eu celle-là pour une bouchée de pain.

Elle secoua la tête.

— Quel dommage. C'était une maison si pleine de vie.

Elle pivota, prête à rentrer chez elle.

— Lara ? l'appela Grace.

— Oui, très chère ?

— Pourquoi riiez-vous en voyant les touristes faire demi-tour et retourner sur la plage ?

Un immense sourire étira les lèvres de Lara.

— C'est l'œuvre d'Emma. Elle a jeté un sort sur la plage pour que seules les personnes vivant ici puissent la fréquenter. C'était brillant. Ça fait de notre maison de vacances un vrai havre de paix.

— C'est illégal, non ? demanda Grace, les sourcils froncés.

Il lui semblait que Prémonition avait une loi interdisant des sorts de ce genre.

— Oh, ça l'est… maintenant. Pourquoi la ville a-t-elle fait voter cette loi, à votre avis ?

Après un clin d'œil, elle rentra chez elle.

Grace fixa la plage une dernière fois et rit tout bas. Quel dommage qu'elle n'ait jamais rencontré Emma. Elle avait le sentiment qu'elles auraient pu être amies. Amusée, elle retourna dans la maison et découvrit qu'Isobel était toujours assise sur les marches. Grace se racla la gorge. Isobel ouvrit les yeux. Ses sourcils froncés et ses lèvres pincées trahissaient sa frustration.

— Je n'arrive pas à comprendre ce qu'il se passe ici. Tout ce que j'entends, ce sont les mots « Les racines sont profondes. ».

— Oui, j'ai eu le message, moi aussi. Mais ce n'est pas grave. La voisine m'a appris certaines choses, et donc, j'ai un plan à présent. Nous pouvons y aller.

Isobel descendit lentement les marches, une main caressant délicatement le mur.

— Qu'avez-vous découvert ?

— Qu'il y a une malédiction lancée sur la maison. Elle ne peut appartenir qu'à un membre de la famille des propriétaires d'origine. Personne d'autre n'y sera le bienvenu.

— C'est une malédiction difficile à briser, commenta Isobel, dont le froncement de sourcils s'accentua.

— Je sais. Mais ce n'est pas totalement impossible.

Grace sortit son portable et envoya un message à Joy pour lui indiquer qu'elles n'avaient pas besoin de plus d'informations sur Jenny Kort. Il était plutôt temps de découvrir si Emma et Jenny avaient des descendants encore en vie. Elle commencerait par suivre cette piste.

— Désirez-vous que je fasse quelques contre-sorts ? demanda Isobel.

Dans la mesure où cette femme venait de passer une heure à écouter le même message sans chercher à faire autre chose, Grace n'était pas pressée de la payer davantage pour ses services.

— Non, merci. Je vais partir de là. N'oubliez pas de m'envoyer la facture pour aujourd'hui, d'accord ?

— Bien sûr, répliqua Isobel, qui paraissait déçue, bien que son visage reste neutre. Vous ne voulez pas que je jette un coup d'œil à la troisième maison ?

Grace regarda ostensiblement l'heure sur son téléphone.

— Une autre fois, peut-être. Je n'avais pas réalisé le temps que cela durerait, et j'ai un rendez-vous plus tard.

— Oui. On ne peut jamais prédire combien de temps ce genre d'investigations peut prendre, expliqua Isobel en souriant. Je suis contente d'avoir pu vous aider. N'hésitez pas à m'appeler s'il vous faut quoi que ce soit.

— Je n'y manquerai pas, confirma Grace, qui ne le pensait pas.

Si Isobel lui avait rendu service à la maison victorienne, elle avait été pour ainsi dire inutile au cottage. Grace avait le sentiment que, si son coven avait essayé de parler aux esprits, elles auraient obtenu les mêmes informations. Quand allait-elle enfin comprendre que le coven pouvait pratiquement tout gérer si elles se donnaient à fond ? Elles étaient peu nombreuses, mais puissantes.

Joy répondit presque immédiatement.

« Je suis dessus. Je t'appelle ce soir pour t'en dire plus. »

Grace sourit, fit sortir Isobel et ferma. Vingt minutes plus tard, elle entra dans le *Panorama Café* et faillit pousser un cri de surprise en avisant Lucas King qui l'attendait. Rasé de frais, il avait des cheveux poivre et sel ayant été récemment coupés. Et bon sang, il était bâti comme un fidèle de salle de sport. Grace cligna des paupières et se demanda si Hope allait en perdre la tête. Parce que l'homme qui venait de se réinstaller à Prémonition était passé du nerd mignon au type tatoué carrément sexy.

CHAPITRE 19

Grace s'avança vers Lucas et, alors qu'elle s'asseyait, elle sentit un voile de sueur recouvrir son corps et une bouffée de chaleur l'envahir. Sans réfléchir, elle s'éventa avec le dossier qu'elle tenait à la main.

— Bon sang, il fait une chaleur torride ici ou c'est juste toi qui l'es ?

Lucas s'étouffa de rire.

— Pardon ?

— Argh... merde.

Elle rougit tellement qu'elle se demanda si sa tête allait s'enflammer.

— Ça veut dire que ça vient de moi.

Elle écarta les cheveux de sa nuque pour les remonter en queue de cheval.

— L'une des joies de la vieillesse. Ma température interne est en panne.

— Je vois ça, commenta-t-il en lui tendant une serviette en papier. On dirait que tu aurais bien besoin de ces petits ventilateurs à main dont ils font la pub à la télé.

— Merci.

À l'aide de la serviette, elle s'essuya le cou et le décolleté, même si elle aurait surtout eu très envie de prendre le verre d'eau glacée de Lucas pour se le renverser sur la tête. Heureusement que l'ex de Hope ne l'intéressait pas le moins du monde. Sinon elle aurait été encore bien plus embarrassée.

Lucas la dévisagea quelques instants, puis lui fit un grand sourire.

— Content de te voir, Grace.

Elle posa son dossier sur la table et lui rendit son sourire.

— Moi aussi. Tu as fière allure. Ces tatouages te donnent des airs de bad boy qui te vont bien. Mais dis-moi une chose.

Il s'adossa à la banquette et la regarda avec circonspection.

— Oui, tant que ça ne concerne pas Hope.

Grace renifla avec dérision. *Oh, ça va venir, mais pas tout de suite.*

Elle posa les coudes sur la table.

— Ce que j'aimerais savoir, c'est comment tu parviens à repousser tous tes admirateurs. Je parie que les femmes *et* les hommes te courent après pour te demander ton numéro. Enfin, question apparence, tu as toujours été béni par les déesses, mais avec ces tatouages… C'est sexy, Lucas. Très sexy.

— La ferme, Valentine, répliqua-t-il en riant.

Elle pouffa à son tour.

— Je ne fais que constater ce que je vois.

— C'est ça. Depuis quand es-tu devenue impertinente ?

— Depuis le jour où j'ai arrêté de me soucier de ce que les autres pensent de moi.

Il haussa les sourcils.

— Est-ce que ça date du moment où tu t'es aussi débarrassé d'un connard de cent kilos ?

Elle gloussa d'abord, puis partit d'un rire franc, jusqu'à en avoir les larmes aux yeux, avant de réussir à se reprendre.

— Oui, du même moment.

Amusée, elle posa une main sur la sienne.

— Je suis vraiment contente de te voir, Lucas. Dis-moi que tu es de retour pour de bon.

Le sourire de ce dernier disparut.

— Je suis de retour pour de bon.

— Qu'est-ce qu'il y a ? demanda-t-elle en lui serrant la main. Qu'est-ce qui ne va pas ?

— Suis-je donc si transparent ?

— Oui. Tu fais la même tête que lorsque quelqu'un t'a volé ta petite voiture préférée en colonie de vacances quand nous avions huit ans.

Il esquissa l'ombre d'un sourire.

— Il fallait que tu mentionnes cette histoire.

Grace l'avait connu pratiquement toute sa vie. Ils s'étaient rencontrés en colonie et étaient amis depuis. Lorsque Grace s'était installée à Prémonition plus tard, jeune adulte, c'était lui qui lui avait présenté Hope. La dernière fois qu'elle l'avait vu aussi grave, c'était le jour où, après sa rupture avec Hope, il avait décidé de faire ses valises et d'emménager à l'autre bout du pays.

— Allez. Dis-moi. Que se passe-t-il ?

Il soupira et joua avec une serviette en papier pour s'occuper les mains.

— C'est ma mère. Elle montre des premiers signes de démence.

— Oh, non. Je suis sincèrement désolée. C'est vraiment sérieux ?

— Ce n'est pas catastrophique, mais suffisamment

inquiétant pour qu'elle ne puisse plus vivre seule. Ne dis rien à personne, s'il te plaît. Elle a très peur des rumeurs.

— Je comprends.

Grace ne savait toutefois pas comment cacher cette information à Hope. C'était l'une de ses meilleures amies et l'une de ses sœurs de coven. Ce n'était pas correct.

— Lucas… Et Hope ?

Il pinça les lèvres.

— Laisse-moi lui en parler le premier, s'il te plaît.

— Sur ton message, tu disais que tu voulais trouver une maison qui lui plairait. Ce n'est pas difficile d'en déduire que tu espères qu'elle y vivra avec toi un jour.

Lucas la regarda dans les yeux, mais ne répondit rien.

— Alors j'imagine que tu es prêt à régler ce qui ne va pas ?

Elle savait que ce n'était pas vraiment ses affaires, mais il venait de lui demander de mentir par omission. Si elle devait s'engager dans cette voie, elle voulait être certaine que cela en vaille la peine.

Ils se fixèrent du regard, jusqu'au moment où Lucas soupira et s'adossa à sa banquette.

— Grace, crois-tu qu'il y ait la moindre chance que Hope et moi vivions dans la même ville sans finir ensemble ?

— Non, aucune, répondit-elle honnêtement. Mais tu es parti très longtemps. Vous avez changé, tous les deux. Je ne suis pas certaine que tu puisses vraiment revenir en arrière.

— Ce n'est pas ce que je veux, Grace. Je souhaite aller de l'avant. Je pense que tu le comprends mieux que quiconque après l'année que tu viens de vivre.

Elle répondit d'un sourire triste.

— Oui. Mais je vais de l'avant toute seule.

— Tout comme moi. Ça ne signifie pas pour autant que je ne peux pas recommencer avec la seule personne que j'…

Il détourna le regard et rougit.

— Bref. S'il y a la moindre chance pour que Hope fasse partie de ma vie future, alors je vais tenter le coup. C'est tout.

— Très bien, conclut-elle sur un ton jovial, contente d'entendre qu'il tenait encore à son amie.

Hope et lui étaient le genre de couple qui trouverait toujours le moyen de revenir ensemble. Grace espérait simplement que, cette fois-ci, cela durerait.

Elle poussa le dossier dans sa direction.

— J'ai rassemblé les maisons actuellement en vente et qui pourraient, à mon avis, plaire à Hope. Je ne connais pas ton budget, alors j'ai sorti tout ce que j'ai déniché. Dis-moi celles que tu aimerais voir. Ou donne-moi la liste de tes critères et ton budget, et je me charge de déblayer tout ça.

Il secoua la tête.

— Aucun budget. Tout ce qu'il me faut, c'est au moins trois chambres et une maison qui plaira à Hope.

— Aucun budget ? répliqua-t-elle en faisant de son mieux pour ne pas rester bouche bée. Les affaires sont bonnes, hein ?

— On peut dire ça.

En pouffant, il fit signe à la serveuse de venir prendre leur commande.

Par un accord tacite, ils cessèrent de parler de Hope et abordèrent les changements survenus à Prémonition depuis le départ de Lucas, les coins de la ville qu'il préférait, et la nouvelle vie de célibataire de Grace.

Ils passaient un si bon moment qu'elle ne remarqua même pas Bill avant d'entendre sa voix.

— Intéressant, commenta-t-il, sur un ton irrité.

Grace pivota vivement pour fusiller son futur ex-mari du regard.

— Bill, qu'est-ce que tu fais là ?

— J'avais rendez-vous avec une cliente.

Il fit signe à une dame âgée qui sortait du café en le saluant de la main.

— Et toi, alors ? On dirait que tu as enfin choisi un rencard de ton âge.

— Tu as un sacré culot, répliqua-t-elle en se levant. Comment oses-tu parler de mes fréquentations après m'avoir échangée contre une femme de la moitié de notre âge ?

— Je ne t'ai pas échangée, Grace. Notre mariage était terminé bien avant que j'aie les couilles de partir. Tu le sais aussi bien que moi.

Grace serra les poings et envisagea de lui refaire le portrait.

— Nous avons couché ensemble deux jours avant que tu ne me présentes ton programme de séparation. N'essaie pas de me mener en bateau. Tu t'es barré seulement parce que ta poule t'a lancé un ultimatum.

— Ne l'appelle pas comme ça, Grace. C'est indigne de toi.

De la haine. Une haine pure coulait dans ses veines. Comment avait-elle pu rester mariée vingt ans avec cet enfoiré qui la faisait tourner en bourrique ? Avait-il toujours été aussi con ? N'avait-elle vu que ce qu'elle souhaitait voir ou bien n'était-il devenu une enflure qu'après l'avoir quittée pour Shondra ? Elle l'ignorait. Et elle s'en fichait royalement, si ce n'est qu'elle se sentait comme la plus grande imbécile de la terre.

— Bill, va-t'en. Va retrouver Shondra et laisse-moi vivre ma vie tranquillement.

Bill ouvrit la bouche, certainement pour répondre une méchanceté, quand Lucas se leva.

— Hé, mon pote. Tu devrais faire ce qu'elle t'a demandé.

— Qui t'a dit de t'en mêler, toi ?

Bill le dévisagea tout à coup, les yeux plissés. Puis il le reconnut.

— Lucas King. Qu'est-ce que tu faisais jusqu'à aujourd'hui ? Tu attendais que j'en aie fini avec elle pour revenir réclamer ton dû ?

— Bill ! s'écria Grace en l'attrapant par le poignet pour le tirer vers la sortie. Qu'est-ce qui te prend ?

— Et toi, qu'est-ce qui te prend ? Est-ce que Hope sait que tu sors avec son mec ?

— On ne sort pas ensemble, cracha-t-elle. Et même si c'était le cas, ce ne sont pas tes oignons. Tu. M'as. Quittée. Tu te souviens ? Alors ton avis, aujourd'hui, je m'en passe.

Avant qu'il ne puisse répliquer, elle tourna vivement les talons et retourna à la table, où Lucas l'attendait en observant la scène.

— Tout va bien ? lui demanda-t-il en l'entourant d'un bras.

— Oui, confirma-t-elle. Je suis juste énervée. Quel connard.

— Tu n'as pas tort.

Il se rassit et elle l'imita.

— J'ai l'impression qu'il regrette son choix. Sinon pourquoi il réagirait comme ça fasse à tes rencards ?

Elle se renfrogna.

— Franchement. C'est un menteur. Notre mariage n'était peut-être pas tout neuf et tout beau, mais nous allions bien. Il se comporte comme un abruti parce qu'il n'aime pas me voir avec quelqu'un d'autre. Il aurait préféré rester avec moi et me tromper jusqu'à la fin de notre vie. Shondra l'a obligé à choisir, et c'est ce qui lui déplaît.

— C'est vraiment tordu, Grace.

Il posa quelques billets dans le porte-ticket et tendit le tout à la serveuse.

— Je sais.

Elle fouilla dans son portefeuille et donna de l'argent à Lucas.

— Tiens. J'avais l'intention de payer. C'est un déjeuner professionnel.

Il secoua la tête.

— Hors de question. C'était un repas avec une vieille amie. C'est tout.

— Laisse-moi au moins régler la moitié, insista-t-elle, la main tendue.

— Non.

Il croisa les bras.

— Remets-toi, Valentine. Tu pourras payer le suivant.

— Très bien, répliqua-t-elle en souriant. C'est bon de te revoir.

— Surtout quand je t'invite à manger, la taquina-t-il.

— La ferme, King, ou je raconte à tout le monde que tu faisais pipi au lit jusqu'au lycée.

Il rit à gorge déployée.

— Quelle menteuse.

— Jusqu'en sixième, alors, se reprit-elle en pouffant.

— Essaie, pour voir. Et on va bien voir ce qu'il se passe.

— Grace ! l'appela Jackson Dixon, le meilleur ami de Lex, en se précipitant vers leur table.

Il portait un jean moulant déchiré et un tee-shirt à l'effigie du café.

— Salut. J'espérais pouvoir venir te dire bonjour avant que tu partes.

— Salut, Jackson. Qu'est-ce que tu fais là ?

Elle le dévisagea en se demandant pourquoi il travaillait ici alors qu'il avait une entreprise d'art graphique florissante.

— Je me fais juste un peu d'argent de poche. Tu sais ce que c'est. Les petits boulots, c'est fait pour ça. C'est bien d'avoir plusieurs sources de revenus, expliqua-t-il en haussant une épaule. En plus, c'est sympa de pouvoir voir du monde quelques jours par semaine.

— C'est vrai.

Elle indiqua Lucas.

— Jackson, je te présente Lucas King, mon plus vieil ami. Lucas, Jackson Dixon, le meilleur ami de Lex depuis la primaire.

Lucas lui serra la main.

— Enchanté.

— Moi aussi, répliqua Jackson avant de reporter son attention sur elle. J'ai essayé de venir plus vite pour virer Bill, mais j'ai été appelé par un client. Tu es au courant ? Shondra l'a déjà trompé.

Sous le choc, Grace en resta bouche bée. Puis elle déglutit et demanda d'une voix rauque :

— Ah bon ? Comment est-ce que tu le sais ?

Jackson regarda du côté de la cuisine, sans doute pour s'assurer qu'on n'avait pas besoin de lui, puis il s'installa à côté d'elle.

— Hum. Un de mes amis travaille à la clinique pour femmes. On est sortis ensemble un soir et on a beaucoup trop bu. Trop de tequila, je veux dire. Et c'est là qu'il m'a raconté l'histoire de cette femme qui est venue se faire examiner à cause de verrues génitales.

Grace écarquilla les yeux.

— Oh, mon Dieu ! Ton ami révèle des informations confidentielles sur les patientes ?

— Oh non, non. Ce n'est pas son genre, rétorqua Jackson en secouant la tête. Il n'a jamais donné aucun nom. Il m'a juste dit que la femme avait perdu les pédales quand elle a appris ce qu'elle avait. Elle n'arrêtait pas de dire que son fiancé allait la tuer lorsqu'il découvrirait qu'elle avait couché avec quelqu'un d'autre, même s'il était infidèle lui-même. Mais disons que mon rencard m'a donné assez de détails pour que j'en déduise que c'était vous, puisque je vous connais tous les deux.

— Ton rencard ? Tu l'as rencontré sur Grindr ? ne put-elle s'empêcher de l'asticoter.

C'était lui qui avait mentionné ça, après tout.

— Euh, oui. Mais ne t'en fais pas. Je prends mes précautions. Pas besoin de me faire la morale, insista-t-il.

— Je n'en avais pas l'intention, dit-elle en riant. Cela dit, si tu le revois, dis-lui de fermer sa bouche concernant les patientes. La ville est trop petite, les gens vont facilement faire le lien.

— Oh, ouais. Mais je ne vais pas le revoir, répliqua-t-il, la mine sombre. C'est un connard. J'aurais dû le deviner à sa façon de parler de Shondra. Mais, comme elle t'a trahie, je n'ai pas pu m'empêcher de partager ce ragot.

Grace elle-même était étourdie par cette information. Des verrues génitales. Elle aurait aimé en rire ; toutefois, elle se souvenait très bien avoir souhaité que Shondra en contracte, et elle se sentit mal. Avait-elle vraiment lancé un sort à la jeune femme par accident ? Ce ne serait pas la première fois que de simples pensées suffiraient à le faire, mais, jusqu'au bouton d'acné de Nina, Grace n'avait jamais réussi cet exploit.

— Tu es un bon ami, Jackson, lui dit-elle en lui tapotant le bras. Merci pour ce ragot juteux. Tu n'imagines pas ce que ça me fait d'apprendre que Shondra est incapable de se retenir. Bill l'a bien mérité. Mais maintenant, motus et bouche cousue, compris ?

— Compris.

Il lui adressa ce sourire lumineux qui lui était propre et se releva.

— Dis à Lex de me rappeler si elle ne veut pas que je me faufile par la fenêtre de sa chambre pour me glisser dans son lit et lui piquer toutes les couvertures.

En pouffant, elle promit de transmettre le message.

— Elle a beaucoup de choses en tête ces derniers jours.

Jackson renifla avec dérision.

— Je n'en doute pas. Ces choses s'appellent Bronwyn.

Il s'en alla après un dernier signe de la main, s'empressant de rejoindre la cuisine, où il enfila un tablier.

— Il est original, commenta Lucas, qui dévisageait toujours le jeune diplômé. Je l'aime bien.

— C'est un bon gamin.

— Qu'est-ce qu'il fait quand il ne travaille pas ici ?

— C'est un artiste. Il fait de l'art graphique en freelance, expliqua-t-elle.

Elle n'arrivait cependant pas à s'ôter de la tête l'idée qu'elle avait lancé un sort à Shondra. Si elle était à l'origine des verrues génitales, il fallait qu'elle fasse quelque chose. Il n'y avait qu'une seule manière de le découvrir. Elle devait offrir à cette femme un contre-sort sous forme de potion. Restait juste à trouver le moyen de convaincre Shondra de la boire sans avouer qu'elle était peut-être responsable de ses désagréments vaginaux. Parce que jamais Grace n'admettrait avoir maudit la femme qui couchait avec son mari.

CHAPITRE 20

$\mathcal{L}$e samedi soir avec Hope et Joy passa vite. Comme prévu, elles étaient venues manger, mais Joy n'avait pas pu faire les recherches promises, car elle avait dû aider sa fille avec un problème de travail. Alors, à la place, elles burent trop de vin et rirent très fort de la description que Grace donna des techniques d'Isobel en matière de chasse aux fantômes. Quand ses amies partirent en fin de soirée, Grace avait le cœur gonflé d'amitié, mais aussi de culpabilité. Taire ce qu'elle savait concernant Lucas avait été de la torture. Cependant, elle avait fait une promesse et avait bien l'intention de la tenir.

Elle passa la journée du dimanche à montrer à Lucas toutes les maisons disponibles à Prémonition. Deux parurent l'intéresser, mais pas au point de faire une offre. Lorsqu'elle se gara sur le parking du *Crabe bougon*, le restaurant près de la plage spécialisé dans les fruits de mer, elle mourait de faim.

— C'est moi qui régale. Mangeons avant que je ne perde connaissance, dit-elle en descendant du SUV.

— Hum, Grace, répliqua Lucas en la saisissant par le poignet pour l'immobiliser. Hope est là.

Grace pivota si vite qu'elle se tordit le dos. La douleur irradia jusque dans sa jambe.

— Aïe ! cria-t-elle en posant une main sur ses reins pour essayer d'atténuer sa souffrance. Oh bon sang. Je ne vais pas pouvoir bouger.

— Que s'est-il passé ? demanda Lucas en sortant précipitamment du SUV pour la rejoindre.

— Je me suis tordu le dos. Je ne peux pas marcher. Je ne peux pas retourner dans la voiture. Je vais mourir ici, dit-elle sur un ton mélodramatique. Abrège mes souffrances, s'il te plaît.

— Un peu *drama queen*, non ? marmonna-t-il.

— Ce n'est pas toi qui es figé sur place.

— Allez, remonte, je te ramène chez toi.

Il ouvrit la portière arrière et posa une main dans le creux de son dos tout en lui tendant l'autre pour qu'elle puisse s'appuyer dessus.

— Tu es prête ?

Elle prit une petite inspiration, serra les dents et hocha la tête.

— On y va.

Il la conduisit lentement jusqu'à l'arrière du SUV.

— Monte et allonge-toi sur la banquette.

— Et je suis censée faire ça comment ? répliqua-t-elle, légèrement penchée vers l'avant et haletant de douleur.

— Je vais te soulever. Tu n'auras plus qu'à ramper.

— Ça ne va jamais marcher, marmonna-t-elle, en s'agrippant tout de même à quelque chose – l'appuie-tête avant –, puis elle ferma les yeux. Vas-y.

Comme promis, Lucas l'attrapa par la taille pour la hisser et la faire entrer dans la voiture.

Un éclair de douleur traversa toute sa colonne vertébrale, et elle poussa un cri qu'elle tenta d'étouffer très vite. Pas besoin que la moitié de Prémonition cancane à cause de son dos bloqué juste parce qu'elle avait essayé de sortir de voiture.

Lorsque ses genoux trouvèrent la banquette arrière et qu'elle put ramper dessus, la souffrance devint légèrement plus supportable. Peu après, elle se roula en boule sur le côté en se demandant comment elle parviendrait à descendre de là quand Lucas l'aurait ramenée chez elle.

Tout à coup, il la surplomba, une main sur son dos.

— Ça va ? On devrait peut-être t'emmener voir un médecin.

Elle secoua la tête.

— Trop tard. On est dimanche, il faudrait aller aux urgences. Ne t'en fais pas. J'ai dû me pincer un nerf, c'est tout. Ça ira mieux dans quelques jours. En attendant, je vais demander à Joy de me préparer quelques potions contre la douleur.

— Tu es sûre ?

Elle le regarda dans les yeux, notant son inquiétude, et se força à sourire.

— Certaine.

— Grace ? C'est toi ? lança soudain une voix très familière.

Hope. Oh merde. C'était involontairement à cause d'elle que Grace s'était fait mal au dos de prime abord.

— Oui. C'est moi.

Lucas quitta tout à coup le champ de vision de Grace, et elle l'entendit demander, d'une voix légèrement brisée :

— Hope ?

— Lucas ?

D'abord stupéfaite, Hope ajouta ensuite sur un ton soupçonneux :

— Qu'est-ce que tu fais là ? Et qu'est-ce qui se passe ici ? Que faisais-tu avec Grace à l'arrière de sa voiture ?

Grace gémit. *Par les déesses.* Voilà justement pourquoi elle ne voulait pas mentir à son amie.

— Grace vient de se tordre le dos. Je l'aidais à s'installer sur la banquette pour pouvoir la ramener chez elle.

— Tu étais comme par hasard présent quand Grace s'est fait mal, et tu joues les héros maintenant ?

La colère était immanquable dans la voix de Hope, mais Grace ne pensait pas qu'elle lui était destinée. Il y avait bien plus de choses entre Lucas et Hope qu'elle ne l'avait soupçonné.

— Non, soupira-t-il.

Elle l'imagina se passer les mains dans les cheveux, geste qu'elle avait remarqué plus tôt dans la journée quand il réfléchissait.

— Elle me faisait visiter des maisons et…

— Des maisons ? répéta Hope, clairement surprise. Pourquoi ?

— Parce que j'ai besoin d'en acheter une ? répliqua-t-il, d'une manière plus interrogative qu'affirmative. Je t'ai demandé de me recommander un agent immobilier, tu te souviens ?

— Tu ne m'avais pas dit que c'était pour toi. Je n'en reviens pas que tu retournes t'installer ici et que, au lieu de m'en parler, tu demandes dans mon dos à ma meilleure amie de te montrer des maisons. C'est tout simplement parfait.

— Hope, je…

— Peu importe, Lucas, répliqua-t-elle froidement. Manifestement, je ne suis pas assez importante pour être mise dans la confidence. Mais c'est moi qui vais m'occuper de Grace à partir de maintenant. Tu peux te casser et faire... ce que tu comptes faire à Prémonition.

Grace ne put ravaler son reniflement amusé, car elle était plutôt sûre que la seule chose que Lucas voulait faire – ou se faire – à Prémonition, c'était Hope.

— Grace ? demanda cette dernière en passant la tête à l'intérieur du SUV. Je vais te ramener chez toi.

— D'accord, répondit-elle, en évitant de penser à comment elle réussirait à descendre de son véhicule.

Si Lucas avait été là, il l'aurait portée. Mais Hope n'en serait pas capable. Restait à espérer qu'elles trouvent une solution, sinon Grace devrait dormir dans sa voiture cette nuit.

Hope monta à l'avant sans un autre mot à l'intention de Lucas, démarra le moteur et sortit du parking.

— Aïe ! s'écria Grace, qui fut plaquée contre le siège. Euh, Hope ? J'apprécie ton aide, mais tu crois que tu pourrais rouler un peu plus doucement ? Je meurs du dos, là.

— Oh, pardon. C'est juste que...

Elle secoua la tête et grogna de frustration.

— Il est en ville depuis quand ?

— Honnêtement, je ne sais pas. Je l'ai rencontré hier pour le déjeuner pour parler de ses besoins immobiliers, et ensuite...

— C'est pour ça que tu ne pouvais pas nous aider Joy et moi à creuser un peu sur le cottage.

— Oui. J'avais un client.

Elle essaya de tendre le bras pour serrer l'épaule de son amie, mais elle n'y parvint pas.

— Je suis désolée de ne pas te l'avoir dit plus tôt. Il m'a demandé de me taire, et je... Je...

— Tu t'es comportée comme une amie envers lui. Tout va bien, Grace.

Plus bas, Hope ajouta :

— Il va juste falloir que je m'habitue à ce qu'il soit dans les parages. C'est trop.

Le cœur de Grace se serra pour ses amis. Ils avaient trop de bagages émotionnels à déblayer, et elle n'était pas sûre qu'ils trouvent une solution. Mais elle espérait sincèrement que oui.

— Hope ?

— Oui ?

— Lucas n'avait pas de voiture au restaurant. Je ne sais pas comment il compte retourner chez sa mère. Veux-tu que je l'appelle pour m'assurer qu'il a une solution pour rentrer ?

— Merde, marmonna-t-elle. Oui, il faudrait sans doute le faire.

Au moins, le portable de Grace était accessible, dans la poche avant de son pantalon. Elle l'attrapa et composa le numéro de Lucas.

— Tout va bien ? demanda-t-il en décrochant juste après la première sonnerie.

— Jusqu'ici, oui. Nous voulions savoir comment tu comptes rentrer chez toi ? Uber ? Lyft ? Tu vas appeler un ami ?

— Si je dis que je n'ai aucune solution, est-ce que Hope va revenir me chercher ? s'écria-t-il, plein d'espoir.

— Oui.

Grace s'excusa en silence auprès de son amie de l'obliger à se jeter tout de suite à l'eau avec Lucas, mais plus vite ils parleraient, plus vite ils pourraient se remettre de ce qui les avait gardés séparés ces quinze dernières années.

— Alors, non, aucune solution, rétorqua-t-il, ravi.

— D'accord. Va manger quelque chose, Hope reviendra te chercher après m'avoir mise au lit.

L'intéressée gémit puis murmura :

— Merci beaucoup, Grace. Tu n'aurais pas pu lui dire qu'on lui appelait un taxi ?

Grace raccrocha et répliqua.

— Il n'y a plus de taxis à Prémonition. Il pourrait prendre un Uber, mais rentrer chez sa mère va lui coûter cher. Et étant donné qu'il m'a engagée comme agent immobilier, je me sens responsable de lui.

— C'est bon, arrête, je vais le faire. Mais tu m'en dois une.

— Ça marche.

Quarante-cinq minutes plus tard, quand Grace fut au lit avec de l'eau, un reste de pâtes et une boîte d'antidouleurs sur la table de chevet, Hope partit à contrecœur pour aller chercher son ex.

CHAPITRE 21

— *G*race ? l'appela Lex depuis le couloir. Tu es décente ?

— Évidemment. J'ai à peine bougé depuis quelques jours, grogna Grace.

Elle était coincée chez elle depuis bien trop longtemps, tandis que Lex lui fournissait à manger et à boire. Même se rendre aux toilettes était un défi, puisque son dos n'était toujours pas coopératif. Le lendemain de sa blessure, elle avait appelé une guérisseuse, qui était venue lui donner un baume qui avait fait des miracles. Alors Grace était sortie de son lit, avait pris sa douche et également nettoyé la cuisine, mais elle en avait trop fait et était retournée au point de départ.

Lex glissa sa tête par la porte entrouverte.

— Je veux dire : assez décente pour un visiteur ?

— Qui est-ce ? demanda Grace, qui essaya de se redresser sur les coudes et finit par grimacer de douleur.

— Owen. Il m'a dit qu'il souhaitait te parler de l'une de tes propriétés.

Grace gémit. Il était de retour en ville depuis trois jours, mais elle avait repoussé ses demandes de la voir à cause de sa blessure. Son égo avait du mal à se remettre du fait qu'elle se mouvait comme une mamie de quatre-vingt-dix ans. Sans mentionner le défi que se changer et se livrer à des actes d'hygiène minimum avait représenté ces derniers jours. Grace attrapa le miroir sur la table de chevet et poussa un cri dès qu'elle le porta devant elle.

— Je ne ressemble à rien.

— Ce n'est pas si horrible que ça, la rassura Lex, sur un ton toutefois pas très convaincant.

— Si. Viens m'aider à me lever.

Grace décala ses jambes vers le bord du lit et ignora les larmes qui lui montaient aux yeux. Pourquoi avait-elle été aussi stupide ? Ce n'était pas la première fois qu'elle se tordait le dos sans rien faire de spécial. Elle savait que cela prenait du temps, pourtant, elle avait voulu nettoyer la maison pour son rencard avec Owen. Qu'elle avait finalement dû annuler, puisqu'elle s'était à nouveau blessée, et en éternuant, excusez du peu. Un fichu éternuement. Comme une vieille de quatre-vingt-dix ans et non de quarante-cinq.

Lex s'approcha et lui tendit les mains. Grace s'en saisit et se releva doucement du lit. Une fois debout, elle n'était qu'à peine courbée. Malheureusement, c'était une faible amélioration comparé à la veille.

— Tu as besoin d'aide pour te coiffer ? demanda Lex en observant le nid de rats qu'elle avait sur la tête.

— Non. Va dire à Owen que je le rejoins dans quelques minutes.

— Tu es sûre ?

Le scepticisme de Lex croissait de seconde en seconde.

— Certaine. Je m'occupe de moi.

Elle se traîna jusqu'à la salle de bains et ferma la porte.

Quelques instants plus tard, elle s'appuya contre le lavabo et inspira profondément.

— Reprends-toi, Valentine.

Elle observa la douche et, sans hésiter, ouvrit le robinet. S'était-elle lavée la veille ? Elle n'en était pas sûre. Elle n'avait pas le temps de faire un shampooing, mais elle pouvait au moins s'assurer de ne pas empester la crème antidouleurs musculaires. Elle frémit rien qu'à l'idée de se pointer dans le salon en sentant la résidente de maison de retraite.

Que les déesses bénissent les douches à l'italienne, pensa-t-elle sous le jet d'eau chaude. Si elle avait dû affronter une baignoire, elle se serait ridiculisée et désagrégée en souhaitant mourir d'embarras. Une fois les odeurs nauséabondes enlevées, elle se sécha de son mieux puis enfila son peignoir en soie rose préféré, mit un peu de maquillage, puis se fit un chignon. Ce n'était pas la plus sophistiquée des allures, mais elle dégageait quelque chose de sexy, pour quelqu'un cloîtrée dans sa chambre depuis des jours. Cela lui convenait.

Cette sensualité retrouvée dans la salle de bains disparut dès qu'elle se traîna dans le couloir. Lorsqu'elle arriva dans le salon, elle tremblait tellement qu'elle devait sans doute avoir besoin d'une nouvelle douche.

— Coucou, toi, lança Owen, dont les lèvres esquissèrent un petit sourire sexy. Tu es...

— Ridicule ?

— Quoi ?

Il secoua la tête et s'avança jusqu'à elle pour poser les mains sur ses hanches.

— J'allais dire « magnifique ». Tu es bien trop sexy pour être allongée à cause d'un mal de dos, Grace.

Elle pouffa.

— Beau parleur.

— Ça fonctionne ? répliqua-t-il, les yeux brillants, en observant ses lèvres.

Elle en eut le souffle coupé et se félicita d'avoir choisi ce peignoir en soie. Elle se sentait toujours sexy dans celui-ci.

— Grace ?

— Oui ?

— Est-ce que ça fonctionne ?

Elle lui posa une main sur la joue.

— D'après toi ?

— D'après moi, tu as la chair de poule et le pouls qui bat vite, alors je dirais que oui, ça fonctionne carrément.

— Tu as raison, souffla-t-elle en s'approchant pour effleurer sa bouche.

Il s'avança d'un pas afin d'être plus près d'elle. Tout en veillant à ne pas lui faire mal, il l'entoura prudemment d'un bras et écarta les lèvres pour approfondir le baiser. Il avait si bon goût qu'elle en eut le vertige.

Ses paupières papillotèrent, et elle se perdit dans les sensations merveilleuses que lui prodiguèrent sa langue contre la sienne et ses deux mains descendant plus bas pour se poser sur ses fesses.

— Bon sang, Grace, dit-il d'une voix rauque quand il mit fin au baiser. Tu ne portes rien sous ce peignoir ?

Elle haussa les épaules.

— Je sors tout juste de la douche. Je ne voulais pas te faire attendre trop longtemps.

Il grogna et enfonça les doigts dans sa chair.

— Tu n'imagines pas à quel point j'ai envie de te raccompagner jusqu'à ta chambre pour t'arracher ce peignoir.

Dans la mesure où sa température interne venait de passer de normale à brûlante, elle en avait une petite idée, si. En fait, elle était en train de se demander si cela vaudrait le coup de ne pas tenir compte de son dos douloureux et du léger duvet sur ses jambes qu'elle n'avait pas réussi à retirer sous la douche.

Il posa les lèvres sur son cou et effleura de ses dents son pouls battant.

— Ça vaut le coup. Clairement, ça vaut le coup, dit-elle.

Il s'écarta un peu pour la fixer, une lueur malicieuse dans le regard.

— Qu'est-ce qui vaut le coup, Grace ?

— Euh... assumer un petit mal de dos en échange de tes baisers renversants ?

Elle sentit son visage devenir encore plus chaud.

Il rit doucement.

— Renversants, hein ? Sacré compliment.

— Je ne fais que constater l'évidence.

Elle s'approcha de lui pour se blottir contre son cou, réussissant, sans trop savoir comment, à empêcher la douleur d'irradier dans son dos. Peut-être que les baisers d'Owen étaient renversants au point d'en être magiques. Peu importait, pourvu que ça marche, non ?

— Bon sang, marmonna-t-il.

Il poussa un soupir, puis l'embrassa avec tant de passion qu'elle sentit la vague de plaisir jusque dans ses orteils. La tête embuée de désir, elle était à deux doigts de lui montrer sa chambre quand il déclara :

— Si je suis venu, c'est parce que Gigi a appelé l'agence. Elle aimerait jeter un nouveau coup d'œil à la maison victorienne.

Grace recula très légèrement, surprise qu'il parle travail.

— Gigi veut revoir la maison ? Quand ça ?

— Aujourd'hui. Dans une demi-heure.

— Oh bon sang.

Grace fit un pas en arrière, trop important, et cria de douleur.

— Merde !

— Grace, poursuivit-il gentiment. Je vais rencontrer Vince et Gigi à ta place, puis je viendrai te raconter comment ça s'est passé.

— Je ne peux pas rater cette visite. C'est ma propriété, répliqua-t-elle.

Elle avait cependant les larmes aux yeux, car elle ignorait comment elle réussirait à conduire ou même à monter en voiture sans se rouler en boule sur la banquette arrière pour trouver une position confortable.

— Oui, c'est ta propriété. Mais, s'il te plaît, laisse-moi te rendre service. Est-ce que ça te dirait que je revienne avec le dîner tout à l'heure, histoire que nous ayons enfin ce rencard que tu as dû repousser ?

— Ce rencard ?

Avait-il perdu l'esprit ? Elle était une femme invalide incapable de rejoindre le canapé sans se mettre à transpirer.

— Je ne sais pas si tu l'as remarqué, mais je peux à peine bouger. Que veux-tu qu'on fasse à ce rendez-vous ?

Il retrouva ce petit sourire sexy qui lui était propre.

— Je pense que nous pourrons trouver quelque chose. Que dis-tu de ça ? Je nous prends des sushis et nous passons ensuite une soirée tranquille. Ça me changerait vraiment de ce mariage de folie, ce week-end.

Tout ce qu'elle entendit, ce furent les mots « week-end de folie » et elle imagina des strip-teaseuses et des demoiselles d'honneur canon.

— Grace ? dit-il, comme elle ne répondit pas. Est-ce que je peux apporter le dîner tout à l'heure ?

— Oh, oui. Tu as parlé de sushis, c'est ça ?

— Si ça te tente.

Il fronça les sourcils.

— Tout va bien ?

— Oui, confirma-t-elle en se forçant à sourire. J'étais juste distraite par la maison victorienne. Je n'aime pas être absente quand mes clients visitent. Tu sais ce que c'est. J'ai envie d'être au top niveau, tu vois ?

— Très bien, acquiesça-t-il, bien qu'il ait l'air sceptique. Pas besoin de t'inquiéter, d'accord ? Je ne vais pas essayer de lui filer une autre maison. Ce n'est pas mon genre.

— Hein ? demanda-t-elle, stupéfaite. Ce n'est pas... Ce n'était pas à ça que je pensais.

Par les déesses. Elle fichait tout par terre.

— Je suis désolée, Owen. Je suis agacée d'être coincée au lit depuis trois jours. J'apprécie vraiment que tu fasses cette visite à ma place et que tu rapportes le dîner. J'aime les rouleaux arc-en-ciel et les sashimis de limande. J'aime à peu près tout, mais ce sont mes plats préférés.

En souriant, il lui écarta gentiment une mèche de cheveux qui était tombée de son chignon.

— Pas besoin de me remercier. Je suis content de t'aider.

Puis il lui donna un baiser si tendre qu'elle en eut presque les larmes aux yeux. Le bon type de larmes. Il lui caressa la joue avec son pouce et murmura :

— Tu n'as pas intérêt à t'habiller pendant mon absence. J'ai vraiment envie d'admirer davantage ce peignoir à mon retour.

Elle lui fit un grand sourire.

— Ça devrait pouvoir s'arranger.

Après le départ d'Owen, Lex apparut dans le salon.

— La vache. C'était torride.

— N'est-ce pas ? commenta rêveusement Grace.

— Je crois que je n'ai jamais vu oncle Bill te regarder comme ça. Était-il romantique au début de votre relation ?

— Non. Bill n'a jamais été romantique. Gentil et tendre, oui. Mais romantique, jamais.

La tête penchée sur le côté, Grace demanda à sa nièce :

— Tu trouves qu'Owen est romantique ? C'était sympa de sa part de s'occuper de mes maisons. Et il m'a embrassée comme jamais, mais, vu que je peux à peine bouger, je ne sais pas si on peut vraiment qualifier ça de romantique.

— Il prend soin de toi, tatie. Tu ne l'as pas remarqué ? Il n'est pas obligé d'aller faire visiter cette maison. N'a-t-elle pas une boîte à clés ? Et ensuite, il propose de revenir et de t'apporter à dîner, sans pouvoir espérer le moindre moment sexy après. Si tu veux mon avis, il n'y a rien de plus romantique que de prendre soin de quelqu'un sans rien attendre en retour.

Grace pouffa.

— Qu'est-ce qui te fait croire qu'il n'y aura aucun moment sexy ?

— Sérieux. Tu peux à peine marcher. S'il espère quoi que ce soit, alors lâche l'affaire avec lui tout de suite. Mais je ne le pense pas. Il sait que tu as mal. Quand j'ai ouvert la porte, il puait l'inquiétude à plein nez. Il t'apprécie vraiment. Je crois que c'est le bon.

— Il est trop jeune pour moi, répliqua-t-elle machinalement, même si elle commençait à se demander pourquoi c'était aussi important.

Lex leva les yeux au ciel.

— Il serait temps que tu arrêtes avec ça. Tout le monde s'en fiche.

— Crois-moi, Lex, certaines personnes ne s'en fichent pas.

— Tu parles de Bill ? Des ragots au salon de beauté ? Tout ce qui importera aux gens qui t'aiment, c'est de te savoir heureuse. Si Owen te fait sourire comme ça, alors je le soutiens à cent pour cent. Et tu devrais, toi aussi.

Lex lui fit un clin d'œil et prit ses clés de voiture sur une petite table à côté de la porte.

— Je m'absente pour un peu de romance de mon côté. Ne m'attends pas et ne t'en fais pas, personne ne va t'interrompre. À demain matin !

Grace fit un signe à sa nièce puis regarda la maison. Elle était suffisamment rangée, mais il lui manquait un petit quelque chose avant le retour d'Owen. Il lui fallut bien plus longtemps qu'elle ne l'aurait cru mais, une heure plus tard, une demi-douzaine de bougies éclairaient le salon, et il y avait, sur la table basse, une bouteille de vin et deux verres.

Après être allée se rafraîchir à nouveau, Grace attrapa une bouteille d'eau et revint dans le salon où elle s'assit avec précaution sur le canapé. Avec deux oreillers calés dans le dos, elle s'installa en soupirant de soulagement. Enfin une position qui ne lui donnait pas envie d'abréger ses propres souffrances.

Elle sirota son eau et ferma les yeux quelques instants.

— Grace ?

Cette voix grave et masculine la réveilla en sursaut.

— Quoi ?

Elle se redressa brusquement, et poussa un cri en sentant des milliers de petits couteaux s'enfoncer dans son dos.

— Oh, punaise. Ça fait mal.

— Mince. Je suis désolé, dit Owen. Je ne voulais pas te faire peur.

Il s'accroupit devant elle et la dévisagea avec inquiétude.

— Tu vas bien ?

— Oui, confirma-t-elle en geignant tout bas. Ça va aller. J'en ai juste marre d'être une invalide. Je déteste rester sans rien faire.

— Je vois ça, commenta-t-il en regardant la pièce, un

sourire aux lèvres. Très romantique, Grace. Dois-je en déduire que ça ne te dérange pas de manger avec moi, finalement ?

— Arrête d'aller à la pêche aux compliments. Après les baisers qu'on a échangés, je pense qu'aucun de nous n'est dupe.

— Tu as bien compris.

Il se redressa, l'embrassa délicatement sur les lèvres, puis alla s'occuper des sushis.

Pendant qu'ils mangeaient, il évoqua la visite.

— Gigi a dit qu'elle ferait une offre dans quelques jours pour la maison.

— Ah bon ?

Grace se revigora.

— Et son mari, alors ?

Owen haussa les épaules.

— Il n'était pas là. Je ne sais pas. Elle n'en a pas parlé.

Elle se mordilla la lèvre.

— Qu'est-ce qu'il y a ?

Soupirant, elle posa son assiette sur la table.

— Cette maison est hantée, tu es au courant. J'ai découvert qu'elle avait une idée très précise de la personne qu'elle voulait avoir entre ses murs. Elle n'aime pas le mari, alors, quoiqu'il advienne, ça va devenir l'enfer si les esprits s'en prennent à lui. Je ne serais pas surprise que le deal tombe à l'eau.

— Tous les deals peuvent tomber à l'eau. Mais, en tout cas, elle a dit qu'elle devait mettre de l'ordre dans ses finances, et tu sais comment ça se passe.

Oui, Grace le savait. Le financement prenait toujours plus longtemps que ne le pensait le client. Que ce soient les transferts de fonds ou les prêts bancaires, tous deux prenaient un temps qui pouvait torpiller les volontés de n'importe quel acheteur.

— Je vais éviter de retenir mon souffle, alors.

— Bien, dit Owen en reposant son assiette à son tour. Parce que j'aime beaucoup entendre ta respiration s'accélérer, Grace. Quand je fais ça…

Penchant la tête, il lui mordilla doucement le cou.

Elle inspira vivement.

— Oui, ce son-là. Et quand je fais ça…

Il passa la langue sur son pouls, ce qui rendit la respiration de Grace inégale.

— Parfait. Et quand je…

Il se décala pour s'occuper de l'autre côté, mais quand il fit passer son poids sur sa deuxième jambe, le canapé se creusa et les coussins soutenant le dos de Grace glissèrent.

— Sainte mère de corbeau ! beugla-t-elle en tombant du canapé pour atterrir au sol dans un bruit sourd.

— Mince, Grace ! Ça va ?

— J'en ai vraiment marre qu'on me pose cette question, lança-t-elle en se redressant lentement.

Owen regarda ses seins, puis plus bas, et ses prunelles devinrent pur désir en fusion. Grace en eut la bouche sèche. Du moins, jusqu'à ce qu'elle baisse les yeux et se rende compte que son peignoir s'était ouvert, révélant son corps nu.

— Argh !

Elle referma vivement les pans et se sentit prête à mourir d'embarras. Quand elle s'était imaginée se déshabiller devant un homme, elle n'avait pas pensé que cela arriverait juste après qu'elle serait tombée du canapé et alors qu'elle était pratiquement incapable de bouger. Tu parles d'un tue-l'amour.

Sauf qu'Owen la dévisageait comme s'il voulait la déguster en dessert. Et elle n'allait pas se mentir : c'était carrément sexy.

— Donc…, commença-t-elle.

— Donc…

Il hocha la tête, se leva et lui tendit la main.

— Tu es prête à te coucher ?

Gasp.

— Oui. Bonne idée.

Il l'aida à se relever, puis lui soutint le dos jusqu'à sa chambre. Lorsqu'elle arriva près du lit, elle resta bêtement debout à côté, attendant qu'il fasse quelque chose, n'importe quoi.

Il se contenta d'écarter les couvertures.

— Vas-y. Je vais te border et m'assurer que tu as tous les oreillers dont tu as besoin.

— Me border ? Je pensais que… Oublie.

Elle rougit d'embarras de la tête aux pieds.

— Crois-moi, Grace. Il n'y a rien que je désire plus en cet instant que m'installer dans ce lit avec toi. Mais, si je le fais, les choses vont aller très vite et je ne suis pas sûr de pouvoir me contrôler et être suffisamment doux sans te casser pour de bon. Tu es beaucoup trop sexy. Il faut que tu sois pleinement remise le jour où on fera ça.

Elle le dévisagea bêtement. Puis avala sa salive.

— Tu me dis non ce soir parce que tu es trop excité ?

— Oui, c'est ça. Maintenant, va dans ce lit avant que je t'arrache ce peignoir, ordonna-t-il.

La chaleur grésilla dans tout son être. Chacune de ses terminaisons nerveuses appelait les caresses d'Owen. Mais, dès qu'elle tendit le bras vers lui, la douleur dans son dos la retint. Elle se plaqua une main sur le front.

— Tu as raison. Je déteste ça. Les reports de rencard commencent à s'accumuler franchement.

— Ne t'en fais pas, Grace. J'ai bien l'intention de réclamer mon dû un jour.

Il posa un baiser sur sa tempe.

— Allez, couche-toi. Je rangerai avant de partir.

Lex avait raison. Il était l'homme le plus romantique qu'elle connaissait. Un homme qui apportait le dîner et rangeait était un homme à garder, quel que soit son âge. Lorsqu'elle se fut installée dans le lit, après avoir convenablement calé les oreillers, Owen se pencha pour l'embrasser.

— Repose-toi bien, Grace. J'ai des projets pour nous.

CHAPITRE 22

Quand Grace se réveilla le lendemain matin, elle se sentait comme neuve. Elle avait encore le dos raide, mais la douleur fulgurante qui la saisissait à chacun de ses pas avait disparu. Après s'être levée, douchée et s'être assurée de pouvoir s'habiller normalement sans avoir l'impression d'être une invalide, elle attrapa son portable et contacta Owen pour l'inviter à un vrai rendez-vous.

— Ce soir ? Dans le genre au dernier moment, ça se pose là, non ? répliqua-t-il, hilare.

— J'imagine, oui. Si tu veux repousser à la semaine prochaine, nous pouvons…

— Que dirais-tu de demain soir à sept heures ? J'ai un rendez-vous avec un client ce soir. Je viendrai te chercher. Dîner, danse, balade au clair de lune sur la plage ?

— Dîner, oui. Danse, non, évitons les folies. Et nous verrons pour la plage ensuite.

— Marché conclu. Tu veux bien me faire une faveur ?

— Laquelle ?

— Garde ce peignoir à portée de main. J'aimerais te revoir dedans.

Grace pouffa.

— Je pense que tu espères surtout pouvoir me l'enlever.

Il se racla la gorge, et quand il reprit la parole, ce fut d'une voix rauque.

— Oui, ça aussi.

Le temps qu'ils raccrochent, elle était rouge de la tête aux pieds et comptait les heures avant leur rendez-vous du lendemain soir.

— Tu as des nouvelles de Hope ? demanda Grace à Joy dès que son amie s'assit en face d'elle à la boulangerie *Œil de faucon*. Je lui ai téléphoné plusieurs fois ces derniers jours, mais elle ne m'a pas rappelée.

— Je lui ai parlé quelques minutes ce matin, répondit Joy en attrapant le menu pour l'étudier de près. Elle m'a dit qu'elle était surchargée cette semaine, car plusieurs événements s'enchaînent. Tu sais comment c'est, l'été. Des mariages sur la plage, des enterrements de vie de garçon, des *baby showers*, etc.

Grace fronça les sourcils.

— Et pour quelle raison te caches-tu derrière le menu ? Ça fait dix ans qu'il n'a pas changé. Tu le connais par cœur.

Joy le remit à sa place.

— Très bien. Elle m'a appelée hier soir et s'est énervée contre toi parce que tu ne lui avais pas révélé que Lucas était en ville.

— C'est bien ce que je craignais.

Grace posa les coudes sur la table et se cacha le visage dans ses mains.

— J'avais dit à Lucas qu'elle m'en voudrait. Et c'est à cause de lui que je me suis tordu le dos. Si je n'avais pas essayé de faire des cachotteries à Hope, ça ne serait jamais arrivé.

Joy haussa un sourcil.

— Tu faisais des cachotteries à Hope ?

— Oui. Non.

Elle secoua la tête.

— Ce jour-là, j'étais allée montrer quelques maisons à Lucas. Nous comptions manger un bout au *Crabe bougon* et nous quitter pour la soirée. Mais Hope est arrivée, ça m'a surprise, j'ai bougé trop vite et dans la mauvaise direction. Et puis, tu connais la suite.

— Tu l'as bien mérité.

Ce fut dit sans conviction et assorti d'un sourire, pour que Grace comprenne que Joy la taquinait.

— Si je l'ai fait, c'est seulement parce qu'il me l'a demandé, tu sais. Je pense qu'il voulait trouver le bon moment pour lui en parler.

Elle se redressa et s'étira le dos. Il lui faisait toujours un peu mal, mais, au moins, elle pouvait bouger. Vu comme il était encore raide quelques heures plus tôt, il était possible que ce soit parce qu'elle avait souhaité très fort qu'il disparaisse, tout comme elle avait souhaité très fort ce qui était arrivé à Shondra et Nina. Car la déesse savait le temps considérable qu'elle avait passé à espérer avoir été en meilleure santé, si bien qu'Owen n'aurait pas eu à la laisser la veille.

— À quoi est-ce que tu penses ? demanda Joy, méfiante.

— À mon rencard d'hier soir, avoua Grace, consciente de rougir. Owen m'a apporté le dîner, et c'est devenu un peu... chaud.

— Oh, vraiment ?

Les yeux de Joy pétillèrent d'intérêt, et elle se pencha vers l'avant, prête à connaître tous les détails sordides.

— Ne me regarde pas comme ça. Il ne s'est rien passé. Enfin, rien de scandaleux en tout cas, ajouta-t-elle en voyant Joy hausser les sourcils. Nous nous sommes pelotés, puis il m'a aidée à me mettre au lit.

— Oh. Il t'a « aidée », hein ?

Elle mima des guillemets pour souligner le mot en question. Grace leva les yeux au ciel.

— T'es sérieuse, là ? Je pouvais à peine bouger. Ce n'était pas franchement sexy. Il m'a vraiment bordée, puis il a nettoyé la cuisine avant de partir.

Joy se posa une main sur le cœur et inspira vivement.

— Il a *nettoyé*. Tu te fiches de moi ?

— Non, confirma Grace en riant.

— Ooooh. Épouse-le, soupira Joy.

— Hum, je devrais peut-être sortir un peu avec lui avant, non ?

— Non. Il nettoie. Attrape-le avant que tout le monde soit au courant. Passe-lui la bague au doigt. Signe un contrat. Donne-lui une potion. Fais tout ce qu'il faut. Est-ce que tu sais quand Paul a nettoyé pour la dernière fois ?

Grace frémit à la mention de la potion et se promit de ne jamais souhaiter la moindre demande en mariage. Non pas qu'elle ne désirait absolument pas se remarier, mais elle voulait surtout que toute proposition soit faite par quelqu'un possédant son libre arbitre.

— Non, quand ?

— En 1993, je dirais, juste après que nous avons emménagé ensemble. Je crois qu'il a lavé la salle de bains après une de mes nausées matinales.

Elle fronça le nez.

— J'aurais dû comprendre que j'étais condamnée quand j'ai constaté qu'il n'avait pas lavé le bas des toilettes.

— Beurk, c'est dégueu, commenta Grace en serrant la main de son amie. Est-ce que ça va ? Je sais que c'est un peu tendu avec Paul.

— Euh, oui, ça va, j'imagine. Pas mieux, pas pire. Il ne me trompe pas. C'est déjà ça, non ?

Grace était triste pour son amie. Il y avait un gouffre énorme entre « ne pas être trompée » et se sentir aimée et appréciée par son partenaire. Or, Joy méritait le meilleur. Paul allait devoir faire des efforts, sinon il allait la perdre. Elle garda cependant ce commentaire pour elle-même.

— Je t'aime, lui dit-elle.

— Je t'aime aussi.

Joy regarda le menu.

— Pain à la cannelle ?

— Carrément. On les a bien mérités.

— Je vais les chercher.

Joy quitta son siège et, quelques minutes plus tard, revint avec les pâtisseries chaudes et deux lattes.

— Mange. Il va nous falloir des calories pour poursuivre nos investigations.

Elle tapota le dossier épais qu'elle avait apporté.

— J'ai trouvé des infos sur des parents potentiels d'Emma et de Jenny. Il est temps de dénicher quelqu'un qui pourrait avoir envie d'acheter cette baraque.

— Tu es la meilleure. Merci.

Vingt minutes plus tard, gorgées de sucre et de caféine, Grace et Joy passaient en revue les recherches détaillées de Joy et faisaient une liste des personnes à contacter au sujet de la maison. Jusque-là, les parents les plus proches d'Emma qu'elles trouvèrent furent trois cousins au second degré, tous habitant sur la côte Ouest, et tous ayant le début de la vingtaine. Il y en avait deux autres vivant à l'est, mais c'était de la famille éloignée, et, d'après ce qu'elles découvrirent sur Internet, ils n'avaient pas le moindre lien avec la côte Ouest, sauf le sang.

— Regarde ça, Grace, lança Joy. Tu n'avais pas un client du nom de Matt qui cherchait une maison l'autre jour ?

— Si. Sa femme est décédée, et elle avait toujours voulu résider à Prémonition. Alors il désirait le bien parfait pour ses enfants et petits-enfants. Pourquoi ?

Joy lui tendit un papier.

— Les parents de ces cousins de vingt ans s'appellent McKenzie Summers et Matt Dahl. Ça te dit quelque chose ?

— Matt Dahl ! Par les déesses. C'est mon client.

Grace étudia le document, les sourcils froncés.

— J'ai essayé de lui montrer la propriété, mais il n'était pas du tout intéressé. Il m'a dit qu'il était au courant qu'elle était hantée et il n'a même pas voulu entrer.

— Tu sais, je pense que la maison ne l'aurait pas accepté, de toute façon. Ce n'est pas lui qui est lié par le sang. Mais ses fils, si, grâce à leur mère.

Joy la regarda.

— Tu pourrais tenter l'angle des liens de famille avec lui. Vois s'il peut convaincre ses enfants de venir jeter un coup d'œil à la maison. Si elle leur plaît, il changera peut-être d'avis.

— Ça vaut la peine d'essayer.

Grace prit le papier de Joy, pour garder les infos, puis contacta Matt.

— Bonjour Matt. C'est Grace Valentine. Comment allez-vous ?

Pendant quelques minutes, elle l'écouta évoquer le fait que ses recherches devraient peut-être attendre un peu. Il lui expliqua que ses fils étaient venus passer quelques jours ici, alors il était allé leur en montrer quelques-unes déjà vues avec Grace, mais aucune n'avait semblé leur convenir.

— Pouvez-vous m'envoyer un mail quand de nouveaux biens arrivent sur le marché ? Pour me tenir au courant ?

Le cœur de Grace avait commencé à battre plus vite dès qu'il avait mentionné la présence de ses enfants en ville. Elle eut des papillons dans le ventre, comme chaque fois qu'elle se sentait à deux doigts de conclure une vente pour Bill. Mais savoir que celle-ci était pour elle-même la rendait encore plus fébrile. Elle devait juste se réfréner assez longtemps pour que tout se mette en place.

— En fait, j'espérais que nous pourrions aller en visiter une dernière avant votre départ. Je crois que j'ai trouvé la propriété parfaite. Elle possède tout ce que vous cherchez.

— C'est vrai ? Où ? Sur la plage ou en dehors ?

— Dessus. Une vue spectaculaire. Beaucoup d'espace. Nous pourrions nous donner rendez-vous ? Et si vous veniez avec vos enfants ? Autant voir ce qu'ils en pensent, puisqu'ils sont là.

Elle ne se sentit qu'à peine coupable de le tromper. Elle l'avait entendu affirmer qu'une maison hantée ne l'intéressait pas. Elle ne pouvait pas lui en vouloir. Cependant, elle avait le sentiment… qu'elle faisait ce qu'il fallait. Si la famille ne l'aimait pas à cette deuxième tentative, elle laisserait tomber. En attendant, elle se donnerait à fond pour que cela fonctionne.

— Eh bien, si elle est aussi bien que vous le dites. Oui, pourquoi pas. Mais, aujourd'hui, ce n'est pas possible, nous allons camper et pêcher en nocturne. Pouvons-nous faire ça demain soir ? À 18 h 30 ? Nous serons revenus en ville et nous aurons eu le temps de nous nettoyer.

— 18 h 30, c'est parfait. On se retrouve à l'agence ? suggéra-t-elle. Je vous y conduirai.

— Ça me va. À demain. Merci, Grace. J'apprécie votre travail pour nous.

D'accord, là, elle se sentit franchement coupable. Elle repoussa ce sentiment.

— Tout le plaisir est pour moi. Amusez-vous bien à la pêche.

— Merci.

Après avoir raccroché, elle nota le rendez-vous dans son agenda et fit la grimace, en levant les yeux vers Joy.

— J'avais un rencard prévu demain soir à sept heures avec Owen. Et maintenant, je vais devoir l'annuler.

— Mince. Ça craint. Mais c'est à cause de cette visite avec Matt, n'est-ce pas ? Donc je suis sûre qu'il comprendra, répondit-elle avec une expression compatissante.

Puis elle sourit avec malice.

— Tu as oublié le bon côté des choses.

Grace plissa les yeux.

— Et c'est quoi ?

— Lorsque vous vous retrouverez enfin ensemble, toute cette tension sexuelle va crever le plafond.

Elle n'avait pas tort. Cela dit, Grace avait vraiment attendu ce rencard avec impatience. Soupirant de déception, elle essaya d'appeler Owen. Comme elle tomba sur le répondeur, elle lui laissa un message pour lui dire qu'ils allaient devoir décaler leur dîner, à cause d'un problème de travail.

Elle envisagea de simplement repousser le même soir, mais elle ignorait combien de temps durerait son rendez-vous professionnel. En outre, elle n'avait plus vingt ans. Au-delà de vingt-deux heures, elle ne pouvait plus garder les yeux ouverts.

Arrête ça, Grace, se réprimanda-t-elle. Elle pouvait tenir quelques nuits de plus avant d'avoir à nouveau Owen pour elle seule.

CHAPITRE 23

— Grace, l'appela Matt en s'approchant d'elle, accompagné de deux jeunes hommes séduisants.

La ressemblance avec leur père était frappante. Tous trois avaient les mêmes yeux verts, des épaules larges et la taille fine. Ils avaient aussi une démarche similaire, dégingandée, presque gauche à cause de leur taille. C'était si adorable qu'elle aurait pu les regarder toute la journée.

— Bonjour à vous, les salua-t-elle joyeusement. Comment s'est passée la partie de pêche ? Vous avez attrapé beaucoup de poissons ?

— Hunter, oui. Hayden, pas tant que ça. Il aurait dû porter moins de parfum. Ça a fait fuir les poissons.

Il sourit tandis que ses fils levaient les yeux au ciel.

— Le déodorant, ce n'est pas du parfum, répliqua celui qui avait une petite cicatrice sur le sourcil gauche. En plus, c'était plutôt ta faute, avec tout ce blabla qui les a fait fuir plus vite que l'odeur d'un produit d'hygiène corporelle.

— Hayden essaie de rejeter la faute de son manque de

compétence sur autre chose, commenta Matt avec un clin d'œil à l'intention de Grace. Il se sent un peu moins nul, comme ça.

— Nous y revoilà, s'esclaffa Hayden. Et toi, ton excuse, c'est quoi ? Tu voulais donner quelques jours de congé aux poissons ?

— Peu importe, fils, lui dit-il en lui posant un bras sur les épaules. J'ai eu mon heure de gloire à la pêche. Toi, jamais aucune.

Hunter, le frère silencieux jusque-là, intervint :

— Plus vite tu trouveras une baraque, papa, plus vite Hayden pourra améliorer ses compétences et te rendre fier.

Matt pouffa.

— Il me tarde.

C'était certes amusant de les voir se provoquer de la sorte, mais Grace commençait à être nerveuse. Elle avait une maison à faire visiter… et des explications à fournir.

— Êtes-vous prêts à partir ? Je peux vous y conduire. Ce n'est pas très loin.

— Bien sûr, confirma Matt en souriant. Montrez-moi vos pouvoirs magiques, Grace.

Oh, si seulement elle pouvait. Mais son éthique lui imposait de garder sa magie pour elle. C'était de bon augure que Matt soit d'aussi bonne humeur. Malgré tout, elle était persuadée que, dès qu'il verrait le cottage et comprendrait où elle les emmenait, il aurait des questions à lui poser.

Ils arrivèrent très vite à la maison et, lorsqu'elle gara son SUV dans l'allée, elle se sentit à deux doigts de suer très fort. Pas à cause d'une bouffée de chaleur, cette fois-ci, mais de la nervosité. Jamais elle n'avait été aussi anxieuse.

— Grace ? demanda Matt, perplexe. Qu'est-ce qu'on fait là ?

Elle se racla la gorge et s'apprêtait à évoquer les liens familiaux, quand Hayden poussa un petit cri, ouvrit brusquement sa portière et se précipita sous la terrasse avant. En haut des marches, il s'accrocha à la rambarde et fixa la porte, éberlué.

— Qu'est-ce qu'il fait ? demanda son père.

— C'est maman, souffla Hunter en s'essuyant les yeux. Il lui parle.

— Maman ? Ce n'est pas possible, répliqua Matt, dont la voix mourut toutefois sur ses lèvres quand il vit son deuxième fils sortir de voiture pour rejoindre son frère.

Les deux hommes souriaient malgré leurs larmes.

Grace était figée sur son siège. Elle ne pouvait pas distinguer leur mère, ni aucun autre fantôme d'ailleurs, et se demandait si Matt en était capable. Elle en doutait, puisque Hunter avait dû lui expliquer ce qu'il se passait. Grace, émue, se tourna vers son client et guetta sa réaction. Allait-il se mettre en colère ou se montrer curieux ? Quelque chose entre les deux ? Elle ignorait totalement à quoi s'attendre. Elle ne le connaissait pas assez bien pour prévoir sa réaction.

— Comment l'avez-vous su ? l'interrogea-t-il, le regard toujours braqué sur ses fils.

— Que leur mère était ici ? répliqua-t-elle, d'une voix un peu hésitante.

— Oui.

Il se tourna vers elle, les sourcils froncés.

— Vous l'avez invoquée, c'est ça ? Votre coven et vous ?

Grace cilla, se demandant un instant si elles en seraient capables. Sans doute, oui, mais invoquer les fantômes ne l'intéressait pas. Ils ne lui apporteraient que des ennuis.

— Non, affirma-t-elle, avec plus de force que prévu.

Elle se racla la gorge avant de reprendre.

— J'ignorais même qu'elle était là avant que Hunter ne le dise. Nous n'invoquons personne, à part les déesses, quand nous faisons nos bénédictions. Et elles ne se montrent pas franchement à nous, si vous voyez ce que je veux dire.

Il reporta son attention sur ses garçons.

— Non. Je ne sais pas. Je ne suis pas un sorcier.

— Oh.

C'était vrai.

— Désolée. Vous ne pouvez pas la voir, vous non plus ?

Il secoua la tête.

— Est-ce que votre femme possédait de la magie ?

— Oui. Comme les garçons.

C'était logique.

— D'accord. Alors, je vais vous dire ce que j'ai trouvé et pourquoi je vous ai fait venir ici, mais ne souhaitez-vous pas lui parler ? Au moins par le biais de vos fils ? J'ai l'impression qu'ils communiquent sans peine avec elle.

Matt hocha la tête une fois, puis sortit de la voiture.

Grace le regarda rejoindre sa famille sur la terrasse. Ils y restèrent un long moment, à pleurer, discuter, rire. Puis la conversation s'arrêta brusquement, et les trois hommes se dévisagèrent en silence. Enfin, Matt posa la main sur la poignée de la porte, mais il n'alla pas loin, puisque le cottage était toujours verrouillé.

Grace sortit de voiture et les rejoignit.

— Voulez-vous voir l'intérieur ?

— Oui, confirma Matt d'une voix rauque. Mais à moins que ce ne soit très différent des photos en ligne, je ferai une offre dès ce soir.

Le cœur de Grace s'envola dans sa poitrine. Pas parce qu'elle s'apprêtait à faire sa première vente et donc à assurer son travail chez *Landers Immobilier*, mais parce que les trois hommes Dahl semblaient soudain tout à fait en paix. Elle avait réussi à leur donner cet instant avec leur mère et femme, et c'était son cœur et son âme à elle qui s'en étaient retrouvés remplis.

— Je pense qu'il n'y aura aucun problème, mais entrez et regardez vous-mêmes.

Grace manipula la boîte à clés jusqu'à trouver celle qu'elle cherchait, puis ouvrit la porte. Elle resta de nouveau en retrait, à l'extérieur, pour leur laisser le temps nécessaire d'assimiler les événements récents.

Jamais elle n'était absente pour la première visite. Il fallait qu'un agent soit présent pour apaiser les craintes ou confirmer les inquiétudes éventuelles. Mais les circonstances étaient particulières, et elle ne voulait pas s'en mêler plus qu'elle ne l'avait déjà fait.

Elle s'assit sur les marches de la terrasse et attendit.

Peu après, Matt la rejoignit et s'installa à ses côtés.

— Merci.

— Je vous en prie. Mais je n'ai pas fait grand-chose. Tout ce que j'ai fait, c'est vous faire venir ici.

Elle lui sourit.

— Je suis contente que ça ait marché.

— J'aimerais savoir comment vous avez compris que cette maison était faite pour nous. Lorsque j'y suis venu l'autre jour, j'ai éprouvé… Eh bien, trop de choses. De la douleur, du chagrin, du regret. C'était tellement semblable à ce que j'avais ressenti les derniers jours avant le décès de ma femme. Je ne voulais plus revenir dans cette maison, du coup.

— Oh, ouah, commenta-t-elle tout bas. Je suis désolée, Matt. On dirait qu'elle était présente aussi l'autre jour, même si vous ne pouviez pas la voir. Mais vous pouviez percevoir les émotions qu'elle a éprouvées pendant ses derniers instants. Et aujourd'hui, comment vous sentiez-vous ? Mieux ?

Elle l'espérait, en tout cas, parce que personne ne voulait vivre dans une maison chargée de vibrations si puissantes.

— Bien mieux, confirma-t-il en souriant. Vous avez raison, elle était là, et elle m'a engueulé d'être parti.

Il rit tout bas.

— Ça lui ressemble tellement. Elle nous a expliqué le lien que les garçons et elle ont avec cette maison. Après avoir entendu parler de la malédiction, de Jenny et d'Emma, mes deux fils n'ont plus voulu aller ailleurs. Et ça me va. Cette maison correspond à tous mes critères.

Il serra le bras de Grace.

— Vous avez vraiment tout fait pour nous. J'aimerais savoir comment vous y êtes parvenue.

Elle lui parla de la femme qui murmurait à l'oreille des fantômes, de la voisine et des recherches entreprises par Joy.

— Je sais que ça peut avoir l'air flippant et intrusif, mais pour faire mon travail, il fallait que je trouve des membres de la famille, même éloignés, afin de déterminer qui pourrait être intéressé par cette propriété. Il s'est avéré que vous étiez celui que je connaissais déjà.

Il rit.

— J'en ai, de la chance.

Hayden et Hunter sortirent de la maison, souriant et discutant avec animation de la demeure, de la plage et des étés qu'ils passeraient ici avec leurs femmes. Lorsqu'ils aperçurent Grace, Hayden lui sourit.

— Vous êtes un ange. Merci. On sait que papa avait déjà refusé ce cottage, alors merci pour votre ténacité. Revoir maman...

Il prit une inspiration pour se calmer.

— Vous n'imaginez pas ce que ça représente pour moi.

Elle en avait une vague idée, bien que sa relation avec sa

propre mère ait été plutôt conflictuelle. Elle ignorait ce qu'elle ressentirait si le fantôme de sa mère apparaissait devant elle. Serait-elle submergée par les émotions ? Certainement. Reconnaissante ? Difficile à dire.

— Je suis heureuse d'avoir pu jouer un petit rôle dans tout ça. Félicitations pour votre future maison. Et si nous allions faire les papiers ?

Une demi-heure plus tard, Matt et Grace se trouvaient chez *Landers Immobilier*, et elle venait de transmettre l'offre à M. Saint. Moins de deux minutes s'écoulèrent avant que son portable ne sonne.

— Excusez-moi, dit-elle à Matt en se levant pour prendre l'appel dans une salle de réunion. Bonjour, monsieur Saint. Félicitations pour cette offre au prix demandé. Avez-vous des questions ?

— Est-ce exact, madame Valentine ? Cet homme veut vraiment l'acquérir au prix demandé ?

— C'est tout à fait vrai. L'acheteur n'a pas envie de jouer, il désire sincèrement avoir cette maison. Et elle les a choisis, ses fils et lui. J'ai découvert qu'ils avaient des liens avec les anciens propriétaires, alors le cottage restera dans la famille, pour ainsi dire. Il n'y a pas de question à se poser, monsieur Saint. Ce n'est pas à moi de vous dire ce que vous avez à faire mais, à votre place, je signerais au plus vite.

— Il n'y aura pas de guerre des enchères, si ? demanda-t-il, toujours méfiant.

Grace éclata de rire.

— Non, aucune enchère. Juste un homme sachant ce qu'il veut. Vous ne regrettez pas de la vendre, si ?

— Non, aucun regret. Dites à M. Dahl que j'accepte. Je vous envoie le contrat par mail au moment où nous parlons.

— Parfait. Et encore félicitations.

— Je n'y croirai que quand l'affaire sera conclue. Mais, Grace ? reprit-il, utilisant son prénom pour la première fois.

— Oui ?

— Si je peux attendre ce genre de résultat d'un agent immobilier, alors je pense que nous allons pouvoir avoir une relation spéciale, tous les deux. Je suis impatient de travailler avec vous.

La communication fut coupée, et Grace leva le poing en l'air en poussant un cri de victoire. M. Saint passait son temps à acheter des propriétés et à les rénover. Certaines pour les louer, d'autres pour les revendre. Dans un cas comme dans l'autre, il était le genre de client à faire saliver n'importe quel agent immobilier. C'était une sacrée victoire.

Elle sortit de la salle de réunion, un immense sourire aux lèvres.

— Félicitations, Matt. Le contrat est signé.

— Excellent. C'était facile.

Forcément, pensa-t-elle, puisqu'il avait proposé le prix demandé pour une propriété vide depuis si longtemps que les toiles d'araignées s'étaient multipliées par dix.

— Que diriez-vous d'un dîner avec moi pour célébrer la nouvelle ? suggéra Matt. Puisque mes fils m'ont abandonné. Et j'apprécierais vraiment la compagnie d'une femme belle et intelligente.

— Ça me va, approuva-t-elle en le prenant par le bras. Après vous, Matt Dahl. Je meurs de faim.

CHAPITRE 24

*G*race était en train de taper à son ordinateur, dans les bureaux de *Landers Immobilier.* M. Saint avait accepté l'offre de Matt pour le cottage et, maintenant qu'elle avait fait le nécessaire pour les diagnostics, les inspections et les notaires, elle pouvait s'intéresser à la maison victorienne. Elle savait que Gigi la voulait. Elle n'allait toutefois pas attendre sagement que cette dernière se décide. Ce n'était pas son genre.

Puisqu'il fallait que la demeure approuve son acheteur, Grace décréta qu'une annonce en ligne n'était pas le plus pertinent. Elle mit en place une journée portes ouvertes, en prévoyant de convier le plus de sorciers possible. Comme la maison suintait la magie, c'était ce qu'il y avait de plus logique. Et le plus tôt serait le mieux, car le bien était sur le marché depuis trop longtemps.

Afin de casser les codes, Grace rédigea un e-mail qu'elle adressa au mailing de sorciers le plus important du coin, pour les inviter à visiter cette vieille maison magique pendant le week-end, les incitant à venir accompagnés de toute personne désireuse de posséder un morceau de l'histoire de Prémonition. Elle avait à peine envoyé son message que Nina s'approchait d'elle.

— M. Landers voudrait vous voir dans son bureau, déclara l'assistante.

Grace l'observa, contente de constater que le bouton s'estompait. Si elle avait lancé un sort à la jeune femme, c'était agréable de découvrir que ce n'était pas permanent.

— Qu'est-ce que vous regardez ? demanda Nina, avant d'effleurer son menton. J'ai la peau pure, en général.

— Je me disais juste que vous étiez très jolie aujourd'hui, répliqua Grace, dans une tentative de faire la paix avec la jeune femme.

Les mauvaises relations avec ses collègues, ce n'était pas son truc, et les sorts involontaires mis à part, elle préférait les environnements de travail positifs.

— Euh, merci.

Nina agita la main vers le bureau de Landers.

— Il vous attend.

— Merci, dit Grace en refermant son ordinateur pour aller retrouver son patron.

— Félicitations, Valentine, lança ce dernier en la rejoignant devant sa porte. Il semblerait que vous ayez tout ce qu'il faut pour travailler chez *Landers Immobilier*, et toute personne capable de vendre l'une des maisons hantées à son prix maximal va devenir une vraie star.

Il s'avança vers le bureau de Nina et saisit l'une des coupes de champagne remplies.

— Nina, distribuez-les, voulez-vous ?

— Bien sûr, patron.

Sur ses talons aiguilles d'une hauteur improbable, elle s'assura que toutes les personnes présentes à l'agence aient un verre, y compris Owen, qui était entré sans que Grace ne le remarque. Elle lui sourit, mais fronça les sourcils en le voyant éviter son regard. Que se passait-il ? Owen était plutôt du genre à flirter tout le temps. Là, toutefois, il semblait contrarié à cause d'elle. À moins qu'elle ne surinterprète. Peut-être voulait-il juste maintenir une relation professionnelle au travail. Si c'était le cas, elle ne pouvait pas le lui reprocher. Elle était même à cent pour cent d'accord.

Quand Nina donna son verre à Grace, elle souffla :

— Il ne fait jamais ça, vous savez. Jamais. Vous avez vraiment dû l'impressionner.

Grace cilla. Nina venait-elle de la complimenter ? Oui, en effet. Peut-être était-elle prête elle aussi à apaiser leur relation.

— Merci, Nina. J'apprécie sincèrement.

L'assistante hocha la tête et continua sa tournée.

Landers leva son verre.

— Un toast pour notre toute nouvelle et brillante collègue. Grace a réussi à vendre une maison deux semaines à peine après son arrivée ici, ce qui est déjà impressionnant en soi, mais il s'agit en plus d'un des biens que l'agence peine à placer depuis le début. Personne, moi y compris, n'était parvenu à trouver un acheteur même *potentiel*. Alors levons nos verres pour Grace. Je pense que nous avons dégoté un as.

Les agents la félicitèrent et vidèrent leur verre. Grace se contenta de dévisager son patron, bouche bée. Il pouffa.

— Qu'est-ce qu'il y a, Grace ? Vous ne me croyiez pas capable d'admettre quand quelqu'un fait du bon travail ?

— Je...

Elle secoua la tête, stupéfaite.

— Si. Mais pas moi. Après tout, la condition pour que vous m'embauchiez, c'était que je vende l'une de ces maisons, en sachant très bien qu'elles étaient les plus difficiles du marché.

Et vous avez fait ça parce que je travaillais pour Bill. Ça ne m'a pas donné une bonne impression de vous.

Il fit une moue pensive et hocha la tête.

— Vous avez raison. C'est bien ce que j'ai fait. Ce n'était peut-être pas mon acte le plus glorieux, mais vous avez dirigé l'agence de mon plus gros concurrent pendant vingt ans, Grace. Il fallait que je trouve une façon facile de vous virer si vous vous avériez comme Bill.

— Comment ça « comme Bill » ? Que voulez-vous dire ?

Il la dévisagea quelques instants, puis haussa les épaules.

— Votre ex volait les clients sans la moindre éthique et n'hésitait pas à maquiller la vérité franchement s'il pensait que ça pouvait lui obtenir la vente. Ce n'est pas comme ça que nous travaillons ici. Alors je devais être sûr que vous n'aviez pas les mêmes défauts.

Elle aurait voulu pouvoir réfuter ses accusations sur Bill, mais elle en fut incapable. Landers avait mis dans le mille. C'était d'ailleurs le sujet de ses nombreuses disputes avec Bill, qui prétendait qu'elle faisait une montagne de rien, tandis qu'il lui cachait de son mieux ses actes, afin qu'elle ne sache pas combien de fois il avait franchi la ligne de l'éthique pour vendre. Elle n'était donc pas surprise.

— C'est vrai. J'espère que je vous ai prouvé que je n'avais rien à voir avec lui, et que ce n'est pas parce qu'il manque d'éthique que c'est mon cas, malgré le temps passé à travailler à ses côtés.

— Jusqu'ici, Grace, dit Landers, vous avez surpassé toutes mes attentes. Je vous embauche sans condition, même si cette vente devait échouer, pour une raison ou une autre. Vous êtes le genre de personne dont une agence immobilière a besoin. J'espère que vous vous plairez assez ici pour ne pas monter votre propre entreprise, parce que je préfère vous avoir dans mon équipe que contre moi.

Elle se sentit sourire jusqu'aux oreilles.

— Merci. Ça compte beaucoup pour moi.

Il la salua une nouvelle fois avec son verre, puis lança :

— Allez, remettons-nous au travail. Nous avons tous des biens à vendre.

Grace et Nina pouffèrent, mais le reste de l'équipe s'était déjà réinstallé à son poste. C'était tout aussi bien. Grace était contente que peu de personnes aient entendu sa conversation avec son patron. Elle fit un signe de tête à Nina, puis alla parler à Owen.

— Hé, lui dit-elle. On dirait que tu vas devoir me supporter pour de bon.

— On dirait, oui, répliqua-t-il, sans quitter son écran du regard.

Que se passait-il ? C'était pire que se retenir de flirter au travail. Il lui donnait plutôt l'impression de l'ignorer.

— Est-ce que ça va ?

— Oui, confirma-t-il, en levant les yeux vers elle cette fois-ci. Bravo pour la vente du cottage. On dirait que tu auras la chance de revoir Matt Dahl plus souvent, maintenant que l'affaire est conclue.

Elle fronça les sourcils. Elle était sur le point de lui demander ce qu'il sous-entendait, quand Nina s'exclama :

— Grace ? J'ai Vince Hill au téléphone. Il me dit que Gigi Martin souhaite faire une offre pour la maison victorienne, mais aimerait la visiter une dernière fois avant que Vince ne transmette les papiers.

— Quoi ? Tu te fiches de moi ? s'écria Grace, avant de regarder Owen. Est-ce que je peux t'appeler tout à l'heure ? Nous pourrions aller dîner ensemble.

— Bien sûr, Grace.

Il semblait être redevenu un peu plus lui-même.

— Bonne chance pour la vente.

Elle lui sourit et s'empressa de prendre l'appel de Vince.

— BONJOUR, Vince, le salua Grace en montant les marches de la maison victorienne.

Elle n'était pas surprise qu'il soit arrivé avant elle, puisqu'il venait d'une ville voisine.

— Tu as fait vite.

— Gigi était pressée, expliqua-t-il en lui prenant la main.

Il la serra entre les deux siennes, et lui adressa un sourire et un regard chaleureux.

— J'espère que nous pourrons conclure la vente ce soir.

— Je suis partante, dit-elle en avisant la porte ouverte. Gigi est à l'intérieur ?

— Oui. J'espère que ça ne te gêne pas que nous nous soyons servis dans la boîte à clés.

— Pas du tout. Doit-on rentrer ou lui laisser encore un peu de temps seule ?

Elle ne voulait pas presser Gigi. Mais elle souhaitait aussi être présente si jamais elle avait des questions.

— Nous pouvons entrer. Je pense qu'elle fait un rituel. Tu sais comment sont les sorcières, ajouta-t-il en lui faisant un clin d'œil.

Elle rit. Ce n'était un secret pour personne qu'elle en était une, tout comme de nombreux résidents de Prémonition. Les gens comme elle avaient tendance à affluer dans cette ville magique.

Ils aperçurent Gigi devant les portes vitrées au fond de la

maison, à contempler l'océan agité. À la grande surprise de Grace, elle découvrit aussi deux fantômes transparents, des silhouettes de femmes, qui encadraient Gigi.

Elle cligna des yeux. Oui, les esprits étaient toujours là.

— Comme vous n'avez pas réussi à trouver qui étaient les esprits vivant ici, j'ai fait quelques recherches de mon côté, expliqua Gigi distraitement. Ils refusaient de laisser n'importe qui acheter cette maison.

Elle se tourna vers Vince et Grace.

— Il leur fallait une sorcière prête à partager leur espace, pas quelqu'un souhaitant les faire partir.

Les deux fantômes hochèrent la tête et se rapprochèrent un peu plus de Gigi.

— La première purification les a énervées, avoua Gigi. C'est pour ça que les sœurs Hannigan ont combiné leurs pouvoirs pour accélérer la décrépitude de l'avant de la maison.

Elle rit doucement.

— Je ne peux pas leur en vouloir. Elles vivent ici, après tout.

Grace poussa un petit cri de surprise.

— Les sœurs Hannigan ? C'est donc elles ?

Les silhouettes des deux fantômes se solidifièrent un bref instant, révélant deux adorables jeunes femmes vêtues de robes à taille haute et de coiffures indisciplinées totalement hors de propos pour des femmes de leur condition sociale. Les sorcières ne suivaient cependant jamais les règles. La jeune fille de droite sourit doucement à Grace, tandis que celle de gauche se fit plus moqueuse.

— Enchantée, leur dit Grace, sincère. Je suis désolée pour les purifications. Gérer des maisons occupées est nouveau pour moi. Je commence toutefois à comprendre que trouver le bon acheteur est bien plus pertinent que de forcer les esprits amicaux à quitter leur demeure.

Bill, qui avait toujours eu peur des fantômes, refusait systématiquement de vendre les biens hantés, alors Grace n'y avait jamais été confrontée.

— Je suis plus avisée désormais.

Les deux fantômes disparurent dans l'éther, et Gigi se retrouva tel un ange avec cette lumière qui irradiait d'elle.

— Je suis prête à signer les papiers, Vince, dit-elle en s'approchant du plan de travail de la cuisine où un dossier attendait.

Le scintillement la suivit, et Grace comprit qu'il provenait vraiment d'elle, et non du soleil à l'extérieur de la maison qui l'aurait auréolée.

— Je crois que je n'avais jamais vu une sorcière aussi rayonnante.

Gigi la regarda.

— Je pourrais dire la même chose de vous.

Grace baissa les yeux et remarqua l'éclat de magie dorée qui s'accrochait à sa peau. Elle poussa un petit cri de surprise.

— D'où est-ce que ça vient ?

— C'est un cadeau des sœurs Hannigan. Ça veut dire qu'elles vous apprécient.

Le cœur de Grace se gonfla de chaleur, et elle eut l'impression d'avoir trouvé sa vocation. S'occuper des maisons hantées pourrait être sa spécialité. Elle avait toujours été douée dans la vente immobilière, mais réussir à dénicher l'acheteur parfait pour des biens difficiles la remplissait d'une satisfaction qu'elle n'avait jamais ressentie auparavant. Pour la première fois depuis son divorce, elle se sentit à sa place. Quoi qu'il puisse se passer dans sa vie personnelle, elle avait un métier qu'elle aimait, des amies formidables et une nièce qu'elle adorait. Son avenir était prometteur.

Gigi sortit un stylo-bille de luxe de son sac et ouvrit le dossier contenant le contrat. Après l'avoir lu, elle le signa.

— Gigi ! s'écria James Martin en entrant en trombe dans la maison, s'avançant jusqu'à sa femme. Qu'est-ce que tu fais là ?

Avant qu'elle n'ait le temps de répondre, il aperçut les papiers, grogna tout bas et s'en saisit pour les déchirer.

— James ! s'exclama Gigi en récupérant le document abîmé. Pour qui est-ce que tu te prends ? Ça ne te concerne pas.

— Je suis ton mari, beugla-t-il. Je t'ai dit non. Nous n'achèterons pas cette maison.

Tous les sentiments agréables qui avaient empli Grace quelques instants plus tôt disparurent. Elle savait que James constituerait un problème. Les ventes immobilières ne se passaient jamais bien lorsque les époux n'étaient pas sur la même longueur d'onde. Elle se racla la gorge, désireuse de proposer à tout le monde un moment pour se calmer, quand James saisit Gigi par le bras pour la traîner à travers la maison.

— Ouah, monsieur, intervint Vince en s'approchant d'eux. Qu'est-ce que vous…

James balança un coup de poing à Vince, qui s'écroula au sol.

Grace observa avec horreur le sang qui s'écoula de l'estafilade qu'il avait sur la joue. Elle le rejoignit en vitesse et utilisa la chemise de Vince pour essayer d'arrêter le saignement.

— Vince ? Ça va ?

L'autre agent cligna des paupières et fit la grimace.

— Par les dieux. Que s'est-il passé ?

— Le mari de Gigi vient de te frapper.

Il poussa un grognement et roula sur lui-même pour se relever.

— C'est ce qui arrive quand on se mêle de ce qui ne nous regarde pas, lança James à Grace sur un ton d'avertissement.

Puis il saisit Gigi à deux mains et la souleva.

— Hé! Lâche-moi! exigea celle-ci au moment même où Grace disait :

— Hé! Lâchez-la!

Grace n'en avait rien à cirer qu'il soit le mari de Gigi. Aucun homme n'avait le droit de poser la main sur une femme comme ça.

James prit Gigi sur son épaule, comme un pompier, et se dirigea vers la porte de la maison.

La magie afflua au bout des doigts de Grace qui, sans réfléchir, se précipita vers le couple pour saisir le bras de James. Son pouvoir jaillit vers lui comme un éclair, l'obligeant à lâcher sa femme.

Gigi tomba et, alors que Grace crut qu'elle allait s'écrouler au sol, quelque chose – ou quelqu'un, plutôt – la rattrapa et la releva.

— Salope! grogna James en retournant sa fureur contre Grace.

Les yeux rouges et écarquillés de rage, il la saisit par le bras.

— Personne ne se met entre ma femme et moi. Personne. Compris?

La peur et une sombre détermination enflèrent en Grace, qui se jeta sur lui sans réfléchir, les mains tendues. Avant qu'elle ne parvienne à l'atteindre toutefois, les esprits s'emparèrent de lui et l'envoyèrent valser à travers la pièce. Grace trébucha et tomba sur un genou, tandis que James heurtait le mur, où il resta accroché quelques secondes avant de glisser jusqu'au sol, où il s'affala, inconscient.

Le silence envahit la maison. Grace n'entendait que l'afflux du sang dans ses oreilles. S'en était-elle vraiment prise au mari de Gigi ? Que comptait-elle faire ? Lui arracher les yeux ? Lui jeter un sort pour lui filer une MST ? Des boutons d'acné ? Aucune idée, mais ce qui était sûr, c'était qu'elle n'allait pas rester sans rien faire tandis qu'il maltraitait sa femme. Pas sous les yeux de Grace, non.

— Merci, les filles, lança Gigi, qui avait l'air beaucoup moins secouée que Grace, qui se leva et se racla la gorge.

— Vous allez bien ? demanda-t-elle à Gigi.

— Oui, confirma celle-ci tout bas. Merci à vous. J'étais tellement stupéfaite que j'en ai perdu tout instinct de me battre ou de fuir.

— Je vous en prie, mais c'est plutôt les sœurs Hannigan que vous devriez remercier, répliqua Grace, agacée par sa voix tremblante.

Les deux fantômes apparurent un instant, avant de se volatiliser. Elles avaient visiblement utilisé une grande quantité d'énergie et devaient la recharger à présent.

Grace attrapa son portable et composa le numéro d'urgence. Une fois assurée qu'une voiture de patrouille était en route, elle prit la main de Gigi.

— Venez. Allons récupérer Vince et allons-nous-en d'ici avant que votre mari ne se réveille.

Gigi regarda l'agent immobilier et fit la grimace. Il était assis et se tenait la tête à deux mains.

— Vince ? Pouvez-vous vous lever ?

— Je crois.

Elles l'aidèrent à se mettre debout, et tous trois sortirent de la maison pour patienter à l'extérieur, Gigi installée sur les marches du porche à côté de Vince. Pendant quelques minutes, personne ne dit un mot. Puis Gigi se tourna vers Vince.

— J'aimerais que vous réimprimiez ce contrat.

Il la dévisagea en clignant des yeux.

— Vous êtes sûre ? Et James ? S'il doit vous causer des problèmes, il vaudrait mieux attendre un peu.

Grace avait beau vouloir que Gigi achète la maison, elle était d'accord avec Vince. Si Gigi finissait par porter plainte contre son mari ou par remplir les papiers du divorce, s'embarrasser d'un nouveau bien n'était pas le genre de complication dont elle avait besoin.

— Il n'a pas son mot à dire, affirma-t-elle, le regard acéré. C'est grâce au trust de ma famille que je peux acquérir cette maison. James n'a aucun droit sur cet argent ou sur les parts. Je la veux, Vince. Je me fiche de ce qu'en pense James. En plus, après le cauchemar qu'il vient de me faire vivre, lorsque notre avocat le contactera, savoir quelle maison j'achète sera le cadet des soucis de James.

— Très bien, dit Vince. Je peux vous le transmettre sous format électronique, si vous le souhaitez.

— Maintenant que ce connard a gâché mon rituel de signature manuelle, oui, ça ira très bien. Je ne veux plus perdre un instant.

Alors, tandis qu'ils attendaient l'arrivée de la police, Vince sortit son portable et lui envoya les papiers à signer. Quelques minutes plus tard, Grace les avait dans sa boîte de réception.

CHAPITRE 25

— *L*ex ? appela Grace depuis la cuisine.

Elle fixa les chaussons aux pommes que sa nièce lui avait préparés et fronça les sourcils. Ils n'étaient pas prêts, et Grace n'avait pas la moindre idée de ce qu'elle devait en faire.

— Je dois les cuire combien de temps ? Et à quelle température ?

— J'ai mis toutes les consignes sur le frigo, répondit Lex sur le même ton.

— Très bien.

Grace alla voir la note en question. Vingt-cinq minutes à deux cents degrés. Elle pouvait s'en sortir.

— Et la dorure ?

Des pas sur le carrelage de la cuisine annoncèrent l'arrivée de Lex.

— Pas de dorure, d'accord ? J'ai déjà badigeonné d'œuf et de sucre en poudre, donc tu n'as rien à faire. Il te suffit de les mettre au four quand vous passez à table, et ils seront prêts lorsque vous aurez fini le dîner.

Grace dévisagea sa magnifique nièce. Ses cheveux courts étaient travaillés à l'aide d'un produit qui donnait l'impression qu'ils étaient artistiquement coiffés et non indisciplinés. Son maquillage pourpre conférait à ses yeux bleus des allures de saphirs. Et elle portait un jean skinny déchiré assorti d'un chemisier à fleurs très féminin, qui lui allait parfaitement bien.

— Tu es splendide.

— Merci. Bronwyn m'a invitée à une lecture de poème, puis à un dîner avec quelques amis de sa fac. Je ne savais pas trop quoi mettre, alors j'ai opté pour une sorte de bohémienne moderne. J'ai réussi ?

Grace rit.

— Aucune idée. Mais si j'étais jeune et lesbienne, je voudrais sortir avec toi. Si nous n'étions pas de la même famille, évidemment.

Lex pouffa.

— Arrête. Ça devient bizarre.

— Très bien.

Grace attrapa deux assiettes dans le meuble.

— J'ai suffisamment d'inquiétudes comme ça avec ma propre situation.

— Quelles inquiétudes ? Owen vient à la maison. Vous allez manger, parler, puis vous arracher vos vêtements et enfin faire quelque chose pour apaiser cette tension sexuelle qui menace d'étouffer toute personne se trouvant dans la même pièce que vous. Et, avec un peu de chance, il va te donner de multiples orgasmes. Ça me paraît un bon plan.

Des papillons élurent domicile dans le ventre de Grace. Serait-ce aussi facile ? Owen était distant depuis l'incident avec Gigi, trois jours plus tôt. Elle avait été si secouée par l'altercation qu'elle avait oublié de l'appeler ce soir-là, et il en avait visiblement été blessé. Elle lui avait expliqué et il avait rétorqué qu'il comprenait, mais il gardait ses distances, et elle avait ainsi réalisé que leur amourette qui n'en était qu'à ses balbutiements approchait déjà de la fin.

Elle avait décidé d'essayer une dernière fois, même si elle n'était elle-même pas convaincue qu'aller de l'avant était la bonne chose à faire. S'il devait se vexer à cause de problèmes d'emploi du temps, alors ce n'était pas le genre de relation qu'elle désirait, bien qu'il soit si sexy qu'elle rêvait de sentir ses mains et sa langue partout sur son corps. Elle en frissonna rien que d'y penser.

— Tu vois, tatie ? C'est bon signe. Tu es tout excitée en songeant à lui, la taquina Lex.

— Argh. Est-ce que c'est si évident que ça ?

— Oui, se moqua Lex. Désolée. Tu vas devoir travailler ton visage impassible si tu ne veux pas que tout le monde puisse deviner tes pensées.

Grace n'avait jamais été douée pour ça. Alors ce n'était pas à quarante-cinq ans que ça allait changer. Elle jeta un coup d'œil à l'horloge et poussa sa nièce hors de la maison.

— Owen sera là d'une minute à l'autre et, si tu ne pars pas, en plus, tu vas être en retard. Merci de ton aide pour le dîner.

— Pas de souci. Il faut bien que je paie le loyer d'une manière ou d'une autre.

Elle embrassa Grace sur la joue et fila en vitesse.

Moins de cinq minutes plus tard, Owen arriva.

— Salut, lui dit-elle presque timidement en ouvrant la porte.

Debout devant elle, il était rasé de frais, avait les cheveux soigneusement coupés et dégageait une légère odeur excitante de parfum. Elle en saliva juste en le regardant.

— Tu es superbe.

— Toi aussi, dit-il en l'embrassant doucement sur la joue. Tiens, c'est pour toi.

Elle accepta le petit bouquet de tournesols qu'il cachait dans son dos et lui fit un grand sourire.

— Comment sais-tu que ce sont mes fleurs préférées ?

Il haussa une épaule.

— J'ai mes sources.

Peut-être que ce rendez-vous allait se passer bien mieux qu'elle ne l'avait craint. Touchée, elle le conduisit à la cuisine, où elle mit les fleurs dans un vase et les plaça sur la table déjà dressée.

— Elles sont parfaites, ici.

— C'est toi qui es parfaite, répliqua-t-il en s'adossant au comptoir.

Sentant ses joues s'échauffer, elle comprit qu'elle rougissait, mais elle s'en fichait. Elle appréciait cet homme et voulait qu'il le sache.

— Du vin ?

— Avec plaisir.

Elle en versa dans deux verres, puis servit le flétan fourré aux miettes de crabe que Lex leur avait préparé. Ensuite, elle alluma le four et fit signe à Owen de s'installer à table.

— Et si on mangeait ?

— Ça a l'air délicieux, Grace. J'ignorais que tu savais cuisiner comme ça.

Il prit une bouchée, et ses yeux se révulsèrent tandis qu'il gémissait de plaisir. Ce son provoqua tout un tas de sensations dans les parties intimes de Grace, qui ne put que le fixer du regard jusqu'à ce qu'il se concentre à nouveau sur elle.

— C'est aussi bon que ça en a l'air, dit-il.

— Merci, mais c'est ma nièce qui l'a fait, répondit-elle en souriant. Je n'étais que la sous-cheffe gênante.

— Est-ce que je peux l'adopter ?

Il prit une nouvelle bouchée, et son visage arbora une telle expression qu'elle eut très envie de le traîner dans sa chambre à coucher en cet instant.

— Elle a vingt-deux ans, répliqua-t-elle en attaquant son propre poisson.

Comme il l'avait dit, c'était fantastique. Elle se demanda comment convaincre Lex de vivre à ses côtés pour toujours.

— Zut.

Ils continuèrent à flirter et discuter pendant le dîner, puis finirent par s'installer côte à côte sur le canapé du salon.

— Ça m'avait manqué, déclara Grace.

— De quoi ? voulut savoir Owen en sirotant son vin.

— Ça, répondit-elle, en agitant la main entre eux. Nous n'avons pas beaucoup parlé, cette semaine. Ça m'a manqué.

— Oh.

Le sourire d'Owen disparut, et il la dévisagea comme s'il tentait de comprendre quelque chose. Elle plaça son verre sur la table basse.

— Qu'est-ce qui se passe dans ta tête, là ?

Il soupira.

— J'essaie de déterminer ce qui t'a vraiment manqué. Moi, le fait de flirter ou l'attention que je te porte ?

Elle recula contre le canapé, stupéfaite et un peu blessée.

— Avant de répondre, est-ce que je peux te demander pourquoi tu te poses ces questions ?

— Bon sang. Je ne voulais pas faire ça ce soir.

Il se passa une main dans les cheveux et observa la pièce avant de croiser à nouveau son regard.

— L'autre jour, quand tu as eu cette altercation avec le mari de ta cliente, tu as oublié de m'appeler. Pire, alors qu'il t'était arrivé quelque chose de désagréable, tu n'as même pas *pensé* à m'en parler. Qui as-tu appelé ce soir-là, Grace ?

Elle fronça les sourcils tandis qu'elle réfléchissait à ce qu'elle avait fait en rentrant chez elle après sa déposition à la police et avoir pris des nouvelles de Vince une fois que les secouristes l'avaient examiné. Elle s'était préparé un thé et mise dans son lit. Pour être honnête, son instinct premier avait été de contacter Bill. Ils avaient été mariés pendant vingt ans, après tout. Mais elle s'était retenue et avait opté pour sa copine, plutôt.

— Je n'ai appelé que Joy.

— Mais pas le type avec lequel tu sors ? Il ne t'est jamais venu à l'esprit que j'en entendrais parler et que je m'inquièterais ?

En fait, non. Pas ce soir-là, en tout cas. Elle n'avait absolument pas songé à lui en toucher un mot. Et le lendemain, quand elle s'était rendu compte que toute l'agence et la ville évoquaient l'incident, elle ne l'avait pas contacté non plus. Elle avait attendu que ce soit lui qui le fasse.

Comme elle ne répondit pas, il soupira.

— Parfois, j'ai l'impression que, ce qui te plaît, c'est de sortir avec un homme plus jeune, pas forcément avec moi.

D'accord, elle avait peut-être manqué de considération pour lui en termes de communication, mais son commentaire la blessa. Elle se leva pour mettre un peu de distance entre eux.

— Donc tu ne penses pas que je t'apprécie pour ce que tu es ? Tu crois que je cherche juste une aventure avec un mec plus jeune, c'est ça ?

— Ça m'a traversé l'esprit, oui.

Circonspect, il la regarda faire les cent pas dans le salon.

— Dans ce cas, pourquoi es-tu venu ce soir ? Tu t'es dit que tu pourrais toujours dîner avec moi et que, même si je n'étais pas intéressée par toi spécifiquement, tu pourrais toujours tirer ton coup ?

Même à ses propres oreilles, cela lui parut sévère, mais il n'y avait plus moyen de revenir sur ses propos.

La colère envahit les magnifiques prunelles sombres d'Owen, qui se leva à son tour.

— C'est vraiment ce que tu penses de moi ? Si c'est le cas, tu devrais te contenter de sortir avec Matt Dahl, ton client. Il m'a tout l'air du genre d'homme que tu devrais fréquenter, de toute façon.

— Mais qu'est-ce que…

La voix de Grace mourut sur ses lèvres, et elle resta quelques instants à le dévisager, avant de secouer la tête.

— C'est quoi ce truc que tu t'es mis en tête concernant Matt ? Je ne sors pas avec lui. Je ne suis jamais sortie avec lui.

— Alors pourquoi est-ce que je t'ai vue au *Crabe bougon* avec lui le soir où tu as annulé notre rencard ? demanda-t-il en l'observant avec une intensité qu'elle ne lui avait jamais vue jusque-là.

— Tu étais au *Crabe bougon* ? répéta-t-elle, stupéfaite.

Elle ne l'avait pas vu. Sinon elle l'aurait invité à se joindre à eux. Ce qu'elle n'aurait jamais envisagé de faire si son rendez-vous avec Matt avait été plus que professionnel.

— Grace, dit-il, secouant la tête. Si tu préfères sortir avec un homme que tu estimes te convenir mieux, dis-le-moi.

— Je…

Elle ne poursuivit pas, car elle ignorait quoi répondre. Oui, elle avait parfois songé qu'elle devrait fréquenter un homme plus proche d'elle en âge. Cependant, elle était vraiment attirée par Owen. Était-ce tout ce qu'elle voulait de lui ? Comment pouvait-elle le savoir ? Cela faisait vingt ans qu'elle n'était pas sortie avec un homme.

— Je crois que, pour moi, nous faisions simplement connaissance et passions du bon temps ensemble.

— Je ferais mieux d'y aller.

Il s'approcha de la porte d'entrée et s'arrêta.

— Je pense que nous devrions juste rester amis et collègues. Une relation sans lendemain ne m'intéresse pas. C'est peut-être vieux jeu, mais je suis vraiment un homme souhaitant une relation sérieuse, même si je n'ai pas voulu épouser mon ancienne copine. Je ne crois pas être celui que tu cherches, Grace. Bonne nuit.

Elle resta figée dans le salon à le regarder s'en aller, fermant doucement derrière lui. Ce fut seulement en entendant la voiture rouler qu'elle se rendit compte qu'elle n'avait jamais expliqué son dîner avec Matt. Ce n'était pas un rencard, juste un agent immobilier invitant son client à manger après avoir signé le contrat. Mais Owen devait le savoir, non ? Ne faisait-il pas de même avec ses acheteurs ?

Sa tête commença à lui faire mal. Le cœur lourd, elle se rendit à la cuisine, pour y prendre de l'ibuprofène, et gémit en humant l'odeur nauséabonde des viennoiseries cramées.

— Merde !

Elle avait oublié de mettre la minuterie du four. Elle en sortit les desserts gâchés et les jeta à la poubelle. Et, alors qu'elle rejoignait sa chambre, elle sentit couler la première larme.

Le cœur alourdi par la tristesse et la déception, elle se déshabilla et se coucha. Les draps frais et propres ne firent que la déprimer davantage. Quand elle les avait changés plus tôt dans la journée, elle avait pensé qu'Owen les étrennerait avec elle. Sauf qu'il l'avait quittée, parce qu'elle était nulle pour communiquer et, à cause de ses insécurités, il avait eu le sentiment qu'elle ne le prenait pas au sérieux.

Le prenait-elle au sérieux, d'ailleurs ? Non. Pas vraiment. Mais elle venait juste de divorcer, alors elle ne cherchait aucun semblant de relation, et encore moins quelque chose de sérieux. Owen avait peut-être eu raison de partir. Dans ce cas, pourquoi était-elle aussi triste ?

Elle se tourna et regarda le réveil. 20 h 30. Elle saisit son portable pour écrire à Owen, s'excuser et lui demander s'ils pouvaient parler, quand apparut à l'écran un texto de sa sœur.

Alyssa : « *Tu peux venir me chercher tout de suite ? C'est urgent.* »

Grace : « *Où es-tu ?* »

Alyssa : « *Aux urgences.* »

CHAPITRE 26

$\mathcal{A}$lyssa, assise sur le siège passager de Grace, se tenait le bras. D'après les rares mots prononcés par sa sœur, Grace en avait déduit que Charlie et elle s'étaient disputés, et qu'elle en avait récolté un œil au beurre noir et une entorse du coude. Le médecin des urgences lui avait mis le bras en écharpe et lui avait dit qu'il faudrait environ trois semaines pour que cela guérisse.

— Est-ce que tu as porté plainte ? demanda enfin Grace.

— Non, répliqua sa sœur d'une voix morne et dépourvue d'émotion, la tête tournée vers sa fenêtre.

— Est-ce que tu souhaites le faire ?

Alyssa pivota lentement vers elle.

— Oh ? Tu me demandes ce que *j'aimerais* faire ? Tu ne me dis pas quoi faire ?

Grace ravala son soupir.

— Évidemment que je te pose la question. Tu as vécu l'enfer, ce soir, Lyssa. Je ne voudrais pas faire quoi que ce soit qui te mette mal à l'aise.

Alyssa n'ajouta pas un mot jusqu'à ce qu'elles arrivent chez Grace, qui coupa le moteur.

— Merci, souffla enfin sa sœur.

Le cœur de Grace se brisa en milliers de morceaux en entendant une telle vulnérabilité dans sa voix. Oui, elles avaient leurs différends, mais Grace l'aimait farouchement, et elle se retenait à grand peine de filer chez Alyssa pour étrangler le connard qui lui avait fait du mal.

— Viens, entrons.

Grace défit sa ceinture, sortit de sa voiture et alla ouvrir la portière de sa sœur avant même que celle-ci n'ait eu le temps de se détacher.

— Je m'en charge, lui dit-elle en le faisant, avant de l'aider à se mettre debout.

Alyssa fit la grimace en marchant et, quand elle atteignit enfin le canapé, elle respirait avec difficulté.

Grace s'accroupit devant elle.

— De quoi as-tu besoin, maintenant ? Que j'appelle la police ? Que je te fasse un thé ? Que je te trouve quelque chose à frapper ? Tout ce que tu veux. Tu n'as qu'à me le dire, et je te l'obtiens.

Des larmes montèrent aux yeux d'Alyssa et coulèrent sur ses joues sans qu'elle ne cherche à les retenir.

Grace les lui essuya en lui murmurant des paroles de réconfort, lui promettant que tout irait bien désormais et qu'elle était là pour elle.

Enfin, Alyssa répondit d'une voix étranglée :

— J'ai besoin de Lex.

— Je m'en occupe.

Grace n'avait pas voulu appeler sa nièce tant qu'elle n'avait pas su de quoi il retournait. Alyssa lui avait juste dit qu'elle était aux urgences. C'était seulement quand Grace l'avait rejointe qu'elle avait compris que sa sœur avait été agressée par Charlie. Honnêtement, si elle avait écrit à sa nièce à cet instant, les choses auraient pu mal tourner. Très mal. Parce que Grace avait été dans une véritable rage. Elle l'était encore, d'ailleurs, mais elle devait la calmer pour sa sœur.

— Je l'appelle tout de suite.

Alyssa se frotta les yeux, rouges, et renifla, tentant de se reprendre un peu.

— Ne lui dis pas au téléphone ce qui s'est passé. Je ne veux pas qu'elle conduise en étant bouleversée.

— Il va bien falloir que je lui raconte quelque chose.

— Dis-lui juste… Je ne sais pas. Tant que tu ne dis pas que Charlie a essayé de me casser le bras.

— D'accord.

Dans sa chambre, Grace composa le numéro de Lex.

— Tatie ? Qu'est-ce qui ne va pas ?

Elle aurait dû savoir que Lex devinerait tout de suite que quelque chose clochait. Grace ne l'appelait jamais à vingt-deux heures.

— Est-ce que tu peux rentrer à la maison ? Ta mère a eu un accident et…

— Que s'est-il passé ?

Des froissements à l'autre bout de la ligne indiquèrent que Lex s'était mise en mouvement.

— Elle a une entorse du coude et un œil au beurre noir, mais ça va aller. Elle voudrait juste te voir.

— C'est Charlie, c'est ça ? aboya Lex. Je savais que ce mec s'en prendrait à elle un jour.

Grace soupira. Plus besoin de mentir.

— Oui, c'est Charlie. Mais, Lex, sois prudente en rentrant

et, surtout, ne t'arrête sous aucun prétexte chez ta mère, d'accord ? Ne t'en prends pas à Charlie, c'est compris ?

Lex grogna tout bas et transmit l'information à Bronwyn. Qui lui fit un petit sermon.

— Très bien, soupira Lex. Mais si je le croise un jour…

— Grace ? lança la voix de Bronwyn dans le téléphone.

— Oui, je suis là.

— Je me charge de ramener Lex et de veiller à ce qu'elle ne s'attire pas d'ennuis.

— Merci.

Grace raccrocha et retourna au salon pour voir sa sœur.

— MAMAN ? demanda Lex dès qu'elle entra dans la maison.

— Je suis juste là, mon bébé, dit Alyssa, dont la voix se brisa sous le coup de l'émotion.

Lex courut jusqu'à elle et s'accroupit devant elle, la tête sur ses genoux, tandis qu'elle l'enlaçait très fort.

— Quel connard. J'espère que tu lui as arraché la queue.

À la grande surprise de Grace, Alyssa explosa de rire.

— Pas besoin, ma puce. Ta tante s'en est chargée pour moi.

— Quoi ? répliqua Grace, incrédule. Comment ça ?

— Assieds-toi, Grace, ordonna sa sœur.

Et parce qu'elle avait très envie de découvrir ce que celle-ci avait à dire, elle obéit.

— Toi aussi, Bronwyn, ajouta Alyssa.

Grace regarda la jeune femme qui se tenait près de la porte d'entrée, l'air de ne pas savoir quoi faire. Bronwyn se racla la gorge.

— Je pense que je devrais vous laisser parler toutes les trois.

— Non, rétorqua doucement Alyssa. C'est une affaire de

famille, et tu fais partie de celle de Lex. Donc, s'il te plaît, assieds-toi. À moins que...

Elle se tourna vers sa fille.

— Je ne veux pas outrepasser mes droits. Aimerais-tu que Bronwyn reste ?

— Oui, confirma Lex, en lançant un regard suppliant à sa copine.

— Très bien, accepta cette dernière tout bas en allant s'installer juste à côté de Grace.

— La dispute avec Charlie a commencé parce qu'il disait de la merde sur toi, Grace, expliqua Alyssa. Je lui ai dit d'arrêter de s'énerver contre ma sœur, et c'est là qu'il a perdu la tête.

Grace n'était pas surprise de découvrir que Charlie n'était pas son plus grand fan. Elle ignorait cependant ce qu'elle avait fait pour le mettre de si mauvaise humeur ce soir-là. Elle ne l'avait pas vu et ne lui avait pas parlé depuis le jour où elles s'étaient livrées à ce chatnapping.

— Pourquoi était-il en colère ?

— Parce que tu as jeté un sort à son pénis et qu'il n'arrivait plus à avoir de vraie érection.

Alyssa adressa un sourire en coin à sa sœur.

— Merci pour ça, d'ailleurs. J'ai été très heureuse de l'apprendre.

— Quoi ? s'écrièrent Lex et Bronwyn en cœur, en tournant vivement la tête vers Grace.

— Hum... euh... c'était une sorte d'accident.

— Comment ça ? demanda Lex, les sourcils froncés.

— Je...

Grace se racla la gorge. C'était vraiment très étrange de parler du pénis du copain de sa sœur, en présence de celle-ci et de sa nièce. *Très bizarre.*

— Tu te souviens du soir où nous sommes allées récupérer ton chat ?

— Oui ? dit Lex avec prudence.

— Eh bien, j'ai eu une petite conversation avec Charlie, où je lui ai dit que j'espérais qu'il aurait des problèmes d'érection jusqu'à la fin de sa vie. Je pensais que ce n'étaient que des paroles en l'air, mais j'ai découvert ces derniers jours que, quand je suis en colère, mes souhaits deviennent de véritables malédictions. Par accident.

— Qui as-tu maudit, à part lui ? voulut savoir Alyssa.

— Bill et Shondra. Oh, et Nina, au travail. Mais ce sort-là est en train de disparaître. Pour Bill et Shondra, je ne sais pas trop.

— Par les déesses, quel sort leur as-tu jeté ? demanda Alyssa.

— Un problème d'érection...

— On dirait que tu l'aimes beaucoup, celui-là, commenta Bronwyn.

Grace pouffa.

— Oui, quand ça concerne les connards. Shondra n'a pas eu de chance, elle s'est retrouvée avec des verrues génitales.

Les trois autres en restèrent bouche bée.

— Tatie ! s'écria Lex, scandalisée. C'est horrible.

— Je sais. Comme je te l'ai dit, je ne savais pas que mes souhaits étaient devenus réalité. Mais lorsque Nina est arrivée un jour avec un bouton d'acné alors que j'avais souhaité qu'elle en ait un, puis quand Jackson m'a rapporté une rumeur concernant Shondra qui tromperait Bill et qui aurait des verrues génitales, je ne pouvais plus ignorer ce que j'avais fait. J'ai eu quelques soucis de maîtrise de ma colère, qui manifestement ont conduit mes pensées peu charitables à devenir de vrais sorts.

Alyssa renifla, amusée.

— Je ne sais pas ce que Nina a fait, mais les trois autres ont clairement mérité ce qu'ils ont eu.

Grace fit la grimace.

— Je me fiche de Charlie, mais je dois trouver une potion pour neutraliser le sort de Bill et Shondra. Ils se sont comportés comme des ordures avec moi, mais ce n'est pas une raison pour m'abaisser à leur niveau.

— Ce n'est pas le cas, si c'était un accident, médita Bronwyn.

— Oui, mais maintenant que je le sais…

Grace leva les paumes en l'air.

— Je dois réparer les dégâts.

— Tu as raison, approuva Alyssa. Mais ne fais rien pour Charlie, je te préviens. Ce connard mérite de pourrir en enfer.

— Que s'est-il passé ce soir, maman ? demanda Lex en allant s'asseoir à côté d'Alyssa sur le canapé.

— Oh, mon bébé.

Alyssa ferma les yeux et, quand elle les rouvrit, son visage trahit une véritable douleur.

— Je suis vraiment désolée. Je te dois beaucoup d'excuses.

— Maman, je…

— Chhhhut, s'il te plaît. J'ai été une très mauvaise mère cette année. Toutes ces choses que je t'ai dites concernant Jackson, ou Bronwyn et toi. Je sais que je t'ai fait souffrir. Lorsque Charlie m'a répété mes paroles ce soir, je les ai entendues. Véritablement entendues. Et j'ai compris ce que tu avais dû ressentir quand j'ai évoqué Jackson. J'ai…

Ses mots se coincèrent dans sa gorge, bloqués par un sanglot.

— Tu mérites tellement mieux. Bronwyn et toi méritez tellement mieux. Je suis désolée.

Alyssa enlaça sa fille avec son bras valide.

— Est-ce que tu peux me pardonner ?

— Je... euh... Je crois, dit Lex, en croisant le regard de sa copine.

Bronwyn hocha la tête et lui adressa un sourire rassurant.

— D'accord.

Alyssa recula et s'essuya une nouvelle fois les yeux.

— Je suis désolée. Je vais faire mieux, à l'avenir.

Grace n'était pas certaine que sa sœur ne blesserait pas à nouveau Lex avec des commentaires irréfléchis, mais c'était un bon début, et c'était tout ce qui comptait.

— Maman, tu ne nous as toujours pas vraiment raconté ce qui s'était passé ce soir, reprit Lex.

Grace était contente que sa nièce sache comment garder sa mère concentrée.

— Oh. Charlie buvait, encore, expliqua Alyssa en fronçant le nez de dégoût. J'en ai eu ma claque. Il n'a pas travaillé depuis une éternité, alors je lui ai dit de dégager. C'est là qu'il a perdu les pédales et a commencé à dire du mal de Grace, puis de toi. Lorsque je l'ai rembarré, il s'est mis à me hurler toutes les horreurs que je t'avais balancées, comme pour prouver que j'étais aussi mauvaise que lui. Mais le pire a été quand il a sorti qu'il aurait dû se taper Bronwyn et toi, que j'étais trop vieille et ennuyeuse, et qu'il trouvait dommage que ce joli petit cul ait déjà déménagé.

Grace en eut la nausée. Charlie était un tel bon à rien. Elle ne comprenait pas pourquoi Alyssa ne l'avait pas largué plus tôt. Il se comportait sans doute mieux d'ordinaire en présence de sa vache à lait et gardait ses commentaires pervers pour lui. Toutefois, elle était contente que sa sœur en ait enfin eu marre.

— À ce moment-là, je me suis jetée sur lui et je l'ai frappé, déclara Alyssa d'une voix pleine de colère. Personne ne parle de ma fille comme ça. Personne.

— C'est pour ça que tu n'as pas voulu aller voir la police, comprit Grace, maintenant qu'Alyssa avait admis avoir agressé Charlie la première.

— C'est exact. Si ça ne te gêne pas, est-ce que je peux rester quelques jours ici ? Le bail de la maison se termine à la fin du mois. Si je déménage, Charlie n'aura pas d'autre choix que de partir aussi ou de risquer de se faire virer. En tout cas, ce n'est plus mon problème.

— Bien sûr que tu peux rester, affirma Grace. Le canapé est disponible ou tu peux dormir dans mon lit avec moi, si tu préfères. Il n'y a personne d'autre dedans, hélas.

— C'était ce que tu attendais ? demanda Lex à sa mère. La fin du bail ?

Alyssa confirma.

— Ça fait quelques mois que j'en ai ma claque, mais je ne savais pas comment partir en toute sécurité. Je suis désolée, mon bébé, de t'avoir mise dans cette situation. Et je sais que j'ai ignoré tes inquiétudes. J'avais tort. J'avais mes raisons, mais j'avais tort.

Grace fit signe à Bronwyn de la rejoindre à la cuisine. Il était temps que mère et fille discutent en privé.

— Je pense que je vais y aller, dit la jeune femme tout bas une fois qu'elles ne furent plus à portée de voix de Lex et Alyssa.

— Tu n'es pas obligée, répliqua Grace. Je sais que Lex aimerait que tu restes.

— Oui. Mais elles ont besoin de temps toutes les deux, et je suis une distraction. Je ne veux pas me mettre entre elles. Dis à Lex de m'envoyer un message dès qu'elle sera prête. Je l'attendrai.

— D'accord.

Grace enlaça la jeune femme, puis la regarda s'en aller par la porte arrière. Rassemblant tout son courage, elle appela le numéro de la police destiné aux informations à transmettre et indiqua par qui commencer si les policiers souhaitaient sévir contre les problèmes de drogue de Prémonition.

CHAPITRE 27

*L*es trois jours suivants, Grace resta chez elle ou pas loin, à prendre soin d'Alyssa et à s'assurer qu'elle avait tout ce dont elle avait besoin, après son altercation avec Charlie. Lex avait également pris un congé au travail et préparait ses plats préférés à sa mère. Toutes trois passèrent leurs journées à jouer aux cartes, faire de petites balades sur la plage et parler de l'avenir. Ces conversations n'étaient faciles pour personne, encore moins pour Lex et Alyssa. Elles devaient retrouver leur confiance l'une dans l'autre. Mais Grace était sereine : avec un peu d'effort, elles y parviendraient.

Pour la première fois depuis sa séparation avec Bill, elle eut le sentiment d'avoir enfin une vraie famille. Le calvaire enduré par Alyssa rendait Grace furieuse dès qu'elle imaginait Charlie poser les mains sur elle. Cependant, elle n'en regrettait pas les conséquences. Sa sœur était revenue, et, pour ça, elle était contente.

Le mardi après-midi, Grace se rendit jusqu'à un mignon petit cottage bleu turquoise, situé à quelques rues en retrait de la plage. Elle inspira profondément et frappa. Cela faisait près de deux semaines qu'elle n'avait pas eu de nouvelles de Hope, et il était temps d'oublier cet incident avec Lucas et d'aller de l'avant.

Quand la porte s'ouvrit, Hope apparut en pantalon de pyjama, tee-shirt taché et chaussons fourrés en forme de chiens. Elle leva les yeux au ciel.

— Je savais que je te verrais arriver un de ces jours.

— Je t'aurais bien prévenue de ma visite, mais on dirait que tu as un problème de téléphone, expliqua Grace en passant devant son amie, qui n'avait pas l'air de s'être douchée depuis des lustres.

— Je n'ai aucun problème de téléphone, admit Hope en la suivant jusqu'à sa petite cuisine vintage. Je n'ai juste pas décroché.

— Je sais, répliqua Grace en remplissant la bouilloire. Depuis quand est-ce que tu n'as pas mangé un vrai repas ?

Hope haussa les épaules.

— Aucune idée. J'ai avalé de la pizza pour le petit déjeuner.

Grace haussa un sourcil.

— Ce n'est pas… Peu importe. Depuis quand n'as-tu pas pris de douche et n'es-tu pas sortie de chez toi ?

— Hier.

Hope s'assit à table.

— J'avais un buffet de petit déjeuner. Crois-moi, je ne me morfonds pas depuis plus d'une semaine. J'ai vraiment eu beaucoup de travail. Quand je suis rentrée hier soir, je me suis écroulée sur mon lit, et je n'avais rien envie de faire aujourd'hui. J'étais en train de me dire que baigner dans ma propre crasse serait très bien… jusqu'à ce que tu te pointes.

Grace pouffa.

— C'est noté. Malgré tout, si tu ne m'avais pas ignorée, tu te serais épargné cette invasion.

— Je sais, répliqua Hope en souriant.

Grace rit. Évidemment que Hope savait que Grace passerait la voir. Ne pas répondre au téléphone était le meilleur moyen de ne pas avoir à ravaler sa colère pour demander à Grace de venir, puisqu'elle le ferait forcément.

— Allez, crache le morceau. Que se passe-t-il entre Lucas et toi ?

— Rien.

Grace mit du thé dans deux tasses et les posa sur la table.

— Alors pourquoi te morfonds-tu en pyjama ?

— Parce que je suis énervée qu'il soit revenu. Ma vie était parfaite. J'étais heureuse. Je n'avais aucun souci. Et maintenant, je ne pense plus qu'à son départ d'il y a quinze ans. Je déteste ça. Je suis une femme indépendante, bon sang. Demande à n'importe qui. Je sors avec des types qui ont besoin de savoir comment aller de l'avant après des ruptures ou des deuils dévastateurs. Je leur réapprends à aimer, puis je les quitte pour qu'ils puissent trouver l'amour de leur vie. Et me voilà à me morfondre pour un mec auquel je n'ai pas parlé depuis une éternité. Ça craint.

— L'amour, c'est compliqué.

— C'est tout ce que tu as à dire ? « L'amour, c'est compliqué » ? Ma vie n'est pas un mème, Grace.

Grace rit en versant de l'eau bouillante dans les tasses. Après cela, elle alla s'asseoir en face de son amie.

— Désolée. Et si tu me racontais ce qu'il s'est passé à l'époque ? Peut-être que je peux t'aider.

— Il n'y a pas grand-chose à en dire, soupira-t-elle. Pour résumer, il espérait que je quitterais mon travail, ma maison et mon coven pour le suivre à l'autre bout du pays pour un boulot temporaire qui servirait à peine à payer les factures de gaz, encore moins le loyer.

Elle fit les gros yeux comme pour indiquer que c'était impensable.

— Je lui ai dit que c'était hors de question que je renonce à toute ma vie pour poursuivre *son* rêve. Alors il est parti. Et nous avons rompu. Fin de l'histoire.

— Et maintenant, il est de retour et veut… quoi ?

Elle haussa les épaules.

— Reprendre où nous en étions il y a quinze ans, j'imagine. Mais je ne suis plus la même fille et il n'est plus le même homme. Alors, si c'est ce qu'il cherche, il a un grain.

— Je crois qu'il est revenu s'occuper de sa mère, nuança Grace.

— Oh oui, bien sûr. Mais il veut aussi quelque chose de moi, et il ne va pas l'avoir.

— D'accord.

Elle avait conscience qu'il ne valait mieux pas se disputer à ce sujet.

— Alors, c'est non. C'est tout.

Hope se recroquevilla un peu sur elle-même.

— Je te déteste vraiment, parfois.

Grace rit.

— Pourquoi ?

— Parce que tu ne m'as pas prévenue. Si j'avais su qu'il venait ou qu'il était déjà là, j'aurais pu me préparer. Au lieu de ça, j'ai eu l'air d'une ex énervée incapable de se ressaisir.

— Et est-ce que tu étais cette ex énervée incapable de se ressaisir ? demanda Grace en attrapant sa tasse pour siroter son thé.

— Oui.

Hope se passa la main dans les cheveux et ferma les yeux quelques instants.

— As-tu une idée de ce que je voulais, autrefois ?

— Non. Je savais que tu travaillais dur pour monter ta galerie.

À l'époque, Hope y proposait des peintures et des portraits personnalisés des animaux de ses clients, ainsi que les œuvres d'autres artistes. Lorsqu'elle en avait eu marre de gérer une entreprise, elle avait vendu et s'était lancée dans la planification d'événements, une activité qui marchait aussi bien que la galerie en son temps. Hope était une brillante femme d'affaires, qui pourrait tout réussir, de l'avis de Grace.

— Je voulais une maison possédant un jardin immense, des poules et peut-être même des chèvres pour faire mon propre fromage.

Elle pouffa.

— Ça, ainsi que ma galerie et Lucas dans mon lit toutes les nuits, ça me paraissait être le paradis. Mais quand il m'a demandé de renoncer à tout ce pour quoi j'avais travaillé... Non. J'ai vu ma mère le faire pour un homme, et c'était hors de question pour moi. J'ai des rêves, moi aussi.

— Cette maison a l'air super, Hope. Je t'y verrais bien.

— Oui. J'aimerais toujours me lancer là-dedans, mais il n'y a pas de place pour des chèvres ou des poules, ici, répliqua-t-elle en riant. En plus, ça ferait beaucoup de travail juste pour moi.

Grace hocha la tête, mais, en son for intérieur, elle pensait au fait que Hope pourrait bientôt avoir assez d'espace pour ses animaux.

— Est-ce que tu crois que, si je l'ignore, il partira ? demanda Hope, en remettant Lucas sur le tapis.

— Sans doute pas, mais tu peux essayer.

Grace serra la main de son amie.

— Tu sais que tu as eu raison, à l'époque, de ne pas tout quitter pour le suivre, n'est-ce pas ?

— Bien sûr que oui, confirma son amie, presque sur la défensive.

— Bien. Parce que si par hasard tu étais en train de douter, je voulais que tu saches que j'étais totalement d'accord avec toi. Si Lucas s'attendait à ce que tu plaques tout pour poursuivre ses rêves tandis qu'il ignorait les tiens, alors ça ferait de lui un connard égoïste. Il n'y a rien de mal à ce qu'il ait poursuivi ses rêves, mais te forcer à le faire avec les siens l'aurait été.

Hope fixa sa tasse quelques instants, puis leva la tête, les larmes aux yeux.

— Merci, Grace. J'avais besoin de l'entendre, je crois.

Le soleil se couchait quand Grace rentra chez elle. Lorsqu'elle avait quitté Hope, celle-ci s'était douchée, changée, avait mangé une assiette de pâtes et avait repris confiance en elle. Grace était toujours persuadée que Hope et Lucas finiraient un jour par avoir une relation, d'une manière ou d'une autre, mais c'était à eux de s'arranger. Elle, ce qu'elle avait à faire, c'était trouver une maison pour Lucas ; or, elle savait précisément laquelle maintenant. Elle lui envoya le lien dans l'instant. Quelques secondes plus tard, son portable vibra. Elle s'attendait à ce que ce soit Lucas, et fut donc surprise de voir le nom de Matt Dahl sur l'écran.

— Bonsoir, Matt. Tout va bien avec la maison ? La vente a lieu demain, c'est bien ça ?

L'offre ayant été acceptée avec le prix initial, payé immédiatement, tout s'était enchaîné plutôt vite et, à moins d'un désastre de dernière minute, tout était bon, du point de vue de Grace.

— Oui, demain. Mais ce n'est pas pour ça que je vous appelais.

— Ah oui ? Que puis-je faire pour vous ?

— En fait, j'aurais aimé vous inviter à manger, ce soir. Mes fils ont quitté la ville, et j'ai vraiment apprécié votre compagnie l'autre jour, quand nous sommes allés au *Crabe bougon*. Alors, si vous êtes libre… qu'en dites-vous ?

Grace se figea, ne sachant quoi répondre. Elle n'avait quasiment pas parlé à Owen depuis le fiasco de leur rencard, à part quelques salutations polies au travail. Cela ne l'avait pas empêchée de l'observer, d'attendre l'apparition de sa fossette quand il souriait, et elle avait plusieurs fois attrapé son portable pour lui écrire, avant de se raviser. Si elle lui envoyait un message, il lui faudrait avoir des réponses quant à ce qu'elle désirait ; or, elle n'en était pas certaine.

Du moins, pas avant cet instant. Mais entendre Matt l'inviter pour un rendez-vous la fit frémir d'effroi. Il était clair que, même en ayant le choix, c'était Owen qu'elle préférait. Il avait certes dix ans de moins qu'elle, mais il était doux, attentionné et elle se sentait vraiment bien en sa présence. Il lui avait demandé de lui donner une chance, toutefois, elle ne l'avait pas fait. Pas vraiment.

— Grace ? insista Matt.

— Je suis là.

Merde. Quel dommage que Matt ne l'intéresse pas. Cela aurait dû être le cas, pourtant. Ou du moins croyait-elle, autrefois, que cela aurait dû être le cas. Il avait son âge, était séduisant et avait réussi dans la vie. Il n'y avait aucune étincelle, cependant. Or, elle avait mérité ces étincelles, bon sang !

— Merci pour votre invitation, Matt, mais je dois me rendre quelque part.

— Vous fréquentez quelqu'un ?

— Pas officiellement, répliqua-t-elle, évasive.

Pas du tout, en réalité, mais elle espérait changer ça.

— Il y a bien quelqu'un d'autre, cela dit.

— Je comprends. Ça valait le coup d'essayer. Bonne soirée, Grace.

— Merci. À vous aussi.

Maintenant qu'elle savait ce qu'elle avait à faire, Grace quitta son SUV en vitesse et courut chez elle. Quinze minutes plus tard, elle avait rectifié son maquillage, changé de vêtements et enfilé ses magnifiques talons aiguilles bleus. Owen en avait parlé, non ? De toute façon, elle se sentait sexy avec, et elle avait besoin de confiance en elle en cet instant.

Elle remonta en voiture et parcourut les douze pâtés de maisons qui la séparaient de celle d'Owen. Elle n'était jamais entrée à l'intérieur mais, comme la bâtisse avait été récemment achetée, Grace en avait vu la photo à l'agence, donc elle la reconnut immédiatement. C'était une magnifique construction sur deux niveaux, à deux rues de l'océan et offrant une vue imprenable sur la mer. Elle se souvenait l'avoir aperçue sur le marché quand elle se cherchait une maison, mais cette demeure avait été hors budget.

Elle se gara devant, soulagée de constater que la BMW d'Owen était dans l'allée. Ne restait plus qu'à espérer qu'il soit seul chez lui. S'il était en rencard, elle en serait mortifiée. Repoussant ces pensées terrifiantes de son esprit, elle s'avança jusqu'à la porte et appuya sur la sonnette. Quelques instants plus tard, il apparut, dans un jean noir et un tee-shirt moulant tendu sur son torse bien dessiné.

Saintes déesses. Il était carrément sexy dans une tenue

décontractée. Grace se lécha les lèvres puis leva enfin la tête pour croiser son regard.

— Bonsoir, dit-il avec un rire complice.

— Merde, marmonna-t-elle avant de se moquer d'elle-même. Tu es bien trop séduisant dans ce tee-shirt.

— Devrais-je l'enlever, alors ? la taquina-t-il en ouvrant plus grand la porte et lui faisant signe d'entrer.

— C'est... sans doute pas une bonne idée si tu veux entendre ce que j'ai à te dire, avoua-t-elle honnêtement.

Cela dit, elle était à cinq secondes de se jeter sur lui.

— D'accord. Je garde mon tee-shirt, dans ce cas.

Il la conduisit au séjour, où il s'arrêta au bas de l'escalier.

— Est-ce que ça te dirait de monter à l'étage, où nous pourrons observer la mer ?

— Oui, c'est parfait.

En haut des marches en bois se trouvait un petit salon doté d'un canapé blanc et de deux fauteuils assortis, tous trois positionnés pour offrir une vue optimale sur l'océan Pacifique.

— C'est spectaculaire, Owen.

— N'est-ce pas ?

Il s'approcha d'un mini-bar, dans un coin.

— Est-ce que tu veux boire quelque chose ?

— Euh, de l'eau, s'il te plaît.

Il attrapa deux petites bouteilles et s'avança vers le canapé. Une fois qu'ils y furent installés tous les deux, il se tourna vers elle.

— Alors, pourquoi es-tu venue, Grace ?

C'était direct, non ? Elle ouvrit la bouche, la referma, puis secoua la tête et rigola.

— Je n'ai pas réfléchi à ce que j'allais te dire.

Il acquiesça et attendit.

Enfin, elle lâcha tout de go :

— Je ne veux pas sortir avec Matt. Ou avec un homme comme lui. Je veux sortir avec toi.

Il écarquilla les yeux face à cet éclat, puis un sourire apparut sur ses lèvres.

— Pourquoi ?

— Pourquoi ? Pourquoi pas ? Tu es intelligent, carrément sexy, tendre, charmant, tu embrasses comme un dieu et tu es sincère. En plus, je t'apprécie véritablement. Tu es gentil, attentionné et tu sembles aimer les gens. Qui ne voudrait pas sortir avec toi ?

— Quelqu'un qui se croit trop vieille pour moi ? répliqua-t-il, incapable de la laisser s'en tirer aussi facilement.

Elle soupira.

— D'accord, écoute. Cette histoire d'âge... J'ai quelques problèmes avec ça, je l'avoue. Ce n'est pas rationnel, mais j'en ai. Ça vient du fait que je songe à ce que je *devrais* faire au lieu d'admettre ce que je *veux* faire. Je ne sais pas si c'est censé.

Il acquiesça.

— Je pense que si.

— Je suis désolée si j'ai donné l'impression de ne sortir avec toi que pour m'amuser. Ce n'était pas le cas. Ce n'est pas mon genre non plus. J'ai juste eu quelques... difficultés après avoir replongé dans le bain des rencards.

— Et Matt, alors ? Sait-il que tu ne veux pas le fréquenter ? demanda-t-il en soutenant son regard.

— Oh, nom d'une petite sorcière ! Je ne suis jamais sortie avec lui. C'était un simple dîner avec un client venant de faire une offre pour une de mes maisons. J'aurais dû te le dire tout de suite, mais j'étais si sidérée par toute notre conversation que je n'ai pas réussi à m'exprimer. Au-delà de ça, il m'a appelée aujourd'hui pour m'inviter. J'ai décliné en disant que je préférais un autre homme.

— C'est vrai ? s'écria-t-il en lui prenant la main.

— Oui.

Sa peau la picotait là où les doigts d'Owen la caressaient.

— J'espère que cet autre homme, c'est moi. Sinon cette situation va devenir gênante très vite, ajouta-t-il d'une voix rauque.

— C'est toi, Owen. Clairement toi.

— Bien.

Il se rapprocha d'elle et, l'instant d'après, il avait posé les lèvres sur son cou et glissé son autre main dans ses cheveux.

— Tu sens si bon, Grace.

— Je parie que c'est dû au glaçage des pains à la cannelle, répliqua-t-elle distraitement en s'abreuvant de la sensation de sa bouche sur sa peau.

Il s'écarta en riant.

— Le glaçage des pains à la cannelle ? Tu en fais quoi ? Tu te l'étales comme un parfum ?

Elle ricana.

— Non, mais je le ferai si tu continues à m'embrasser dans le cou comme ça.

— J'en ai bien l'intention, confirma-t-il en lui mordillant l'oreille. Alors, que s'est-il passé ? Tu t'es lancée dans une bataille de nourriture avec ta nièce ?

— Pas loin. C'est ma sœur qui m'en a balancé un dessus. Elle habite avec nous le temps de se trouver une nouvelle maison.

— Mmh Mmh, marmonna-t-il d'un ton absent. C'est une bonne chose que tu sois venue ici, alors.

— Pourquoi ? souffla-t-elle.

— Parce que, dans cinq minutes environ, tu seras entièrement nue, sauf tes pieds que j'ai envie de voir dans ces chaussures incroyables, et je ne voudrais pas que nous ayons un public quand tu crieras mon nom.

— Oh, commenta-t-elle, en se sentant déjà partir en combustion spontanée alors qu'il l'avait à peine touchée. D'accord. Bien.

— D'accord. Bien, répéta-t-il.

Puis il la souleva dans ses bras et la porta jusqu'à sa chambre, où il tint promesse. Deux fois.

CHAPITRE 28

*H*ope Anderson était assise à une table ronde près de l'entrée de la salle de réception et regardait Grace souffler quelque chose dans l'oreille d'Owen. Ils se trouvaient à un déjeuner organisé par *Landers Immobilier* pour récompenser Grace d'être l'agent ayant vendu le plus de biens dans toute la région pendant la saison estivale. C'était un résultat si impressionnant que même son patron avait fait un discours, et Grace avait reçu une prime supplémentaire et des vacances tous frais payés dans les Caraïbes. Dorénavant, elle était aussi l'agent spécialisé dans les maisons hantées ou maudites. Il s'était avéré que Prémonition en comptait bien plus que la plupart des gens ne le pensaient. Maintenant qu'il existait quelqu'un capable de les vendre, beaucoup arrivaient soudain sur le marché, confiées à Grace.

Owen sourit à cette dernière et lui murmura quelque chose en retour qui la fit glousser. Son amie *gloussa*. Une personne moins forte que Hope en aurait vomi.

Mais Hope était ravie pour elle. Owen était un homme

génial, et leur relation était de plus en plus sérieuse. Son cœur se gonflait de joie pour son amie, après le mal que Bill lui avait fait. De l'avis de Hope, Grace n'aurait jamais dû assaisonner les cafés de Bill et Shondra de contre-sorts le mois précédent, pendant le gala annuel sur la plage. Hope, elle, les aurait laissés se démerder avec leurs nouvelles maladies. Lorsqu'elle avait donné son opinion à Grace, celle-ci lui avait rétorqué qu'elle cherchait à purifier son karma et à aller de l'avant.

Argh. Le cœur de son amie était bien trop grand pour un connard comme Bill.

Si bien que, lorsque Shondra l'avait quitté deux semaines plus tôt, Hope n'avait pu qu'en rire. Il l'avait bien mérité. Désormais, il était divorcé et sans personne pour gérer son agence. La vie allait se compliquer pour ce type qui avait toujours eu une femme pour s'occuper de lui.

— J'ai entendu dire que Bill s'était trouvé une nouvelle copine, lança Joy, comme si elle avait lu dans ses pensées.

— Ah bon ? Qui est-ce ?

— Une étudiante en plein semestre sabbatique, expliqua Grace. Qui veut parier qu'il va l'épouser le mois prochain et lui donner une place à l'agence ? Maintenant que nous sommes officiellement divorcés, plus rien ne l'arrête.

— Pas moi, pas de pari. Parce qu'il serait tout à fait capable de le faire, dit Hope.

— Je m'abstiens aussi, indiqua Joy.

Owen se marra.

— Quel connard.

— Tu n'imagines pas à quel point.

Grace se pencha pour l'embrasser. Hope et Joy détournèrent le regard. Hope se tourna vers cette dernière :

— Comment ça se passe avec Paul ? Des progrès au lit ?

Joy soupira.

— Non. Il n'en parle même pas. Un de ces jours, je vais sortir mon vibromasseur sous ses yeux, je te jure.

Toute la tablée la dévisagea. Joy rougit.

— Pardon. Trop d'informations, c'est ça ?

— Peut-être un peu trop, confirma Grace.

— Non, répliquèrent Hope et Owen d'une même voix.

Tous éclatèrent de rire.

— Je n'arrive pas à éveiller son intérêt et je ne sais pas quoi faire d'autre, reprit Joy en fixant sa margarita.

— On dirait que votre seule option, c'est la thérapie de couple. À moins que le truc du vibromasseur fonctionne.

Joy gémit et vida son verre sous l'hilarité de ses amis.

— Désolée, Joy, dit Hope. Je sais que nos problèmes sont très différents, mais je compatis. Ça fait des mois que je n'ai pas passé la nuit avec quelqu'un.

Pas depuis que Lucas était de retour en ville, en fait, mais elle ne comptait pas le dire.

— Qu'est-il arrivé au mec canon du sud ? Il n'est pas venu surfer récemment ?

— Si, mais je crois qu'il a une copine, mentit-elle.

Benji n'allait pas plus fréquenter quelqu'un que Hope. Leur arrangement fonctionnait bien pour tous les deux, jusqu'à ce que l'ex de Hope revienne et mette le bazar dans sa tête.

— Tout va bien. Ce n'est pas comme si je ne savais pas m'occuper de moi toute seule.

Joy leva la main, et Hope topa dedans, solidaire.

Ils continuèrent à échanger des ragots. Charlie s'était fait arrêter pendant une descente de drogue et allait rester cinq années en prison. Alyssa habitait toujours chez sa sœur en prétendant chercher un endroit où vivre. Mais Grace savait qu'elle voulait juste mettre de l'argent de côté pour pouvoir acheter quelque chose plus tard. Ce n'était pas un problème, de toute façon, puisque Grace passait le plus clair de son temps chez Owen, et Lex dans le nouvel appartement de Bronwyn.

Matt Dahl et ses fils s'étaient installés dans le cottage blanc, et Matt était occupé à repousser les avances de toutes les célibataires de plus de trente ans. Les femmes de Prémonition semblaient le prendre pour un bon parti. Sauf Grace, évidemment. Gigi Martin, elle, avait divorcé, emménagé dans la maison victorienne et mangeait une fois par semaine avec Grace, Hope et Joy. Si les choses continuaient ainsi, elles songeaient à lui proposer de rejoindre leur coven.

Et puis, il y avait Lucas. Ils n'en parlaient pas. Personne ne l'évoquait en sa présence, parce qu'elle repoussait toute question à son sujet. Elle savait qu'il avait acheté une maison quelque part en ville, mais elle n'avait pas cherché à découvrir où. Elle savait aussi qu'il s'occupait de sa mère. Et, pour être honnête, elle l'admirait pour ça. Si elle était à sa place, elle n'était pas certaine que sa mère ou elle-même y survivrait.

Le téléphone de Hope vibra et, quand elle y jeta un coup d'œil, elle gémit. C'était sa mère, bien sûr. Pourquoi avait-elle des nouvelles d'elle chaque fois qu'elle pensait à elle ? Hope connaissait toutefois la réponse à cette question. Parce qu'elles habitaient à Prémonition. La clairvoyance était monnaie courante, ici.

En lisant le message, elle eut une brusque bouffée de panique.

« Je suis chez toi. Je vais rester quelques semaines. Où est ta deuxième clé ? »

Elle tapa sa réponse rapidement, lui indiquant le pot de tournesols à droite de la porte, et ajouta : *« Tu aurais pu me prévenir. J'aurais changé les draps de la chambre d'amis. »*

« *C'était une décision de dernière minute. Désolée, mon lapin. Je n'ai pas eu le choix.* »

Que voulait-elle dire par là ? Hope envisagea d'envoyer un nouveau message, mais se ravisa. Si sa mère était venue, elle n'allait pas s'en aller de sitôt. La seule chose que Hope pouvait faire, c'était faire la fête avec ses amis jusque tard dans la nuit. Quel dommage qu'il ne soit que deux heures de l'après-midi.

Tandis qu'elle se tracassait de la soudaine apparition de sa mère, ses amis s'étaient levés de table et l'attendaient.

— C'est déjà l'heure de partir ?

— Je croyais que tu t'ennuyais à mourir ? répliqua Grace en riant. Et maintenant, tu veux rester ?

— Non, c'est juste que… Laisse tomber.

Elle se mit debout et suivit ses amis à l'extérieur. Arrivés à la voiture de Grace, Hope l'enlaça.

— Je suis fière de toi, l'agent immobilier qui déchire. Bon travail.

— Merci, Hope. Merci d'être venue. Je t'en aime encore plus, parce que je sais que c'était chiant.

— Non, Joy et moi nous sommes bien amusées, n'est-ce pas, Joy ?

L'intéressée ricana.

— Oui, oui.

— Qu'est-ce que vous avez fait ? intervint Grace.

— Pas grand-chose, répliqua Hope. À part filer un numéro d'opératrice de téléphone rose à tous les mecs qui nous ont fait des avances. Tant mieux pour elle, ça lui fera de nouveaux clients. Nous méritions une petite vengeance, d'après moi.

Owen rit à gorge déployée.

— Est-ce que je t'ai déjà dit combien j'adorais tes amies ? demanda-t-il à Grace, qui sourit.

— Contente qu'elles t'amusent. Maintenant, ramène-moi

chez toi. Nous avons quelque chose à célébrer, en privé ce coup-ci.

Tandis qu'elle les regardait s'éloigner, Hope ressentit, pour la première fois depuis très longtemps, une pointe de tristesse. Ce n'était pas de la jalousie, non. Plutôt l'envie de partager ce genre d'intimité. Soupirant, elle raccompagna Joy à sa voiture avant de rejoindre la sienne. Juste alors qu'elle ouvrait la portière, elle reçut un SMS de son tout nouveau client, *Innovation intérieure.*

Elle avait été engagée pour organiser des opérations portes ouvertes une fois par mois pour les six à venir, une grande fête d'inauguration et au moins deux autres événements. Ce serait l'un de ses plus gros contrats de l'année. Ce qui était étrange toutefois, c'était qu'elle n'avait jamais rencontré LK en personne. Bien que ce soit légèrement bizarre, elle avait pu confirmer tous les détails que LK lui avait donnés. Et l'énorme chèque qui lui avait été fait l'avait aidée à se tranquilliser.

« *J'aimerais revoir certains détails. Êtes-vous disponible pour que nous nous rencontrions en personne aujourd'hui ou demain ?* »

La revoilà, cette clairvoyance. Hope sourit.

« *Bien sûr. Aujourd'hui, c'est bon. Envoyez-moi l'adresse, je vous y rejoins tout de suite.* »

Quelques secondes plus tard, la réponse apparut sur son portable. Hope n'hésita pas une seconde. C'était soit rencontrer son client, soit rentrer chez elle et découvrir pourquoi sa mère était en ville. Le client gagna haut la main.

Elle nota l'adresse et, quand elle y parvint, elle en eut le souffle coupé. C'était la maison de style Craftsman que Grace avait finalement vendue quelques semaines plus tôt. Hope sourit en voyant le poulailler déjà installé et les deux labradors fauves qui couraient librement dans le jardin. Cet endroit était parfait. Pile le genre qu'elle avait toujours voulu avoir. Maintenant, elle mourait d'envie d'en rencontrer le propriétaire.

Se sentant d'humeur plus légère pour la première fois de la journée, elle alla frapper à la porte.

Celle-ci s'ouvrit presque immédiatement, révélant Lucas King dans toute sa glorieuse peau tatouée.

LK.

Elle le dévisagea, bouche bée.

— Lucas ? C'est quoi ce bordel ?

Sans hésiter, elle tourna les talons et se dirigea vers sa voiture.

— Attends !

Il se précipita pour se placer devant elle, l'empêchant de rejoindre son véhicule.

— J'ai vraiment besoin de quelqu'un pour organiser tous ces événements. Ce n'était pas un stratagème pour te faire venir ici.

— Non ? Alors pourquoi ne m'as-tu jamais dit qui tu étais ? demanda-t-elle, d'une voix qui lui parut amère, même à ses propres oreilles.

— Tu sais bien pourquoi. Tu n'aurais pas répondu à mes appels, et j'aurais dû trouver quelqu'un de moins doué.

Il avait raison. Elle était la meilleure organisatrice d'événements de toute la côte. Elle soupira.

— Je n'apprécie pas qu'on me mente.

— Je n'ai pas menti… pas exactement. Juste par omission.

— C'est pareil.

— Peut-être. Mais, Hope, s'il te plaît, pouvons-nous oublier notre relation quelque temps pour travailler ensemble ? J'ai vraiment besoin d'une personne de confiance. Je n'ai pas le temps de m'en occuper entre les meubles que je fabrique et ma mère. Ça fait… beaucoup.

Elle était au courant pour sa mère et avait le cœur brisé pour lui. Elle avait toujours adoré Bell King, une femme aussi belle à l'intérieur qu'à l'extérieur. Elle ignorait cependant que Lucas était ébéniste, aujourd'hui. C'était impressionnant, surtout si son activité était aussi lucrative qu'il l'avait laissé entendre par e-mail. Étant donné le budget qu'il consacrait à la promotion événementielle, elle pouvait le croire.

— Je ne sais pas si c'est une bonne idée, hésita-t-elle.

— Hope Anderson ? C'est toi ? s'écria une femme, sur la terrasse.

Hope se retourna et sourit à la mère de Lucas. Elle était si mignonne dans ce pantacourt et ce tee-shirt proclamant « Ce sont les sorcières qui dirigent ce monde. »

— Comment allez-vous, madame King ?

Bell fronça les sourcils, puis tourna les talons et rentra dans la maison.

— Qu'est-ce que…

— C'est la démence, expliqua Lucas. Un instant, elle va bien, et le suivant, plus du tout. Il faut que j'aille la voir.

— D'accord.

Il marqua une pause avant de reprendre.

— Tu ne vas pas quitter le navire, n'est-ce pas ? Comme je te l'ai dit, j'ai vraiment besoin de ton aide.

Consciente au plus profond d'elle-même qu'elle ne refuserait jamais de l'aider, surtout en sachant ce qu'il vivait avec sa mère, elle pria les déesses de lui donner la force nécessaire et secoua la tête.

— Non, je reste.

Les deux derniers mots résonnèrent dans l'air, tandis

qu'elle se demandait – et lui aussi, elle en était persuadée – ce qu'il se serait passé s'il les avait prononcés quinze ans plus tôt.

L'expression de Lucas s'attendrit.

— Merci.

Puis il la prit par la main et la fit pénétrer dans la maison dans laquelle elle aurait rêvé de vivre avec lui un jour.

À PROPOS DE L'AUTEURE

Deanna Chase, auteure de best-sellers aux classements du New York Times et de USA Today, a grandi en Californie, avant de s'installer dans le sud-est de la Louisiane, au rythme de vie plus tranquille. Quand elle n'écrit pas, elle passe du bon temps à La Nouvelle-Orléans avec son mari ou elle joue avec ses deux chiens shih tzu. Pour plus d'informations et actualités sur ses nouvelles parutions, visitez son site web, deannachase.com.

NOTES

CHAPITRE 3

1. Style de maisons typiquement américain, avec ses toits possédant un surplomb large, un porche avant et des colonnes.

www.ingramcontent.com/pod-product-compliance
Lightning Source LLC
Chambersburg PA
CBHW030546200626
46812CB00022BA/2157